本色文丛·柳鸣九 主编

行　色

——龚静散文精选

龚　静／著

▲ 海天出版社（中国·深圳）

图书在版编目（CIP）数据

行色：龚静散文精选 / 龚静著. —深圳：海天出版社, 2016.6

（本色文丛）

ISBN 978-7-5507-1585-1

Ⅰ.①行… Ⅱ.①龚… Ⅲ.①散文集-中国-当代

Ⅳ.①I267

中国版本图书馆CIP数据核字（2016）第057625号

行色
XINGSE

深圳出版发行集团
海天出版社

出品人	聂雄前
责任编辑	林星海
责任技编	蔡梅琴
装帧设计	深圳斯迈德设计 0755-83144228

出版发行	海天出版社
地 址	深圳市彩田南路海天大厦（518033）
网 址	www.htph.com.cn
订购电话	0755-83460293（批发）0755-83460397（邮购）
印 刷	深圳市新联美术印刷有限公司
开 本	787mm×1092mm 1/32
印 张	11
字 数	185千
版 次	2016年6月第1版
印 次	2016年6月第1次
定 价	39.00元

龚静，上海人，1986年毕业于复旦大学中文系，现任教于复旦大学中文系，副教授，中国作家协会会员，上海作家协会理事。

2000年获第三届"上海文化新人"荣誉称号，2006年获首届朱自清文学奖（散文），2014年获第六届冰心散文奖（散文集），以及其他文学奖项。

出版有《遇见》《书·生》《写意——龚静读画》（初版和修订版两种）《上海细节》《上海，与壁虎一起纳凉》《要什么样的味道》《文字的眼睛》《城市野望》等十多部散文随笔集。

作品被收入《上海五十年文学创作丛书·散文卷》《繁华与落寞》《上海作家散

文百篇》《你可以信赖他——2002年笔会文粹》《新时期嘉定作家群》(作品卷／资料卷)《清澈的理性——科学人文读本》等多种散文选集。

作品曾收入上海市高中语文课本。

总序一

    深圳市海天出版社似乎颇有点"散文随笔情结",前些年,他们请季羡林先生主编了一套"当代中国散文八大家"丛书,效果甚好。于是,他们再接再厉,又策划出新的书系"世界散文八大家"。可惜此时季老先生已经仙逝,他们只好退而求其次,请柳某出面张罗。此"世界散文八大家",召集实不易,漂洋过海,总算陆续抵岸。接着,海天出版社又策划了一套新的文丛,以现今健在的著名文化人的散文随笔为内容。大概是因为柳某与海天出版社有过愉快的合作,自己也常写点散文随笔,又身居"人杰地灵"的北京,便于"以文会友",于是,他们又要柳某出面张罗。这便是这套书系产生的来由。

    什么是散文随笔?前几年,一位被尊为大师的权威人士曾斩钉截铁地谓之为"写身边琐事"。我曾努力去领悟其要义,但就自己有限的文化见识,总觉得这个定义似乎不大靠谱。就"身边"而言,散文随笔的确多写与自己有关的人或事,但远离自己的人与事入文而成经典散文者实不胜枚举;就"琐事"而言,散文随笔写人写事的确讲究具体而入微，见微知著，以小见大。但以经国大业、社稷宏观、高妙艺文、深奥哲理为内容的名篇也常见于史册。不难看出，对于散文随笔而言，"题材不是问题"，任何事物皆可入散文，凡心智所能触及的范围与对象，无一不可成就散文也。故此，窃以为个人心智倒是散文的核心成分。

那么，究竟何谓散文呢？散文的基本要素究竟是什么呢？如果用定义式的语言来说，散文就是自我心智以比较坦直的方式呈现于一定的语言文学形式中。而自我心智者，或为较隽永深刻的自我知性，或为较深切真挚的自我感情。说白了，如果是思想见解，当非人云亦云，而多少要有点独特性，多少要有点嚼头与回味；如果是情感心绪，那就必须是真实的、自然的、本色的、率性的，而要少一些矫饰，少一些虚假，少一些夸张。是的，尽可能少一些，如果不能完全杜绝的话。诗歌中常有的那种提升的、强化的、扩大的感情似乎不宜入散文，还是让它得其所哉，待在诗歌里吧。

至于"一定的语言文学形式"，不外意味着两点，一是非韵文的，这是散文有别于诗歌的最明显的标志；二是要有一定的修饰技巧，一定的艺术化，这则是散文随笔不同于公文告示、法律条文、科普说明以及各种"大白话"的重要标志。

这便是我所理解的散文随笔。我在自己的学术专业之外也经常写一些散文随笔，就是按照自己以上的理解来"炮制"的。今天，我被委以主编重任，也是按照自己以上的理解来操作的。至于我在自己的散文随笔中是否完全实践了自己的理念，是否达到自己的理念，在这次主编工作中是否有不合理、不入情的要求与安排，那就很难说了。呜呼，知与行的脱节与矛盾，人的永恒悲剧也。

出版社在策划这个书系的时候，规定约稿对象为当今的文化名家。当今的文化名家种类何其多也：有在荧屏上煽情与讲道的主持人，有靠摆 pose 与哭功而大富特富的影视大腕，有靠搞笑与搞怪出位的演艺奇才……人人都在写散文随笔，这大有成为当今散文随笔的主旋律之势。但按我个人的理解，这里所讲的文化名家不外是两种人，即具有作家文笔的著名学者与具有学者底蕴的著名作家，这两者的所长正是我对何为散文理解中所谓的"心智"这一大成分。

由于我自己的圈子所限，第一辑的约稿对象全是上述的第一种人，即具有作家文笔的著名学者，而且基本上都是弄西学的学者或游学国外多年的学者，多散发出一点"洋味"的人。

学者写散文似乎有点"不务正业"，有点越界，侵入了文学家地盘。但对于学者来说，特别是对人文学者来说，却完全是兴之所至，是一种必然。他本来就有人文关怀、人文视角、人文感情，这种心智状态、心智功能，一触及世间万物，就莫不碰撞出火花。只要有一点舞文弄墨的兴趣、冲动与技能，自然而然就会产生出有点意思的散文随笔了。虽说舞文弄墨也是一种专门技能，需要培养与操练，但对于弄西学的人文学者来说，整天在世界文库里打滚，耳濡目染，这点技能是可以无师自通的。况且，人文学者于散文创作更有自己的优势，毕竟，他的知性是向全人类精神文化领域敞开的，他的目光是向全世界各种事物投射的。其散文随笔的题材，自是更为丰富多样，投射观察的目光自是更为开阔高远。而得益于世界各种精神文化的滋养，其可调配的颜色自是更为丰富多彩。说不定，也许我们这个时代有意思的散文随笔正是出自学者笔下呢，学者散文实不容当代文学史家忽视也⋯⋯

所以，我有理由相信，这一套"本色文丛"多多少少会给文化读者带来一点不一样的感觉。

柳鸣九
2012年5月于北京

总序二

"本色文丛"的缘起，我已经在前序中做了说明。只不过，在受托张罗此事的当时，我只把它当作一笔"一次性的小额订单"：仅此一辑，八种书而已，并无任何后续的念头与扩展膨胀的规划。于是，就近在本学界里找了几位对散文随笔写作颇感兴趣、颇有积累的友人，组成了文丛第一辑共八种。出版后不久，我正沉浸在终结了一项劳务后的愉悦感之际，海天社出我意料地又提出了新的要求：要柳某把"本色文丛"继续搞下去，而且不排除"做到一定规模"的可能……看来，我最初的感觉没有错：海天社确有散文情结，不是系于一般散文的"情结"，而是系于"文化散文"的情结。而且，也不仅仅于此一点点"情结"，而是一种意愿，一种志趣，一种谋划，一种努力的方向，一种执着的决断。

果然，最近我从海天社那里得到确认，他们要在深圳这块物质财富生产的宝地上，营造出更多的郁郁葱葱的人文绿意，这是海天社近年来特别致力的目标。

在物欲横流、急功近利、浮躁成性、人文精神滑落、正能量价值观有时也不免被侧目不顾的社会环境中，在低俗文化、恶俗文化、恶搞文化、各种色调的（纯白的、大红色的、金黄色的）作秀文化大行于道、满天飞舞的时尚中，在书店一片倒闭声中，有一家出版社以人文文化积累为目的，颇愿下大力气，从推出"世界散文八大家"丛书再进而打造一套"本色文丛"，这种见识、这份执着、这份勇气是格外令人瞩目的。

海天出版社要的文化散文，不言而喻，即文化人的精神文化产品。关于文化人，我在前序中有过这样的理解：主要是指有作家文笔的学者与有学者底蕴的作家。如果说"本色文丛"第一辑的作者，基本上是前一种人，第二辑则基本上都是第二种人。这样，"本色文丛"总算齐备了文化散文的两种基本的作者类型，有了自己的两个主要的基石，形成了一个初步的平台。

不论这两种类别的人有哪些差别，但都是以关注社会的人文状况与人文课题为业。其不同于以经济民生、科技工艺、权谋为政、运营操作为业者，也不同于穿着文化彩色衣装而在时尚娱乐潮流中的弄潮者，也可以说，这两种人甚至是以关注人文状况与人文课题为生，以靠充当"精神苦役"（巴尔扎克语）出卖气力为生，即俗称的"爬格子者"。他们远离社会权位和财富利益的持有与分配，其存在状态中也较少地掺和着权谋与物质利益的杂质，因而其对社会、人生、人文，对自我、对人生价值也就可能有更为广泛，更为深刻，更为真挚的认知、感受与思考。

在时下这个物质功利主义张扬、人文精神滑落的时代环境中，且提供一些真实的，不掺杂土与沙子的人文感受、人文思考，为我们这个时代留下一份份真情实感的记录，留下一段段心灵原本的感受，留下一幅幅人文人生的掠影，这便是"本色文丛"所希望做到的。

柳鸣九

2014年1月于北京

总序三

存在决定本质。

本质不是先验的，不是命定的，而是创造出来的，是发展出来的，是作出来的，做出来的，是自我选择的结果，是自我突破与自我超越的结果。对于一个人的发展是如此，对于"本色文丛"何尝不是如此。

"本色文丛"已经有了三辑的历史，参加三次雅聚的已有二十四位才智之士。本着共同的写作理念，各献一册，异彩纷呈，因人而异，一道人文风景已小成气候。而创建者海天出版社则面对商品经济大潮、低俗文化、功利文化与浮躁庸俗风气的包围，仍"我自岿然不动"地守望人文，坚持不懈。合作双方相得益彰，终使"本色文丛"开始显露了自己的若干本色。最为明显的事实是，参加本"文丛"雅聚的终归就是两种人——即具有作家文笔的学者与具有学者底蕴的作家。这构成了"本色文丛"最主要的本色。以学者而言，散文本非学者的本业，对散文写作有兴趣而又长于文笔、乐于追求文采者实为数甚少；以作家而言，中国作协虽号称数十万成员，真正被读书界认为有学者底蕴、厚实学养、广博学识者，似乎寂寂寥寥。"本色文丛"所倚仗的虽有这两种人，但两者加在一起，在爬格子的行业中也不过是"小众"，形成不了一支"人马"，倒有点elites（精英）的味道了。这是中国文化昌盛、文学繁荣的正常表征，还是反映出文化、文学现状的底气不充足、精神不厚实，我一时还不好说。

实事求是地说，我个人在"本色文丛"中的"潜倾向"是更多地寄希望于"有作家文笔的学者"，这首先与我职业的限定性与人脉的局限性有关。我供职于学术研究单位，本人就是学林中的一分子，活动在学者之中较为便利，较为得心应手；而于作家界，我是游离的、脱节的，虽然我也是资深的作家协会会员，是两届作家代表大会的代表。但更为重要的是我对散文随笔的认识（或者说是"偏见"）所致，在我看来，散文随笔这个领域本来更多的是学者的、智者的、思想者的天地。君不见散文随笔的早期阶段，哪一位开拓了这片天地的大师不都是这一类的人物？英国的培根、法国的蒙田、美国的爱默生……也许，因为散文随笔的写作相对比较简易、便捷，不像小说、诗歌、戏剧那般需要较复杂的艺术构思，对于笔力雄健、下笔神速而又富有学养的作家而言，似乎只是"小菜一碟"，于是，作家中有不少人也在散文随笔方面建树甚丰，如雨果、海涅、屠格涅夫以及后来的马尔罗、萨特、加缪等。马尔罗是先有小说名著,后有散文巨著《反回忆录》;萨特与加缪,则一开始就是小说、戏剧创作与散文写作左右开弓的。不管怎样,主要致力于形象创造的作家,如果没有学者的充沛学养、丰富的学识,没有哲人、思想者的深邃,在散文随笔领域里是写不出一片灿烂风光的。

以文会友之聚的参加者是什么样的人,自然就带来什么样的文,自然就带来什么样的文气、文脉、文风、文品,甚至文种。"本色文丛"的参与者,不论是有作家文笔的学者,还是有学者底蕴的作家,其核心的特质都是智者,都是学人,都是真正意义上的文化人。而不是写家、写手,更不是出自其他行当,偶尔涉足艺文,前来舞文弄墨、附庸风雅一番的时尚达人。因而,他们带来的文集,总特具知性、总闪烁着智慧、总富含学识、总散发出一定的情趣韵味。如果要说"本色文丛"中的文有什么特色的话,我想,这大概可以算吧!对此,我不妨简称为学者散文、知性散文。我把"学者"二字作为一种散文的标记、"徽号",并没有哄抬学者,更没有贬低作家的意图与用意。以"学者"来称呼一个作家,或强调一个作家身上的学者的一面,绝非贬低,而是尊敬。刘心武先生在他的自我简介中,干脆就把自己的学者头衔置于他的作家头衔之前,可见他对自己的学者身份的重视。我想,这是因为他从自己的"红学"研究里，深知"学"之可贵、"学"之不易。我且不说"学"对于人的修养、视野、深度、格调的重要意义，即使只对狭义的具体的写作而言，其意义、作用也是不可估量的。

学者散文的本质特征何在？其内核究竟是什么？其实，学者散文的内核就是一个"学"字，由"学"而派生出其他一系列的特质与元素。有了"学"，才有见识，才有视野，才有广度，才有大气；有了"学"，才有思想闪光，才有思想结晶，才有思想深度，才有思想力度；有了"学"，才有情趣，才有风度，才有雅致，才有韵味。从理论逻辑上来说，学者散文理当具有这些特质、优点、风致，至于实际具有量为多少，程度有多高，是因人而异的。其取决于每个人不同的经历、学历、学养、学科背景、知识结构、悟性、通感、吸收力、化解力、融合力等主观条件。

就人的阅读活动而言，不论是有意地还是无心地去读某一部、某一篇作品，总带有一定的需求与预期，总是为追求一定的愉悦感与审美乐趣才去读或者才读得下去的。如果要追求韵律之美、吟哦之乐，以及灵魂与主观精神的酣畅飞扬，那就会去找诗歌；如果要观赏社会生活的形象图景、分享人物命运际遇的悲欢苦乐，那就会去找小说与戏剧。那么，如果读的是散文随笔，那又是带着什么需要、什么预期呢？散文随笔既不能提供韵律之美、吟哦之乐，也不能提供现实画卷的赏鉴之趣，它靠什么来支付读者的阅读欣赏的需求？它形式如此简易，篇幅如此有限，空间如此狭小，看来，它只有靠灵光的一闪现、智慧的一点拨、学识的一启迪了。如果没有学识、智慧与灵光，散文随笔则味同嚼蜡矣，即使辞藻铺陈、文字华美。而学识、智慧与灵光，则本应是学者的本质特征与精神优势。因此，在散文随笔天地里，自然要寄希望于学者散文，自然要寄希望于学者写散文，自然要寄希望于多多展示弘扬学者散文了。

这便是"本色文丛"的初衷、"本色文丛"的"图谋"、"本色文丛"的宿愿，而这，在物欲横流、人文滑坡、风尚低俗、人心浮躁的现实生活里，未尝不是一股清风、一剂清醒剂。

柳鸣九

2015年9月8日于北京

CONTENTS
目录

辑三　地上山水，纸上文章

自序：天命小知

　　电影《超体》中人的肉身消失成为某种能量，"I am everywhere"，唯有时间永恒；而《星际穿越》中人则进出虫洞，窥宇宙之神秘，拯救地球人类。一时间众人多称"脑洞大补"。作为一个少年时代喜欢科幻读物的中年人，看这类电影当然也是让头脑多动动不生锈的途径之一，不过内心里其实也是不无悲哀的，因为人何以能摆脱肉身之牵累，人又何以在天际宇宙出入虫洞，也许会有这一天，我们是看不到的，看得见的是人类前赴后继地超越肉身、超越时空的渴求。爱因斯坦的"相对论"指出，物体接近光速的时候，时空是会弯曲的。好吧，就让我们在等待理论成为现实前，先在电影中、在电脑模拟中成为影像现实吧。

　　人创造了"时间"这个名词，时间作为了一种存在，时间在肉身上分秒行走，肉身在时间中新陈代谢。想到 2015 年是知天命之年了，虽然早已接受运命的安排，顺应生命之时序，在秋叶飘零之季，心里偶然也飘过几丝惶然，惶着人生已然开始下半场，却不知这路程会逢着什么——不外乎病、老，然后归于尘土，自然不能如

《超体》中的露西那样"无所不在"——肉身的消失和现身没有边界，凡人的生命细胞总走在衰亡的路上，而衰亡的过程真的如古人所云会"而立"、"不惑"、"知天命"、"耳顺"吗？也许这不过是人的期望罢了，也许是一种对生命的顺应，也许这种顺应里也不无生命的无奈。

幸好还有文字陪伴。文字大概是时间用来安慰人的一种方式吧。

阅读，或者写作，不需要借助太多的媒介，文字或多或少印证了肉身的存在，印证了时间的流过。文字好像是和生命的一种缠绕，在手写时代，这种缠绕简直栩栩如生，一行行笔迹，竟然是一行行情感思想故事乃至气息，笔画间竟然又好比呼呼吸吸，无端让人感动的。在电脑时代，疏离清冷的键盘，一字字打出来毕竟也还是"有情"的，液晶屏幕密密的字里行间，背后终究还是有肉身的温度。

行色匆匆的时代间，一个人的生命如何自处，如何活出真实的自己，实在是一门人生的功课。我甚至认为，这门功课若能修好，哪怕一个及格分，人以及人的生活当能获得清明。是故，文字（或者说写作）自然也是这门功课的一种修习途径。

念及此，似乎也觉得自己不必惶然了，天命可违或者不可违，都是先天之安排和后天之习得的融合，尽可能地去学习，去知，去体察，去散发和敛藏身心的能量，去触摸和敏悟肉身和天地之间的关系和往通，这大概正是一个好好活着的人的天命吧。

所以，承柳鸣九先生之邀加盟"本色文丛"，仿佛上苍冥冥间给予自己一个机缘，回头检视一下这些年自己的文字园子，文学艺术、都市人文、山水行走、生活读书，等等，似乎品种也还并不单调。深耕细作不敢说，认真地揣摩文思，精心地打磨语言，尽可能地拓宽题材思路，感性和理性融合，文思和文气贯通，丰富和留白兼备，虽然无法一一做到，但是在努力着的。考虑到容量，我选择了"都市人文"、"读书笔记"、"艺术和山水"三大主题的文章，束于一册，分别题为"城市野望"、"美丽中文"和"地上山水，纸上文章"。文章跨度从1996年至今。之所以将几篇山水散文与读画等艺术随笔合并，是觉得山山水水正是大地的艺术，而师法造化正是艺术创作的法门之一，大地乃人类所有创作之源，人唯有敬畏、欣赏、深深地去连接它，才能得到启示。在越来越远离了自然的城市生活中，时常有大地山林之气的滋养，艺术方获得滋养，人的身心也方获得滋养。

这些文章大多从过去出版的拙著中精选而出，也有从未结集出版的——如一些山水散文、古琴随笔，等等。选择的过程颇费思量，挑拣删改，来来回回，大概也是有点自家的孩子个个好个个舍不得的意思吧，可最后该舍还得舍。希望最后呈现出的模样，是一本充实的书，也更表达自己的"本色"。

为什么这本书取名《行色》呢？生命之途就是一场旅途，匆匆也好，从容也罢，皆在于过程。而过程也终究成为一场时空里的气息，而气息也终究消散吧。这些文字中所表达的各种想法／观念／情怀，看似形形色色，其实也融合在这些气息里了吧。

宋代司马池有诗《行色》：

冷于陂水淡于秋，远陌初穷见渡头。

犹赖丹青无处画，画成应遣一生愁。

"远陌初穷见渡头"，那么一定还是会"渡头"过后见"远陌"的；"一生愁"无论画成与否也是难免的。那么就在此刻观照吧。比如写成这样一首诗，身心得到了安顿，和天地彼此通了声气。

是故，大千三千，仿佛满满，色身却终究皆空。倘若如《超体》中的露西那样回到来的地方，那倒真是"无处不在"了。可也许也不必思虑过多，心存渺然，身处浩然，身心之行亦得踏实，行色在途中，写作也在途中。

龚静于静水斋

2014年11月25日

辑一　城市野望

城市野望

屈指算来，我进城已有十几年了^①，虽然我来自的地方对于农村来说也是城，并且已由上海的一个郊县变成了一个区，而且越来越城市化。城的比较早的感受来自小学时的春游，那时学校里组织去长风公园、自然博物馆或者"一大"会址诸如此类，我们都将之说成"明天到上海去"，充满出远门的兴奋与期盼，带上的是一角几分钱一个的鸡蛋面包和一个军用水壶。

现在我住在城里，还是城市的繁华地带：出弄堂就是淮海路；站在晒台上看得到花园饭店，从房间南窗望去，瑞金大厦灯火通明；"巴黎春天"就在隔壁开张志喜，对过的地铁站通向城市各方，"寿哈"的香味在弄堂口飘来飘去。走出家门，白天是城市的楼宇和橱窗，夜晚是城市的彩灯和欢宴；淮

---

① 文章写于20世纪90年代中期。所以，自1982年入复旦大学求学算起，该是十几年在上海市区学习、生活和工作了。当然，至今已经是三十多年了。——作者注于2014年。

海路上人总是很多，城市的色彩也实在太多，尽管法国梧桐已渐渐吃不消太多的汽车废气，天空的蓝常常是一种蓝灰色，有种穿不透通不畅的执拗，像白内障病人眼中的一层翳。

但这并不妨碍城市的活力涌动，广播电视报纸杂志乃至街谈巷议，每天都诉说着城市的新生事物，新发明新产品新人物新娱乐新空间还有新的说法新的语汇，由不得你不眼花缭乱不碎步紧跟不吐故纳新。

于是，城市很好看。

我喜欢在伏案之余站在窗前看窗外刚刚吐出嫩芽的梧桐，看陈旧的水泥工房和衰老却不失优雅的老房子杂陈相处；听汽车摩托车助动车的引擎声，以及书橱玻璃因车轮碾过震动地面而发出的清脆的颤抖，午后弄堂里传来收旧货的吆喝，常常在下午三四点钟的时候，附近小学就会响起时缓时促的小号声，分明是在练习，迟迟疑疑的声音，声音在超过一个甲子的老房子间踱来踱去，屋顶上的一个个小烟囱就像沉默的耳朵，不听也罢。这样的时候，我总会觉得淮海路的绮丽尘嚣似乎并不在咫尺之外，在城市弄堂里感觉城市离我很远。

我的一位朋友曾经对我说，她觉得自己不属于这个城市。强化这种想法的情境是她有一次陪国外回来的同学逛夜外滩，南京路的霓虹灯、外滩的流丽夜令她的同学赞叹不已。然而，我的朋友说：这一种美丽，不是她的。倒不是因为她住在市区边缘，也不是因为"酸葡萄"作怪，实在是一种真切的感觉。我也一样，记得在过去不久的此地一个国际服装文化节中，友人送我一张日本设计师服装发布会的票子，据说票子还蛮紧张的，我竟莫名其妙地临时放弃了，我也知道那晚一定丽人艳服灯火辉煌，是城市夜晚的一段灿烂段落，我也知道看看挺有意思，至少又开一个眼界。然而，我竟放弃了，好像不想走进这繁弦笙歌，走进这城市突起的华彩，我喜欢做的是泡杯新茶，打开一本书，当然我也会打开电视机看那些服装作品的发布。也许这本身即是矛盾的，不觉得属于城市，又不想被城市抛弃，就像我们常想要回归自然，但山水间的日子长了还是急急地赶回城市。

记得进得豫园的第一个厅堂正上方有三块匾，一块是"三穗堂"，一块是"灵台经始"，还有一块赫然道"城市山林"。据说是建造者潘允端以此显耀这座园林有山有水有树木，是自然风光的赏悦处。这块匾在今看来倒是谙合了很多城里人的心声，城市实在只有水泥少有泥土。小时住的地方走出去不远就会有农田、银杏树，到了春天一片油菜花黄，我还在放学后去田埂上挖马兰头和野荠菜，常会挖到蚯蚓，扑到蝴蝶，后来农田一块块被楼房填满，哪儿都成了城市。

享受着城市的文明：地铁、电话、卫星直播，还有各种各样的城市情调，包括在商厦里砌一个水池，植一些橡皮树，也包括在房子里挂一幅森林远山，安一台四季空调，然而，我总想这个城市不属于我，我只是偶尔住在城里的人。

真的不是吃着乳酪还嫌它膻。

说到底，我依然做着城里人。也不能像橱窗里的模特儿那样冷艳而绝尘，它构成对我们的诱惑，但它自己其实已经超越。

可能，城市一旦形成，它的能量已大于人们的预料，它谁也不属于，每个人能驾驭的是他自己，而不是城市。城市与土地、森林、大海这些字眼一起，已经构成了我们的生活和梦想。

小学生的队号又迟迟疑疑地响起，缓慢的曲调是少先队队歌。春雨又打湿了外面楼顶的黑瓦，汽车喇叭渐远渐近。报贩又开始卖晚报了。

绢质的向日葵每天都在怒放。

不会有凡·高的。

就在城市里"见山是山，见水是水"了。

1996年

都市的虚像

眼前是一张摩天大楼与橱窗模特美女相叠的照片，模特微仰着头鼓起红唇，大楼巍峨呈阶梯状延伸，想必是两次曝光或后期制作的结果。照片的题目叫《都市的虚像》。

为什么是都市的虚像？高楼是具体的，虽然是由混凝土造的；模特也是都市橱窗处处可见的，虽然是人造的；倒是叠幻在一起的情境有些特别，有些超出现实的假定，也许正借此假定而形成了我们审美上的间离感，我们知道这是都市的真实，但又不无虚幻，虚像也者是不是由此产生？

作为都市人，我们都堪称结结实实地生活在都市中，眼前所见无论商厦还是住宅或者林林总总的公共建筑都是具体可感，甚或引领起审美快感的，然而，与乡村山野甚至小镇比，人们对都市的评价却似乎期期艾艾起来，朗然诉说热爱都市的充分肯定之音似乎比较少闻，听得多的是身处都市的不合意异化感以及对乡野的憧憬之情，可是奇怪的是都市周边地区的城市化气息越来越浓，也没见得都市人真正结庐在乡间，事实上，乡间也并非无车马喧的，都市人依然安然地在又恨又爱的都市里盘根错节地生活和扩展着。然而，究竟都市越来越高的楼宇给人的感觉是不安生的，拔地太高了，自不如在地面上踏实，这些反射着蓝天白云的高楼当然是一个具象，

都市一景

但站在它底下仰望总令人有惶恐之感。

那天周末，秋日阳光里，我特地骑车去浦东陆家嘴开发区，想拍一些照片，留存20世纪90年代新上海的气象。陆家嘴的确很漂亮，耸立的高楼以集束形式涌出一股气势，和路边一侧保存下来修饰一新的老房子相映，有一种旧时新空气象万千之感。在拍摄之余，我仰望那些商务大楼，我知道里面此时正忙碌正热闹，在这一个点上连接着世界五大洋，各色人等各种事件正交汇于这一点，大楼里的一切是一种实

实在在的具体，虽然大多是以票据、数字、电话、传真、网络等这种看不见摸不着的信息处理的方式进行的，但在车流穿梭的路上仰望它们，我真的有一种晕眩和虚无感，不是缘于高度，而是我杞人忧天地想这么高的楼要是塌下来怎么办？当然我知道建筑专家的设计充分可靠。那天天在离地这么高的楼里工作会不会腿脚无力——因为据说长期不着地气易病。城市的气势一定得靠这些高楼才能烘托出来吗？可是，有限的城市地面区域又促使城市如此高处不胜寒地向上发展，人踏在地坪上却悬浮于空中，也许，这正是都市具象背后的虚无。地球资源是个常数，所以为了应付地球人口上升，据说未来的城市模型将是在空中的，一幢幢高得令人难以想象的楼像一座座斧劈刀削的山峰，里面四通八达，生活所需应有尽有，人造海滩森林也不在话下，人类在其中生存繁衍。我不知道生活于如此时空中的人将来是否快乐，或许人能习惯了这一切而并不觉得意外，但恐怕有一种愿望会前所未有的强烈：到户外地上晒太阳！缺什么就想要什么，除非人类的基因改变了，否则人性中的很多要变也难。

人工的塑胶模特美女冷漠而傲然地向前方望去，她知道她是美丽的却无生命的沛然，高楼俯视她，充满轻蔑，可是它是不是体察自己虽然似乎生机盎然，每一个角落都在运转，但深心里有多么不安惘然，多么依赖着丰厚的大地。都市创造了许多，可都市本身亦很脆弱，因为什么都是可以制造的，都市并不意识到自己的脆弱本相，而生活中的我们，也已经忘记了这一点。在一个人造模特儿煞有介事的眼神中，也许我们能看到自己的某种投射。

可是，与都市共生的命运又像是我们无法逃脱的。文明的发展常表现为都市的发展。我们能够自视为救赎的也许就是时常在具体的都市中透视都市的虚像，而不至于沉溺于造一座巴比伦塔将天和地接连起来的超幻梦中。当然，都市有本事在电脑里虚拟出来一切。又是虚拟！

1999年

住过淮海坊

初冬的时候，我路过淮海坊，发现20世纪末小兴土木搞的淮海坊弄堂新门面又恢复了原样，仿佛要引人瞩目的金光闪闪的"淮海坊小区"五个大字消失了。好在青砖门额上的"淮海坊"三个旧字并没有铲除，弄堂的门面经过一番曲折

淮海坊内的子弄堂

还是依了老样。

我是去南昌路剪头发的。那间理发店的门面其实是小学的围墙，住在淮海坊的时候，常常在下午三四点钟的时候听小学生吹小号，是迟迟疑疑的不熟练的声音，这个时候是接近放学了。理发店扩大了，那个叫阿东的理发师说福建口音的普通话，我对他说我以前就住隔壁。几乎月余我总去理发店一次。离开淮海坊之后我换过几个理发店（有的叫作"造型屋"），但我总是不满意，理由其实并不充分。我知道我是习惯了南昌路。我为自己找一个经常来去的理由。

我们的屋子是淮海坊的最后一排，靠着南昌路。20世纪90年代初，从茂名南路到襄阳南路的这一段南昌路是露天菜场，凌晨4点，南昌路就开始喧闹了——国营肉摊头开始斩猪头，个体鸡摊上的鸡叫个不停，大概看到卖鸡的开始烧水磨刀，挑着担子的菜农也进了城，抢好自己的地盘。刚开始的时候，我还不习惯，早上的脑子里总是嗡嗡嘈杂声，渐渐地就当它是闹钟，醒一醒，接着睡。我总要到9点钟才去菜场买菜，路过三楼亭子间的时候，跟阿娘打个招呼，阿娘早饭吃好收拾舒齐，头茶泡好，先请供着相片的老祖宗吃，然后自己再喝早茶。

　　我不需要天天上班，所以我就做"买汰烧"，阿娘吃现成。午饭的时候，就我们两个人，阿娘就说，老早这幢房子都是他们的，是用金条订下来的，佣人要用三个，后来阿爷在交易所做的股票生意坏掉了，只好一间间放出去。交易所的生意顶顶做不得的，阿娘装假牙齿的嘴巴一瘪一瘪地说。阿娘不知道这个时候买股票认购证的人后来都成了"某百万"了。

　　站在晒台上，东面看得见花园饭店、老锦江和新锦江，望西是巴黎春天百货——曾经引领上海尖端时尚的商厦；转个身，越过红瓦屋顶，可见瑞金大厦的楼体，20世纪90年代上海早期的商务楼之一；如果再向左转，南昌大楼ArtDeco风格的立面风姿眼前；淮海坊屋顶上的小烟囱则如一只只鼻子，呼吸着淮海路的空气，当然屋子里的壁炉早已废弃。我喜欢在黄昏的时候到晒台上去活动活动腿脚，其实是为了看弄堂里的夕阳，这时的太阳就好像挂在烟囱上，如封膛的炉火将红砖墙的房子映得暖暖的。好几次，从喧嚣的马路走进弄堂，看到淮海坊的日落，一下子心里就涌出了安静的喜悦。

　　我对上海市民的认识和经验似乎是从淮海坊开始的。在这之前我住郊区城镇、高校宿舍，虽然也逛南京路、淮海路、徐家汇，但终究"隔"了一层。但隔的心理也有好处，住在淮海坊就好像是一种体验和观察融合的生活状态。

　　淮海坊处在茂名南路、南昌路、陕西南路和淮海中路这些上海滩颇有来历的马路包围中，它属于上海新式里弄建筑，比隔南昌路相望的陕南村低一档，比石库门又高一层。住在以前的"霞飞坊"当然算是"上只角"了。"老底子此地是法租界。"这是阿娘喜欢说的话，言谈间不要说市郊城镇，就是闸北杨浦南市也被她看成是乡下的。淮海坊一个门牌号一幢楼，为三层。以前，住户通常是整楼租住的，现在已非昔时，一幢房子一般得住三家，有的还更多些。我们这一幢算是住的人比较少的，底楼是间公用厨房，但二楼前房间的王阿婆和我们都自己装了煤气，不过王阿婆不愿意就此放弃厨房使用权，她在厨房里拥有的煤气灶仍在老位置上，过年过节的时候她会下楼用上一用，当然大多数日子厨房只有底楼的阮家和二楼亭子间的苏州好婆使用，所以我们这里灶披间的纠纷还算不多。二楼有间卫生间，原则上是公用的，但底楼和我们三楼在早年就接上了抽水马桶，无形中只有二楼和二楼亭子间用了，这样一来，即使有矛盾也就集中在她们之间。我们住三楼前房间和亭子间，一道小门在三楼楼梯口一拦，就与下面没什么关系了。一开始走楼梯我常常要踏空的，虽然有盏8支光的楼梯灯可以开，我不明白怎么不见书上画着新式里弄宽大的楼梯间，原来这是我们这幢楼的历史问题，底楼阮伯伯结婚的时候，父母高堂，一家人一间约28平方米的房间实在是不够的，于是，经过全楼住户的签字画押，底楼楼梯间就变成阮家外间了。于是，上楼梯时刚碰到扶手，马上就触到了板壁。不过，后来我练出了摸黑走楼梯的本事，身体对一点点光都非常敏感，我的身体和淮海坊握手言欢。

淮海坊的两个弄堂口各有一间公用电话间，面积大概1平方米多点。靠南昌路的一间里最早是俩老太太守候，是收拾得干干净净的老太太，面色清爽，头发挌得整整齐齐，夏天穿真丝素淡小花的裙子，叫人电话时声音高低恰好，和红砖墙的风格感觉吻合。天天路过弄堂口都会跟她们点点头笑一笑。有一天，那个挺清秀的老太太中风了，多月以后见到她，拄了根拐杖，似乎老了些，但还是齐整清爽，即使冬天穿着臃肿的棉袄。在装电话要排队要出1500元初装费的时候，电话间是弄堂口最闹猛的地方，俩老太也前脚刚回来，后脚又去叫电话了，手里叠了好几张电话叫单，白色粗糙的纸油印的，一张单子，收1角钱。冬天天暗得快，暮色中电话间点起晕黄的灯，还未在茂名路转弯就能看到了。

这个时候，电话间旁边搭建出来的理发铺子是人气比较旺的时候。理发铺的老板是个年轻人，姓陈，是从扬州农村来到上海的，到淮海坊来开理发店的时候也不过二十五六岁的样子。一开始店堂也简单，三张椅子两个伙计就开了张，后来装修了，加了那种躺着的洗头软椅，镜子也漂亮许多。洗发小妹换了一茬又一茬，有一个女子虽说也帮客人洗头发，但显得与陈老板说话很随便，似乎还要数落他几下，我说"似乎"是因为他们说着速度很快的扬州家乡话，显然不希望我们听懂，但他们却是已经听得懂上海话的。凭语气瞎猜，我想他们已经是恋人了。果然，他们后来在莘庄买了房子，生了儿子。陈老板夫妻俩嘴巴挺热络的，淮海坊里的人当然比我要认识得多，好多淮海坊女人都来这里做头发。在理发店里还常能看见一个老男人，半秃，圆脸，眼神游移，冬天老穿一件磨皱了的黑皮夹克，一般下午出现，有时候他也帮着洗头，通常叼着香烟闲谈，仿佛落魄仿佛颇有来路的样子。看见他的次数多了，我才渐渐听出音头来，敢情这个老男人神神秘秘地，是个拉皮条的，怪不得白天一把把时间用不掉，磨在了弄堂口。

对着理发店，弄堂口还有一辆流动馄饨车。俩老太主政，她们就住在弄堂里。穿着白褂子，每天清早就出了摊。

圆脸皮肤白净的老太负责包，尖下巴肤黑者年轻些，做搬运活，皮子、馅不够了，一拐旁边的小弄堂往家拿。除了常年供应菜肉馄饨、小馄饨，秋添粽子，冬增豆浆，偶尔也摆着一把葱送你一根两根。冬天白皮肤老太戴一顶绒线帽子，额头卷曲着白头发。俩老太就做半天，11点收摊。买豆浆当趁早，10点半过后去买大馄饨偶尔付阙。偷懒不想做饭的日子，就去馄饨车上买二两馄饨，运气好打上一杯豆浆，吃得热乎乎。

天色暗下来，从傍晚到深夜，弄堂口的四季都有一个老阿姨坐着，守着一只反扣的竹筐，竹筐上翻开一木盒香烟。冬天裹着大棉袄，夏天带一茶缸绿豆汤。白天也时常在弄堂口看见她，吃着饭与邻居闲话，声音很响亮。那个竹筐子不起眼地就抛在墙脚跟。弄堂进来第三家，底楼的门常半掩着，那个六十几岁的男人，总会在上午九十点钟的光景在门口摆张小桌子剥豆拣菜，而下午四五点钟的时候就搬张竹躺椅出来看晚报。夏日的晌午见他歪在躺椅上打盹，嘴角丝连着口水。男人的腿似乎不太好使，行动迟缓，夏天露出斑驳红肿的小腿。有时男人在外面打盹，屋里会传出钢琴声，我悄悄透过半掩的门，见仅中间露出空地的小屋一张钢琴依东墙而立，男人的老婆琢琢磨磨地在练琴。

　　淮海坊是那种弄堂套着弄堂的，沿大弄堂，常年摆着些半成品的家具，是简单的柜子橱子之类，木匠就住旁边，像杆子一样的细个，眼睛在小小的脸上显得格外大，夏天刨木板的时候肩胛骨如小山峰似的耸动，每次看到这么瘦的人做粗重的木工活，不由地担心一次。不过，看起来一切都还不错，从20世纪90年代初到本世纪，木匠的家什还按部就班地放在弄堂里。木匠家天井里的琵琶树还是每年五月挂满金果。

　　等我下楼取邮件的时候，一般总是烧中饭辰光，底楼阮家的麦阿姨在厨房里忙活。我喜欢下楼看到麦阿姨。刚认识时，她50多岁，才退休，原先在厂里做会计。她有着这个年龄少见的白净的皮肤，样子有些富态，说话轻且慢，伴着微笑。她用广东话称呼阮伯伯，我听了10年还是没听懂，好像很南方日常的"阿某阿某"的叫法。阮伯伯个子不高，却精干，体态年轻，绝无啤酒肚，常见他穿着花呢西装，夹着皮包，有板有眼地走出家门。阮伯伯早年毕业于圣约翰大学，念法律。教过书，后来就做了律师，且领导着一个律师事务所，办案子还常常去外地出差，哪里像60多岁的老人。麦阿姨和阮伯伯有个女儿，中专毕业进工厂后不久就随夫去了美国。阮家海外有不少亲戚，"文革"时阮伯伯还为此被打成了"右派"。有一年，老夫妇俩从美国探亲回来，给我们看他女儿女婿的独立小楼照片，说他们还去了小 Town 玩。我去收水电费的时候会进他们房间坐坐，他们的房间也是一半卧室一半吃饭会客，西墙摆着阮伯伯的写字桌，墙壁上钉着搁板放书，东墙也有书橱，法律书武侠书，也有几本古典名著。床头柜上还摊着一本《圣经》，麦阿姨说是她看的。原来，她每周日出去是去做礼拜的。看到我去，他们总归要像待小孩子那样给我吃巧克力，问问"阿娘好吗？"之类。

广东人讲究吃，阮伯伯家也一样。每天麦阿姨都要弄出几样精致小菜，周末做春卷蟹肉馄饨，秋天他们是一定要请来亲朋吃大闸蟹的。若是女儿女婿回来，必定要去不远的美心酒家吃正宗广式早茶的。

在阮伯伯搬出淮海坊以前，他仿佛是我们这一楼的"老娘舅"，碰到信箱坏了，总归他先出来修。若外面化粪池溢了，分摊疏通费，他和我们一起出大头。二楼王阿姨和苏州好婆之间有啥纷争，也总请阮伯伯说说理。阮伯伯在苏州好婆口中是阮律师，麦阿姨则还是"新嫂嫂"，仿佛还是刚刚嫁过来的新嫁娘。

苏州好婆姓陆，她的名字我是从伊的煤气单子上看来的，单子上的煤气用量总是很少，苏州好婆非常做人家的。前几年老房子共用一只大电表，我们家负责收付，先生算账时总少收她公用电费的部分，说："苏州好婆巴巴结结，蛮作孽（沪语：可怜）的。"苏州好婆姑娘时从苏州乡下到上海来帮佣，帮到头发白，一生未婚。她的东家后来就剩了老姐妹俩，"文革"中因为有海外关系，被抄了家，苏州好婆作为破"四旧"对象也被迫离开东家。她的东家就住在淮海坊前弄堂的汾晋坊里，我看她住在淮海坊也时不时往汾晋坊跑的。和苏州好婆一起住在亭子间里的还有一个苏州阿婆，叫大妹。大妹也是帮佣的，东家和苏州好婆是同一家。区别在于苏州好婆类似管家，大妹做做粗生活。大妹比苏州好婆年龄小些，我几乎看不到她，清早我还在被窝里，大妹就出去了，晚上深更半夜才回来。我也几乎未听到过她讲话，夏天她们回来得早，黑着灯白话，从楼下隐约传来的也总是苏州好婆音色干乎乎中气倒蛮足的苏白。大妹简直像个隐形人，隐形在苏州好婆身后，隐形在淮海坊里。我只记得见过她两次，一次仿佛是四分之三正面，一次确乎就是背影了，褐灰色的老式对襟布衫，老实土气的齐耳短发，右边别着个黑发卡，下巴比较尖，她走路很快，低垂着眼，不大看人似的，我看到她的这两次犹如磁带快进，她的面影根本无法看清，一闪，大妹就从弄堂里消失了。

　　亭子间面积也就七八个平方米，面对面放两张双层铁床，下铺睡觉，上铺置物。她们在家的时候，亭子间门一般也不开的，顶多留条缝。我好奇，下楼时总情不自禁往里张望，似乎两个老太对床坐着有一搭没一搭地白话，大妹好像手里还在做点针线活的样子。有时候苏州好婆在床上梳辫子。苏州好婆头发是白了，辫子还留着，只是很稀疏了，她总是梳匀，在脑后盘个髻，露出半寸扎辫子的红线绳。暑热，亭子间里实在坐不住，苏州好婆就敞了门，坐在楼梯拐角，摇蒲扇，叹息过去以为积了四五千块铜钿好养老了，想不到钞票介不经用，到老了还要出去做生活。我是听阮伯伯和王阿婆讲过苏州好婆把积蓄藏在苏州乡下某个山洞里的，王阿婆还神秘兮兮地凑过来说你晓得老太过段辰光回苏州作啥，是去看看伊的钞票！山洞？真有其事？想想似乎不可能，但传得厉害，使我觉得苏州好婆是个神龙见首不见尾的人物。

在苏州好婆叹息钞票不值钱的时候，大约淮海路正好半封闭，在造地铁一号线。上海开出了一些精品店，许多东西价钿虚火旺得不行，也难怪在上海待了几乎一辈子的苏州好婆看不懂了。

二楼大房间里的王阿婆似乎顶顶听不得苏州好婆的闲话的。她总是撇撇嘴："老太哭穷，啥人叫伊要帮乡下侄子呀。"说来也是苏州好婆想不穿，从姑娘到老太，独身一人，辛辛苦苦做得来的铜钿要寄给在乡下的兄弟，供侄子读书造房娶媳妇，只听得苏州好婆念叨乡下的兄弟侄子，说老了做不动了要到乡下去，与侄子一起过的。王阿婆倒是蛮想得穿的，她比苏州好婆小七八岁。王阿婆看不得苏州好婆是有历史原因的，本来这间亭子间是她家的，在一个不许空余房间出租的年代，王阿婆自说自话借给朋友养病。世上可没有不透风的墙，房管所知道了，反而将房子收了回去，租给了苏州好婆和大妹。有这样的过节在，王阿婆看到苏州好婆总归不入眼，冲伊几句话是常有的事。

王阿婆瓜子脸，60多岁了两条眉毛修得弯而细，眉梢微微地上挑，像老上海月份牌美女的那种，描得黑黑的，头发过段日子总要到陈老板的理发店烫一烫染一染的，出门还要涂一点口红，使薄薄的嘴唇更显得薄了，年轻时应该颇有一点容貌，这一点王阿婆似乎自己也心知肚明的，出门走路总仿佛还要扭扭腰身的样子，可终究年岁不饶人，身材是苗条，背却驼起来，皱纹挡不住，肌肉绷不紧，总是老人的样子了。王阿婆白天在家，前几年还要服侍瘫在床上80多岁的老头子。她和老先生是再婚的，老头有儿女在香港，所以"文革"时也吃到苦头，罚他在弄堂里扫地。我住进淮海坊，老头就从没起过床。收水电费我们也就在门口解决，就依稀看见过房间中央一张床，床上被子鼓鼓的。老头的香港儿女还算不错，隔三岔五地寄些钱来，有时来封信和拜年卡，王阿婆总要找我们帮她念一念。这笔月规钱王阿婆是蛮看重的，如果我听得她在房门口那个单眼煤气灶上一边烧东西一边嘀嘀咕咕，就知道香港的钱有些日子不来了，王阿婆不开心了，是会骂床上的老头的。王阿婆自己也有两个女儿，大女儿高瘦，过两个礼拜来看看，小女儿是不大来的，来了似乎母女俩总归要吵一吵。说来说去是为了房子，小女儿想将户口迁进来，曾经在崇明插队的小女儿老早就回了城，但是户口一直吊在农村，想老娘这里老头一脚去，不是可以塌点便宜了吗？淮海坊地段好，房子也不错。小女儿如意算盘精。但王阿婆也是一个角色，小女儿对她不好，她就是铁了心不松口。这样的争吵在老头"走"了之后，经常从楼下传上来，让我常有机会走到楼梯口，隔着门听听里弄人家的"家事经"。倒是大女儿，不明讲要房子，时不时来看看老娘，在王阿婆弥留之际，成功将户口迁入，成了房子主人。

阮伯伯对王阿婆似乎是有点看法的。老头死后，王阿婆请我们帮她写信，哭诉自己生活无着，香港的钱于是还是时不时寄点过来的，王阿婆无事一身轻，白天在家里烧烧吃吃，晚上梳洗打扮下了楼，总归要到深更半夜才回来，她也不在总门上挂上纸牌。我们这里有个规矩，谁家晚归，留张牌子，总门就不销上。她不留，阮伯伯于是就将插销拉上了，到了深夜，就听得王阿婆砰砰敲门，嘴巴里还要骂骂咧咧，有时阮伯伯爬起来替她开门，有时我们听不过，穿衣下楼让伊进来。王阿婆似乎也不以为谦，到下次又来了，不知道她是老了记性不好，还是明知故犯。我们说这个王阿婆"克腊"倒蛮"克腊"的，但是不是那种有身价的上海滩"老克腊"。有一次，我很偶尔地进了她的房间，那天我是穿了一套新衣服的，惹得王阿婆一口一个称赞，倒弄得我不好意思。"你们年轻，穿啥都好看。我现在老了，随便拖拖算了，老底子阿拉都穿旗袍咯，西装是披在外头的。"那天王阿婆好像要找个人倾诉似的，说她到公园里去，有老男人追求她。"他们说我看上去老年轻的，顶多五十几岁了，身材保持得介好，我才不睬他们呢。"王阿婆嘴巴一撇，很是不屑的样子，说着走到大衣橱的镜子前捋捋头发，拉一拉身上羊毛开衫的门襟，转过身，眼神还留了一波在镜子里。

王阿婆跟不上时髦也是没奈何，她不知道是她的孙辈分的我要想赶也赶不上呢。淮海坊外面变化起来也呈加速度之势。

　　临淮海路的弄堂口，原先的两三排房子20世纪90年代中期拆掉了，先是造了一间变电站，后来就围了起来，说是还要造大楼。自然，弄堂口左面的玉华工艺品商店要搬家了。搬家的那几天，"玉华"是真正地大削价。我淘到一只日本进口的彩色玻璃工艺盘，老绿紫红的叶子攀满了盘子，光线在玻璃上游移时，叶子仿佛滴翠似的。"玉华"卖工艺品，景泰蓝、双面绣、红木帆船之类，还有手绣的真丝服装和饰品，平时进去的人并不很多，进去一般也是兜兜看看，领领世面，"玉华"里面的东西总是有点档次的。在"巴黎春天百货"和对过"百盛购物中心"的大楼矗起来后，"玉华"就慢慢显出老态来了，年轻人对双面绣之类是不大感兴趣的，手绣真丝又不好服侍，进去的人似乎更少些。大概那几天是"玉华"最热闹的光景，其实里面有不少好东西，平时大家觉得贵，又不实用，也就按耐了蠢蠢的心，现在看到3折5折，买上一点，是一种小小的满足的意思，仿佛带着一点点日常里的奢华。2001年某个冬日，阴雨，在瑞金路上偶然看到一家卖玻璃器皿的店，觉得有点眼熟，里面两位女营业员在吃盒饭，横向的狭长的店堂里弥漫着肉香，似乎像那种个体经营的店，可是她们不来招呼你，自己吃饭闲谈，我退出店，再往后退，仰头，仿佛看到"玉华"两个字。冬雨绵绵里，城市的天空如荫翳，或许是我看走了眼。在"玉华"买的玻璃盘子，就在新居里用着。

与"玉华"隔着弄堂口的就是哈尔滨食品厂，前店后工场式的老字号。在静安面包房的法式面包、马可孛罗面包等还没有出现在上海滩的辰光，哈尔滨的奶油泡芙等西点是很有名的，门口有时还要排排队。大姑妈最迷信"哈尔滨"，手里称了一斤点心来淮海坊看阿娘，总不忘加一句"哈尔滨的"。可是，我看着"哈尔滨"门口一点点冷清下来。可以选择的东西太多了。与"玉华"一起，哈尔滨食品厂的奶油香从淮海坊弄堂口消失了。"哈尔滨"隔壁是"红星皮鞋店"，再隔壁是第二百货商店，再走过去便是"老大昌"，也是老字号了，吃奶油蛋糕、冰激凌的著名场所。我第一次进老大昌还在读大学，和一个女友逛淮海路，穷学生那天也开洋荤，一人点了一客掼奶油，就站在店堂里吃。是第一次吃掼奶油，入嘴即化的奶油舍不得一下送进胃里，好在奶香回味馥郁，但吃到最后，吃不消了，泡饭的肠胃哪能一下子饕餮这么多奶油呢，实在是吃不进又舍不得扔，左右为难。"老大昌"还是搬在淮海路上的，不过在电视里做浪漫广告的"哈根达斯"占去了一半店堂。

邻"哈尔滨"的"红星皮鞋店"搬了，邻"玉华"的

"六一儿童用品商店"搬了，挨着的"公泰食品商店"自然也走了。往年秋风吹落叶，我喜欢下午4点钟的样子去"公泰"称一斤糖炒栗子，拎着温热的糯香在"玉华"兜一圈，再慢慢地走进弄堂。弄堂里，有人家的粪池溢了，矮个的老头拿着长长的竹子在掏。那个90多岁的老妪又坐在门口望野眼了，上午保姆搀着她在弄堂里走走，我有一次跟她搭话，她还对我说"Thank you"。这种漫漫闲逛的对象过了几年就变成了"巴黎春天"，冬暖夏凉，时尚风情，最适合都市傍晚的无心闲逛了。

每个月必要的油盐酱醋是不必到淮海路去的，淮海坊一出弄堂右拐，在茂名南路南昌路口有一家油酱店，里面两女一男三个店员，男的负责拷油，女的一个还要兼管账，有一个女店员右脸上有块"胎记"，红红的，挤得她右眼略略相异于左眼。我常在她手里买东西，逢到取盐，是不需劳她驾的，我自己从旁边大缸里拎两袋请她过目一下就行。油酱店门口靠右的人行道上，有个修车摊，穿着油渍渍的灰卡其中山装的摊主姓杨，还有两个外地口音的小伙子，自行车摩托车，打气拆装修理，生意没有落寞过。头几年我去打气用的是气筒，后来杨师傅装了马达气泵，方便许多。打完气，就往一个去盖油漆桶里扔两毛钱，忙乎着的杨师傅是不看打气钱的。当邻近淮海坊的茂名南路上原先的小门面布店、理发店、杂货店一家家渐渐被酒吧、时尚服装店、皮鞋店代替时，油酱店和修车摊似乎就是我曾经一段生活残存的见证了。不过，油酱店的女店员好像慢慢不再说笑，冬天顾客少，捂着"永"字牌热水袋在后门口和淮海坊卖香烟的老阿姨闲聊。新旧世纪交换的时候，一家洗衣连锁店和一间装潢材料铺共同换了油酱店的门庭。人行道宽了许多，杨师傅的修车摊不见了。南昌路晚上停满了轿车，马路总恨不得再多条车道。

有一天，我去逛淮海路，在瑞金路上看见一个女人，烫过的头发在脑后随意一扎，戴副老式的白边眼镜，她在我眼前一晃就过去了，我肯定我一定在哪里见过她，而且经常见。我回头看看女人的背影，往前走，继续搜索，我相信我对面影的记忆。走到南昌路过马路时，我突然就想起来了，那个女人就是淮海坊弄堂口油酱店的女营业员，负责记账的那个。她去哪里？去超市上班？

弄堂口现在干干净净。政府部门在弄堂里巴金、许广平、竺可桢等名人住过的房子门牌旁铭上了金底黑字的牌子。又砌了几个小花坛，添了健身器材。电话间和陈老板的理发店都拆掉了。叫电话的老太上午在淮海坊大弄堂里散步。陈老板的理发店围绕着淮海坊搬了两次，终于找不到了。算起来，他的儿子该四五岁了。

王阿婆生前最后一次做头发还是在陈老板那里。我看见她剪短了头发，烫过，染过，穿了件灰褐色毛葛罩衫，眉毛是淡的，嘴唇是暗的，脸色黄黄的，跟她打招呼，好像勉强地微笑了一下，真正是个老太婆的样子。此后，就见她一直躺在老头躺过的那张大床上，每天吃力地披着棉袄在门口弄点吃的，脸蜡黄枯瘦，说话有气无力，两条弯而挑的眉毛附在突出的眉骨上，像游丝。一天早上，我突然听到楼下传来很响的声音，像重物被摔倒在地，我叫上先生，去二楼推开门一看，王阿婆竟然从床上滚落在地，柴似的手臂撑着地板爬不起来，我们使劲将她扶上床，她朝苏州好婆翻白眼的眼睛此时空洞无光。后来，大女儿接了我们的电话来了，送她到医院，是肺气肿。过几天见着她大女儿回来，就戴上了黑纱，来整理二楼房间了。

亭子间苏州好婆没有看见王阿婆的老境，她和大妹的亭子间在1997年夏天突然就锁了门，两个苏州老太消失得无影无踪，楼下阮伯伯新嫂嫂，楼上的我们，没一个人知道。

过了一个月，来了一个男人，是前面汾晋坊里的，说是苏州好婆回乡下，跟侄子一起过，不来上海了，房子给他们家住了。"苏州好婆真有法道。"阮伯伯到底是律师，他这么说了一句。那间亭子间也就开始了不断改换门庭的命运，那个男人和他的女人不来住了，租给卖皮鞋的做仓库，再后来，一堆堆皮鞋不见了，铺上了被褥，散乱着毛毯，像是做小工的休息的地方。原来是买了阮伯伯房子的房主给手下伙计睡觉的。阮伯伯在苏州好婆走后不久，也搬离了淮海坊，去了飞机场附近的公寓。厨房里没有了麦阿姨的身影，空气也冷了下来。底楼的房间很快就乒乒乓乓挖地三尺大兴土木，从日本打工回来的平头男人，开了一家茶坊，里面半圈弧形楼梯将房间分成两层，有两个小卫生间。原先阮伯伯家的小天井里还蹲着一条雕塑斑点狗，冷不丁吓人一大跳。之前，平头老板是来请我们和隔壁人家签字的，要我们同意，说是就喝喝茶，不做饭店，没有油烟污染的，他说他在周家渡做饭店亏本老早做怕了。底楼的厨房事实上成了茶坊的后院，圆脸和长面的男伙计将厨房弄得脏兮兮，干脆我也不进去了。

　　阮伯伯搬走，苏州好婆和大妹"蒸发"，王阿婆的嘀咕也永久隐遁了，我感觉住在三楼突然有些孤单，其实原本也不是非常热络的邻居，只是在日子里一点一点看熟了他们，但

暌隔突然成了瞬间的事情。楼下的茶坊我从未进去过,它已
经不是底楼的房间了。我干脆拆掉了门上的破信箱,反正我
们也要离开了。门后背的纸牌先是被雨濡湿,后来就废了,
不需要有人留门了。阮伯伯离开淮海坊送我的龟背倒是发了
两次新芽,被我搬到了新居。

淮海坊淮海路弄堂口的工地露出真容,我拍了一张照
片:一幢 ArtDeco 风格影子的大楼巍峨于"玉华""红星"
和"哈尔滨"的地方,楼下是音乐餐厅、咖啡厅、服装专卖
店,楼上有上海菜餐厅,精致的内敛的上海繁华梦的意思。
穿过大堂式的走廊,就是淮海坊,市井生活,我们的繁华梦
的里子。

南昌路弄堂口的那家小布店在茂名路一爿爿时尚服装店
中显得不大协调,如美女如云里的村姑,灯芯绒花纱卡格子
布定型棉把个小店排满,那个 50 多岁的女人原本是在小店的
阁楼上做账的,现在坐在挤满花布的柜台后,眼睛小小的那
个男人现在已经 40 多岁了,对着电话筒大声说话。我说这个
布店倒没关门,旁边的都改了。"侬不要看阿拉这里乱糟糟,
名气不要太响。"男人放下了电话,"住在虹桥的外国人也到
阿拉店里买布头,又便宜又好看。"说的是一点不差,这些

布经巧手一布局，和那些大百货店里卖的床上软装饰媲美绝对没问题。搬了新居的朋友想买细灯芯绒窗帘，我说去我们老房子那里，就是淮海坊弄堂口的那家布店。"晓得格晓得格。"原来小布店真是名声在外呢。女人说："卖布跟卖服装不冲突格。"男人忽然看着我说："侬格只面孔蛮熟的嘛，隔壁弄堂里的？"我不由欣喜：你们的脸我也很熟悉的。女人将我买的灯芯绒装进马甲袋。再会。再会。

2001年

行色

一

十点钟，伊势丹刚刚开门，门前广场人不多，稀稀落落的。对过那架钟慢悠悠转，钟占了满满一幢楼的外墙，有点张狂的，好像20世纪90年代中期的气氛，有点着急起来什么都要赶的意思，地铁在淮海路地底下开挖了，延安路高架也开建了，喊着"一年一个样，三年大变样"的口号，从90年代初开始人心社情早已撩动起来，下海下海，大家都要下海，老底子的想法不合时宜了，脑筋活络的已经腰包涨起来，动作慢的心里也多多少少活泛起来，淮海路上开起了香港来的品牌专卖店，那个"E"还是"三"的logo都可以让人猜测一番，伊势丹巴黎春天当仁不让地代替起了什么一百两百在人心中的位置，一楼香水化妆品，二楼女式品牌服装，三楼男装，再朝上运动用品，到了后来开的百货店，楼层更高，那么自动扶梯再朝上，就是卖进口日用品盆盆罐罐价格不菲。钟墙立面的也是家商场，名字起了"时代"，装了架钟来撑场子，倒蛮合乎时代的意思，时间就是金钱这句话甚至红笔写到了工地的围栏外面。

梅泰恒还是 21 世纪的事情，从 1993 年进驻上海的伊势丹颇为老大，上海滩的时髦人都会来这里逛逛

都市片段

看看，买不动也领领世面，摄影师说到这里来做街头采访，可以看到上海滩的时髦女子。淮海路洋派是上海人长久以来的观念的，本埠人要买啥上点档次的物事第一想到的是淮海路而不是南京路。城市副中心的概念还在慢慢发酵中，一个个购物大楼立在上海各处此时也不知道还在何处，只有蓦然回首，才知道物是人非，或者物非人也非。谁会晓得呢？

此刻哪里会想到这些呢，眼睛看着何时走过来一个时髦女子，然后拿采访机探到她面前。

这个 SANYO 采访机现在灰扑扑隐在书架角落，一样灰扑扑的磁带放进去，出来吱吱哑哑的声音，本来以为那些从

· 37 ·

20世纪90年代录过音的磁带留下来也许是个念想，其实当时就该知是枉然，科技产品本身是有寿命，又不是可以放进博物馆的瓷器，倒是百年千年的一直在那里。采访机还是90年代初在淮海路靠近襄阳南路的一家商场买的，新产品，进口货，500多元，那个时候工资大多一两百元。还好，每次采访都充分利用，听完录音，写了一篇又一篇文章。后来换录音笔了，手机录音了，等等，也不做采访了，SANYO还是留着，偶尔整理书橱时瞥到，拿出来揩揩灰，装两节5号电池，让磁头空白里转一转，声音拖发拖发，像穿了不跟脚的木拖板。

淮海路上的人陆续多起来。高个，黑靴，黑紧身裤，黑披肩，头发脑后绾起，施施然走过，赶紧赶紧，这位小姐你好，你很漂亮，穿着有品位，你一般在哪里买衣服的，有些什么穿衣心得？哦，高个美女头侧过15度，脚步稍微停了一停，我嘛，一般性都在国外买衣服的呀，牌子当然要讲究的喽，别的没啥说的。说着高跟靴子橐橐橐迈起步，只剩下一个背影给我们，矮个子的摄影师早就训练有素抢占了有利角度，EOS1，装了马达的，唰唰唰连拍好几张。

"海龟（归）"还没有变成"海带（待）"的年头，出境游是颇为难得的事，时髦的也就是新马泰及港澳地区，从欧洲美国带几件衣裳回来是可以显摆显摆的，谁曾想很多年后还会有海淘这一说呢。高个美女说起闲话来底气足得不是一眼眼。仿佛还闻到了 Chanel NO.5。伊势丹里 50 毫升的卖 500多块，100 毫升的再翻个跟斗，装只喷雾头，同样 50 毫升，好卖到 700 多块呢。时装杂志上的广告断断少不了讲讲 5 号的故事，讲到极致就是香水是女人的衣裳，拎出性感明星梦露来做噱头，说梦露讲过的她睡觉是一定要喷 5 号香水的，香水是她的睡衣。90 年代进口香水是颇为拿得出手的礼物。送的人收的人都感觉体面。有人若去香港出差，关系一般点的熟人见面商议事情，也会送瓶 5 号，不过不是正装大瓶，而是 5 毫升的小包装，机场免税店里一盒 5 瓶装各款名牌香水，分头送送一般熟人，倒也称手，毕竟说起来也是 5 号哈。当然，十年以后机场免税店进进出出的多了，是不能这样送礼了。人心里大多是贪个稀奇的，何况国人被一把颐和园的火一烧烧掉了自信心，对西洋人的东西总会高看几眼，新马泰去的人多了，人就要稀奇欧洲十国游了，欧洲十国赶鸭子似的跑，再炫就没意思了，自然就要炫深度游了。市井市井，就是这样的。

现在想起来问了些什么问题呢，不外乎平时喜欢穿什么款式的衣服，有什么具体的牌子吗？对流行的东西有啥看法？到哪里买衣裳？了解了解时尚、流行概念兴起不久的都市人的想法。其实，选这个地点来街访，摆明了只能与一部分时髦女子沟通，而且这个沟通也就是短短几句话而已，没啥好深入的地方。当然，掠过也是掠了一过，留下一点点痕迹也是可能的。好比那时不少摄影师都喜欢提着相机到街头去拍走过路过的人，所谓时尚在街头的意思，还好那时的人还挺淳朴，拍了也就拍了，很少事后来算账的，用到媒体上也不必费心思地打上马赛克，去翻翻90年代中后期的报纸，一个个穿着或精心或别致或别出心裁的女子在报纸上走过，背景不外乎街头商厦，好像一个风头渐起的时代，人的心思也开始向外，衣服不过是最容易标明的符号罢了，牌子牌子，女人讲起来都口口声声，男人的西装商标翻在袖口上，舍不得剪掉，一只只皮尔·卡丹的logo赖在袖口上不肯下来。后来大家知道其实不是什么好牌子，但是卡丹早进来，大家也就先皮尔起来吧。

也有走过来中年女子的，打扮得清爽里带出点妩媚，短发是卷的，短大衣，黑紧身裤，黑皮靴子，边上挽着女儿，女儿清汤挂面长头发，也是高筒靴子，细长腿亭亭，妈妈说出来领领世面呀，有啥好的样子自己回去买了料子叫裁缝做也蛮好的，女儿讲还是店里的衣裳好，有些细节裁缝做不好的。母女俩慢慢走进伊势丹，看起来倒像姐妹淘，这种风景最是怡人。不过，那时来不及细细体会，只想着如何写文章啊，如何发现有意思的角度啊，要到十多年以后，才会在心头煨上回忆中的一格格场景，品出岁月里绵长的安好。

有一次是在普希金铜像附近，铜像下的台阶上一个老头在那里晒上午的太阳。有个金发女子正好过来，黑色棉线衫，大花棉裤子，浅口黑皮鞋，随性休闲的打扮，而我穿着黑真丝绢纺长裤，灰色毛开衫，翻出棕红的真丝衬衫领子，跟金发女子稍稍侧着30度角的样子聊了聊穿衣打扮的闲话，金发女子很配合，一开始听到我招呼她，似乎有一点点困惑，等到用英语说明意图，她微笑着豁然，其实这样的沟通也无法深入的，只能说说"经典款式"或者"休闲装"之类。女子是跟丈夫来上海的全职太太，上海生活方便，人又比家乡的多，热闹啊，给老外足够（在我们看来甚至是太多的）尊重，女子觉得在上海生活很愉快。

又走过来一位棕红真丝后开衩长裙的女子，配搭着黑色开衫和黑皮鞋，淡淡的妆容，长发简单马尾，单肩黑色皮包，右手持着背带，左手搭着右手，缓缓走着。30岁不到的上海女子，163厘米左右的身高，圆脸，说话时细细地微笑着，颔首，眼睛望着你，矜持而礼貌，说着穿衣，说着喜欢的颜色，透出对日子的信心和还满意的神态。她说在东湖路那里的一家公司工作。是 90 年代中期风光正起的"白领"。

二

那时的空气里，欲望的舞蹈刚刚跳起不久，还在热身，手脚尚需要配合，难免有时动作难看，有时动作失调，虽然也有暴发户在精品小店里一掷千金买所谓名牌然后抛在地上做拖把的斗富猛料，到底各种虚荣和欲念还都躲躲闪闪着，到底大家还是知道一点规矩的，只是，舞台越来越灯光闪烁起来，好比是要索性不夜城了，一个个赚到第一桶金的人开始出来说财富神话，为已经点着的火续上燃料。还是围墙的墙很快就一块块敲掉，或者开成店铺，或者拆成废墟，废墟上自是要起一幢新楼。空气里尘满面，烘烘然。梧桐树要迁走，幸好后来又回来了。去去来来的，其实已经有什么东西碎了，但似乎人们还未听见，或者说即便听见也只是犹豫了一下，让伊去。一个个人，一个个城，都在火热烘烘起来，那些声音的碎片有多少人会去倾听？就是那些曾经很在意倾听的人，不也是被吸引着跟着过去了？

服装不过是一种容易领风气之先的物事。人也是最容易从衣衫着手来改变的。蓝海洋时代里还有花色领子翻出来的一点点小心翼翼的俏丽，列宁装的腰身收一收掐出一把藏着掖着的妩媚，布票供应的时期里，过年也是要有一件琵琶纽的花布衫。如此讲时尚了，讲品牌了，讲摩登了，自然领和袖们都走在前头了。

和领和袖们休戚相关的，自然又旗袍啊，月份牌啊，20世纪 30 年代啊，上海滩曾经的繁华也在这时兴起第一波所谓的怀旧热。金枝玉叶啊，繁华惊梦啊，老克腊啊，老建筑啊，某某百货公司的前世今生啊，过去隐身的年华好像一下子都华年起来，其实那还是浮在上面的那层油吧，当然要是没有这层油，上海还真不是上海了，油和水还很不常规地时而融合，时而很常规地分离，终究是有些特别的。马路边的米店拆下门板，拆下舂米的机器，变身酒吧咖啡厅，过去的年月做店名，逝去的时光是卖点，月份牌老打印机老底子的双妹雪花膏瓶都是极好的氛围装饰，剃着男孩头的女孩，长发的女孩，在柜台后打理着，摄影师约了去采访，男孩头女孩说我认得的一个阿婆哎，真叫时髦来，每个月都要拿出贴己叫孙女去香港买衣服呢，听起来总归是哪个大户人家的后人兮兮。偶尔黄昏买菜归来路过，男孩头和长发相挽而行，黑色衣服色调看起来很搭，可是又分明腻出一些其他什么来。不知道，不细想，只是存着片刻影像。

90年代城市又闹猛起来，各式人物来登场，各种活动搞起来，各路人马来跑这个大码头，好戏有点啥说头的都可以来说一说，反正好戏才开场不久，大家都来热身、活动、拉场子，其实，十年以后也还是这样，只是更加热切更加闹猛更加标题好看做得更富丽更堂皇，好比现在的布料，总要掺和点其他啥的，还要冠以为高科技纤维等等，90年代的面料倒还实诚，羊毛是羊毛，羊绒是羊绒，棉是棉，虽然确实有时不如多纤维的富有功能性，终究还是看得见摸得着，好比小馄饨的汤料确实是骨头熬的，而不是多年以后什么的骨头膏，简直"神奇"得面子夹里底裤都不要了，不管，银子啊银子，银子是一切，好比污染的河流旁那些好像看起来很体面的厂房高速广告牌，等等。

有一次去复兴西路的一幢老房子，和一位编辑一起去采访台湾来的形象设计师。形象还设计师？这个名词现在当然毫不陌生，新兴的时髦行业之一，其时是时鲜，距离某位在脸上画很戏剧化妆容的女形象设计还提早了几年，话说这位擅长戏剧装的设计师后来在汾阳路上的小白楼一侧玻璃平房里见到过，尖瘦的脸，瘦的手和脚，长发，骨感得很，飘逸的服装，如今已去世的有位女作家那时节在电视台做节目，妆就是她画的，女作家被画得特别细腻、立体，低首的姿态很女人，当然女设计师也着实火了一把，也是领风气之先的人物。那么，这位台湾来的女子有什么道道？熟女的姿态，眼睛很大，盘发，刘海翻飞，但不似坊间的那种中年女子的盘头翻翘那么夸张——夸张到一个人可以仿佛只见到翻翘刘海，她慢慢说话，对投资上海很有信心的样子，门面已看好，装修开始了，现在的人需要整体设计，穿衣打扮气质，她用不锈钢调羹绕着英式红茶包的棉绳，整个茶包被调羹包裹，茶汁几滴坠入骨瓷杯，几乎不起波澜。若非茶包，大概伊还可以再充分地演绎一番红茶饮法？英式下午茶，这个概念在90年代刚刚兴起——不，当然，其实，在上海的很多很多年前，很多有余资有余闲有余情的人也是喜欢就着泡芙三明治核桃挞吃一杯这样的红茶。当然，喝茶从来就是咱自家的历史悠久，不过老伦敦的客厅文化，尤其投合向来对西方引颈瞭望的华夏子孙。

扯远了。话说台湾女子的形象设计店还真的开张了。不过没有去"形象"过。似乎没多年就关张了。春江的水还未暖和，试水的鸭子大概只好关张拎包返程了。多年后网媒发达，时尚更发达，各式秀场牛毛，所谓设计师一词早已泛滥，从台湾来坊间扑腾的除了造型师们（台湾来的化妆师貌似年轻男子最多，说话软软的水水的，含着齿音），则是另外一波号称心理咨询师（或者心理导师）名头的男女，来一点佛道，来一点西方完形或家排，再来一点瑜伽静心，发现内在，完成自我，和宇宙接通，中文真是魅惑力的语言，也是需要，物质大多不太缺了，可是还是觉得缺，为什么呢？去心灵工作坊吧。课程课程，课程之后还是课程，如何解决问题？如果没有真正的内在的觉知，如何能情绪管理发现自我，甚或放下自我？这样的修行其实最是来不得短平快，而是日常每一天，粥饭汤水间。不过，上课还是不断盛行着，说来其实也是一种寻找归属的心理吧。

话说，那次采访台湾来的设计师，没顾着好好看看那幢老楼，红砖墙，立面宽大，内里房间轩敞，地板踩上去弹性，女设计师很会挑地方，现在推算起来，大概后来在上海滩以改建老建筑曝大名的登琨艳应该也已经潜水上海了？那幢红砖墙的老楼现在应该还在吧，拆拆拆，复兴中路或许还是能挨得过，否则这城市真是何来一点点安居的静气。

三

十几年前了，1999 年 12 月 31 日，接受了约稿，去华亭路看看聊聊，写一写 20 世纪华亭路的最后一天。之所以接受，还是因为和华亭路有点缘分。1986 年的春天里，第一次去华亭路，用得来的奖学金买了灰色夹克衫和咸菜绿的小腿裤。大四的女生，慢慢地大家开始打扮，短裙子，棒针衫，真丝衬衫，碎花长裙，修身牛仔裤，有的女生开了双眼皮，悄悄买来国产口红点一点绛唇。大四时，宿舍里庆祝室友入党聚餐，各自都还化了点淡妆，没有迪奥，没有香奈尔，不过一块普通的粉饼，一支眉笔一截口红罢了，我还给室友上了妆，那天从来素颜从来不口红的她闭上眼睛安静地让我在她脸上唇红了颊白了。1984 年开张的华亭路市场虽然在五角场的我们看起来过于遥远，到底还是知道了。

第二次去华亭路也在这一年，春去夏至，却已然是要教起书来了。去单位报到后，与同去的女伴去了华亭路，大概是买了点简单的夏装，也大概看到五颜六色终究还是有些许憧憬，物质生活在华亭路上显示出它的魅惑，80 年代刚走出大学校园的我们似乎还能以这个俗气那个花哨来平复内心其实渴望的涟漪，只是，这样的觉知其实并不在彼刻发生，物质生活的强大气压到了 90 年代初就渐渐显示威力了，80年代人的热情终至是悯然了起来，内在的平衡当然到底破碎了，起初还是想要修补修补，可是，欲望的舞蹈跳起来就停不下来了，布景场景舞台灯光变幻陆离，跳到世纪末，进了21 世纪，竟然是连补的愿望也气息屡弱，肢体的动作倒是越发的狂乱虚饰。当然，华亭路是无辜的，不过一条路罢了，个体户，商品满目，给人们多的选择，倒是市场经济的。当然，卖仿冒品假名牌，也是难免的，虚荣和某种身份的焦虑，仿制品总是给人性的弱点挠痒。不过，出口转内销，外贸产品，新颖的服装款式，也是去华亭路的理由，价惠质优，品牌产品的尾单，让人收获小欢喜。其实，为什么外销就能做得价惠质优，内销产品就不能亦然呢？好像干部工人农民，一级二级三级工资等等，生活中的琐碎都是充满了等级和分别。

其时，款式落伍一成不变的国营百货商店看到华亭路心里是免不了要格楞格楞的，喇叭裤、高子衫、文化衫、工装裤等等时髦就是从华亭路蔓延开来。本埠外来的，旅游商务的，华亭路是在上海逗留者的必去之处，好比现在的新天地田子坊和外滩某某号。732米长的华亭路，硬是长成一条意味丰厚的路。两边的宅子，不少是老洋房或新式里弄格局，说来算是沪上的好居所了，也放下身段，一层底楼的，借租给商户的并不少见。

说远了。所以就去了所谓世纪末最后一天的华亭路。照旧是闹和挤的，不过盛况已经不复从前了。华亭路之外可以消费的时尚商场已经很多了。从上午9点到下午1点，在这条不长的路上来回，和摊主闲聊，有人看到摄影师的镜头，伸手挡住，不要拍不要拍，要拍要到管理处登记，人们的肖像权意识大大提高。不少摊主其实是租赁户，挖到第一桶金的摊主已然靠租金优哉游哉了，袜子、帽子、包包、衣服，现在的摊主们必须比其他人款式新或者货色全或者价格合适，才能胜出。生意难做格。

2009 年 4 月的一天午后，偶然路过华亭路，却已经是一条闹市里安静的马路了。2000 年 8 月的某一天，华亭路的时髦和喧器散去，重新在襄阳路汇聚，而到了 2006 年上半年，这股子四季不歇的热气腾腾还是止了。售假的名声已然摆上了国家间的谈判桌，眼开眼闭是做不到了，罚点小钱也不彻底，虽然明星富人也喜欢来买买仿制品，人的弱点全球一致，不分彼此的，那么就关了吧。不过，七浦路，城隍庙，牵丝攀藤地，有产有销，有供有需，这样的市场总归在某处。襄阳路附近的陕西路上，几张仿制品图片，一个斜背包，神秘兮兮的样子，非本埠口音，30 多岁的男女们，走过路过，来一句"××的包包要伐？ ××的表要伐？"，国际著名的歌星也从某条弄堂里的某个阁楼上满载而归，喜滋滋 logo 包包一个又一个。哈。

更喜欢安静的华亭路。曾经人气旺盛的小商品街恢复了它本来的气息，老房子的院子里槐树樟树苍苍郁郁的，枝叶都茂盛出了围墙，偶尔有一两家小时装铺子，无论卖休闲风格的，还是比较正装调子的，皆无闹市街区的火气，仿佛坐等新老顾客回头一顾的矜持。有改建成公司的老住宅，当然更加矜持地以一落围墙挡住外来的视线。轻启的黑色铸铁大门里走出一对老夫妇，干净沉静，相携而走。

只是，喧嚣却是日日而甚的，这样的安静已是偶得。这个城市，有几条这样的马路呢？剩下多少是多少了。安静的马路少了，走在路上的人，早也不那么安静了，躁动、仓皇、淡漠、茫然，广告越来越多，商品越来越多，人也渐渐地把自己当作广告和商品。

流行的物事一波又一波地开始，涌动，过去，好像不能停止，资本如何能停止呢，人也觉得不进则退，可是，进什么，退的又是什么？何以不进就退了呢？一股脑儿地都赶着潮去了。

行色不止。

其实只在这一刻的色形中。

2012年12月

那时周末

周末的校园，好比一根绷紧的橡皮筋松了下来，教室里的灯照样开着，灯下的人却少了，午后月季花坛边坐着的男女学子不是在念书，而是密密细语地享受着青春和阳光。食堂里卖饭的窗口总也少开了几个，饭菜温温的，像是早早做好了，只等着人来买，赶快收场了事的意思。紫藤懒懒地爬在红砖墙的办公楼上，将一个个窗户都镶上了绿框。最喧闹的篮球场，这个时候只有三三两两穿捷径的人走过，偌大的水泥地每天吸收了太多生命力盎然的汗水，需要晒晒太阳，缓口气了。

住在集体宿舍朝北房间里的人，看到太阳好，纷纷起个早，抱着被子，下楼，将被子搭在教学楼前的花坛栏杆上，花坛里种着塔松和开粉红色花的月季，四五条被子晾在栏杆上，倒像是哪家人家的小花园，校园就透出了家常日子的味道。对门梅芳的男朋友来了，两个人正在水房里洗从菜场买来的一只鸭壳子，梅芳说鸭壳子烧汤，再放点蔬菜，味道老好的。梅芳的家其实在市区的，家里小，离学校也远，梅芳就常住在宿舍了，她的男朋友一来，就帮着梅芳干活，老实的样子，他们两个的脸都是小小的，焦点虚了看，倒有些像，只是梅芳的皮肤比男朋友黑，说话的声音也要响，让人感觉梅芳是强出她男朋友一头的。门虚掩着，里面鸭壳子的香气还是弥漫出来，梅芳和男朋友在电炉上忙活着。电炉明着是不能用的，有几次，大概五楼四楼的都有人一起用，全楼就倏地一下全瞎了。可是，一会儿就又亮了。楼梯旁的电路箱子，是开着的，好像随时都可以修理的样子。侦察下来，说四楼几间男同胞宿舍里都备着保险丝呢，女教师们大可放心。梅芳用电炉煮鸭壳子的时候，东头的那家夫妇也在煤油炉上炒菜，周末楼里有条件的人就不愿去吃食堂菜了，情愿花点精力渲染一些家居日子的气息。

太阳香的周末，年轻的女教师会结伴出去逛街。先是在宿舍里拾掇。对着上铺的小圆镜子，抹国产口红，稍稍地画眼线，放下上午卷着的发卷，用"旋风"牌的吹风机吹了吹，然后晃几下"霞飞"摩丝罐，手上滋地鼓起一圈白沫，抹在头发上，梳好。这个时候的摩丝质地不够柔滑，硬硬的，头发看上去有些夸张，是一望便知地用心装扮的味道。不过，怎么打扮还是那种老实质朴的手法，加上年轻打着底子，所以还是透着清新。好像花苞刚刚知道自己要开放似的。

出了校门，拐弯就是肇嘉浜路，那是一条宽阔的马路，来回四车道，中间隔着绿化带，有水杉塔松冬青香樟和美人蕉，绿化带中修着蜿蜒的人行小道，偶尔有条石凳，初春的时候一蓬蓬迎春花开在路边，一冬干硬的马路好像慢慢变软，夏天走在香樟树下，旁边蒸腾的马路就有了点隔世的味道。绿化带上的行人并不多，一般都是晒太阳的老头老太边走边甩手，他们都是住在附近的人，还有走乏了的路人坐在石凳上休憩，在汽车自行车的流水中它就像一座安静的小岛。不过安静总是相对的，绿化带说起来其实是莫测的地方。有一次，女教师去华山路，走在绿化带的小道上，突然就看见一个男子猥猥琐琐地从对面挨着走过来，她本能避让，差点碰到了旁边的铁栏杆，那男子迅速地拉开裤子拉链，迅速地鼓捣着，然后又迅速地与她擦身而过，整个过程简直不过几秒钟，她的呼吸突然就屏住了，急速地往前走，不敢回头看那个男的。回去告诉室友，她哈哈大笑，一个露阴癖，怕什么，他不敢怎么样的。

肇嘉浜路两边比较多的是工厂，左面马路有绣品厂，无线电厂和几个航运煤炭的研究所。绣品厂是进去过的，学院工会搞活动，说是到绣品厂参观，了解改革开放初期的成

· 53 ·

果。绣品厂那时还忙碌着，工人们抬头看一眼来人，就低了头在机器边忙活。有的机器里出来绣花窗帘，长长地连着一匹一匹地叠在地上。有女工在踩电动缝纫机，对机器绣花的半成品进行加工，做成台布、枕套。绣品厂里没有看见人工绣花的车间。出来的时候经过一间卖品部，白麻布的绣花台布有镂空的花，粉红天蓝的，很漂亮。让女教师遐想，如果有自己的家，桌子上就应该铺一块这样的台布。这还不算，室友却微微抬了头说，我看过我妈妈从深圳带回来的外国杂志，人家西方人桌子上要铺双层台布，下面深颜色，上面浅色调。唔，调和色和对比色用着都好看。

逛街经过绣品厂时，她们就喜欢看看那间卖品部的橱窗里有什么新品种。绣品厂到20世纪90年代中期时已经差不多关门了，这是后话。在绣品厂的原址上造起一幢专门给老干部活动的宾馆，棕红色的弧形立面，老骥伏枥志在千里的恢弘模样。不过，这个时候，这些普通家庭难得用的绣品台布还是给人想象的。浆洗过的、棉麻质地的、镂空绣花的白色或米色的台布，比那种线钩台布精致气派多了。线钩的台布其实还是稍稍考究点的人家用的，一般人家家里床头柜上铺块自己钩的台布，用白团线，钩了一朵朵花，边缘一圈穗子，衬在深棕色的柜子上，似乎有点典雅了。那个时候有些人家桌子下面也就铺张白纸，上面压着些家里人的照片，加上一张月历，也算一种装饰。

走过绣品厂用不了几秒钟，可是那些东西还是映在了年轻女教师眼里。

这里是城市西南角中心，第六百货算是大商店了，大多数店铺集中在华山路，热闹的是公交车，26路、50路、43路、42路……穿来梭去的，肇嘉浜路在"六百"门口割据分裂成一个个公交站点，碰到26路电车的辫子脱钩，就乱了套。逢着了，公交车只有等，自行车纷纷抢道，七扭八拐地穿出去，行人就干脆在汽车和自行车间扭秧歌。从被自行车抢了路的人行道上勉强挤出来，闪进"六百"，已微微出汗了。

汗衫手绢，皮鞋手袋，蝶霜香脂，店堂深处卖点心糖果，百货都一柜一柜地混杂在一起，营业员三三两两说笑着。

"你看有新上市的'霞飞'洗面奶呢。"

"买一瓶试试？"

是国产化妆品风靡的时候，进口的大概就数"力士"香皂让人印象深刻，包装上娜塔莎·金斯基的眼睛都望着你，美丽而忧伤，像她扮演的妩媚天真的苔丝。电视里金斯基优雅地对你说我用力士。"力士"还是贵了些，不过没关系我们有"白丽"，"今年二十，明年十八"的广告语是俗气了点，但白色粉色的皂体看上去比硫磺香皂好看多了，也显得有点进口货的意思。盥洗室里蜂花檀香皂的身影渐渐稀少（当然不会想到二十多年后檀香皂重新成为宝贝，终于还是有不少人意识到老牌子国货的好，不过不用几年进口货哪里来如此体会呢，人的心思向外的时候自家的物事是越看越不顺眼的）。"白丽"的，"力士"的，还有从香港深圳带过来的"棕榄"香皂，粗糙水泥的公共水房里也有些香气撩人了。当然怎能少了"霞飞"洗面奶呢，不少女教师都有，粉红塑料瓶子，放在水池口沿，虽然脏污的沙色水泥池子，水泥地，锈迹斑斑的水龙头，几乎天天的湿答答，乳液状的洗面奶照旧是迷人的。

"霞飞"商标设计成蝴蝶模样。说是洗后面孔特别滑腻的，不像用香皂，皮肤容易干。年轻的时候似乎很少去关心这些滑腻之物来自何处，也很少关心这些化学物对人体的伤害，大概真是少知少畏，不过社会整体的信任度也是原因之一吧。当然，新事物总以魅惑的样子出现的，封闭的时代一旦慢慢慢慢地开一点缝再开一扇窗，最先跃跃欲试的其实就是日用品，物的率先而入最是撩拨人心，肉身常常是最直接的感应器。

在大报依旧是很巍然的样子在讨论姓"资"还是姓

"社"的时候，类似《健与美》的杂志则在美化生活的名义下告诉你怎样保养皮肤，怎样健美。洗面奶香皂面霜等天天所需之物其实早就在人心肉身润滑诱引。

柜台里蝙蝠袖的羊毛衫让人亮眼，还有帆布镶皮的小包设计得不错，仿佛是弥补求学时代的清心，工作不久的女教师是有了些稍稍丰润打扮的心思的，似乎是一朵花明白自己开了。

"六百"对面，是家影院。里面一排排木制长凳子，凳子靠背红漆写着座位号。坐在里面看电影，人和人之间无奈得挨近，要随时收缩着身子的。很多年以后这里矗立起体量庞大的美罗城，吃喝玩乐一应俱全，楼上还有家高科技的影院，沙发椅环绕声 3D 等等，来的人在"爱疯爱派"的时代接受影像的，大多是不会坐过那种长条凳子的。长条凳子时能看的电影不多，不过似乎印象倒反而深了，演员们虽然没有锥子脸，却平实朴素，是走进电影里的故事的，然后又走出来，走进看的人的心里。这些长凳子的木头都很结实，不知后来派什么用场了。

"六百"附近藏着蜘蛛似的小路，路两边密密挨着矮房子，时不时鼓出来一间灶披间，像是路上增生的瘤子。这些路上，却又开着烟纸店、三黄鸡店、杂货铺子。店铺门楣上常常夺拉下楼上人家晾晒的衣服，滴滴答答的水痕摊在马路上。

逛了街，女教师也到这里来吃三黄鸡，是存心要把周末过得彻底的味道，心里略略地盘算一下口袋"存货"。一斤鸡，两碗鸡汤面，味道不错。三黄鸡鲜嫩，鸡肉与骨头连着血丝。其实吃三黄鸡是吃佐料，佐料鲜，鸡的嫩才能够表达得淋漓尽致。

小店的桌子油腻腻的，窗子外飘着对街人家晾的衣服，骑28寸自行车的人嘀铃铃而过。从校园出来的女孩子忽然发现世俗生活就在身边，或者说她们已经在里面了。

对了，赶快回去，晒的被子等着收呢。

2004年初稿
2014年年底再修改

修棕绷，磨剪刀唻

有些声音消失了，大概就永远也听不到了，因为这些声音所伴随的时代过去了。

比如叫卖声。非如今集贸市场上商贩提着喇叭拼命兜售的吆喝声，亦非小店铺外挂着的录音机里不厌其烦鼓噪着的叫卖声，这些声音都过于火爆燥热，钻你耳朵没商量，让人烦心，直想惹不起还躲得起。

怀念的声音，是那种在街头巷尾突然而起倏忽而过的叫卖声。声音起得亮，拖着尾韵，像民间小调，有着微微的起伏，仿佛江南的山水，逶迤远去。

"修棕绷嘞，修藤绷！"——尾音常常突然就跳了上去，仿佛是男高音看重的那个高音C，可是叫的人似乎并不吃力，有点自娱自乐的意思。这时候一个背着一大包棕绳的外乡男子从外路走进弄堂，他边走边叫，不急不慢，也不东张西望，如果有楼上的人探出窗口叫住他，他才回过头来。棕绷从楼上抬下来，用四只凳子架好在外面场地上，修棕绷的就开始工作了，他很少言语，慢慢地穿棕引绳，除旧换新，加密旧了的棕绷。棕绷一般是人家用了一年以上的，经过一个下午的修理，就是一张新的棕绷了。夏天的时候是最多听到修棕绷声音的季节，修绷人在午后的树荫下安静地工作，"知了知了"蝉声陪伴他，还有午睡后的人们，邻居们想看看他的手艺，如果满意，那么修棕人今天甚至明天的活儿就有着落了。他不太和我们搭话，我们只知道他是浙江人或者江苏人，具体来自何方，住在哪里，无法知晓。但我们知道明年他还会来。似乎日子就是这样规律无比地过下去。等家家户户不知不觉中枕着"席梦思"入眠后，就听不到修棕绷人的叫声了。有的老人恋旧，可找不到回春妙手，以为一直会在夏天出现的那种声音，在如水的日子湮没了。蝉声倒是一年比一年叫得欢，人们待在空调房间里也懒得去听。

"磨剪刀唻！"——更多的是在过年过节的时候听到，杀鸡切肉宰鸭的，没有一把锋利好刀可不行。买新的，不舍得，旧的磨一磨就好。磨刀人几乎是在人们的盼望中到来的。老头，系蓝卡其布围裙，肩扛全身行头：一张安置了磨刀石的木长凳；一个小桶，容水之用；一只积着茶垢的搪瓷杯。"磨剪刀哎！"老头的嗓音苍劲，听起来坚硬，尾音短促，好像有切切之声，倒很符合磨刀人的活计。老头沉着，他先在楼梯口放下家伙，提上水，一把把刀堆在脚边，他坐在长凳的后半部，拿起一把，浸一浸水，然后弓着身子"霍霍"起来。累了，喝几口人们倒上的开水。有着急的，过十分钟要出去看看，老头边以手试刃，边说："快了快了，要磨就要磨得好。"老头显然满意他的手艺。这手艺和他在一起简直一辈子了，手艺是他的，他是手艺。人们认他的手艺，今年磨了，明年还磨。手艺将他和其他人的日子嵌合起来。一把用了多年的刀，会认得各种手艺，持刀者的手艺，磨刀人的手艺，或许应该还有过日子的各种手艺。

"鸡肫皮，甲鱼壳，有伐？"——这是出现频率相对较低的叫卖声，这个时候鸡甲鱼平常鲜见餐桌，甲鱼倒还有得卖，是村人从乡下河渠里捉来的，也似乎不怎么贵，至少不比鸡贵多少。而鸡却是几乎只有在过年才可以配给的，还是冻的。即使养个把鸡，毕竟不比农村，不方便。所以，可以卖给中药店的鸡肫皮甲鱼壳当然不会多。但一旦逢着，人们就小心洗净那个小小的鸡肫，晒干，存着，等着哪一天有人来收。来收鸡肫皮甲鱼壳的也是老头，走路躬着身，腰直不起来的样子。他叫起来声音有点闷，往下沉的感觉，老头似乎意识到每一次并非收获丰厚，所以他走得快，有时等我们欲喊住他，他已经转弯了。好像回收鸡肫皮是20世纪70年代生活中的一阕"如梦令",虽然短,但色彩粉红,人们不期然打了牙祭还得了零花,小孩子是比较盼望吃鸡的时候听到老头闷闷的声音的。

叫卖的声音贯穿着日子,此起彼伏。春节即临,与"磨剪刀哎"唱双声部的就是"阿要切笋干,笋干要切伐?"——也是老头,也是长凳,不同的是长凳上有套刀具,专门切笋干的。江南城镇人有过年吃笋干烧肉的习惯,笋干是早已买好,泡在脚盆里的。笋干能切得且细且匀并不容易,手劲其一,快刀其二,一定的技巧其三。所以,切笋干的老头其实也是专业人士。他们刀手合一,笋干如发委地,老嫩咸细。春节前,无论街头还是住家楼口,随处可见切笋干的老头刀起笋落,发出有节奏的"切切"声。一直到年三十上午,才算告歇。切笋干的老头们大多是附近农村的,他们在农闲时怀着手艺到镇上来找些闲钱。镇上的人过了春节还会议论笋干的粗细软硬。当农贸市场卖起了切好的笋干,老头们的刀可能也渐渐锈了。人们总是喜欢方便的,哪怕市场上的笋干粗粗宽宽的,如跳舞的绸子。一经过了不需要炒瓜子做汤团的春节,"阿要切笋干"好像就只是一种怀旧情绪了。

在短缺经济时代,小商小贩的经营是没有一个名目的,但是他们拾遗补缺了人们日常所需。也许因为走在边缘,他们的足迹只能穿行街巷，他们的声音响亮但克制，他们并不急吼吼，虽然心里是急的，但他们依然温和地与生活抗争。他们的声音反而成了人们生活中的一个破折号，好像在平静的生活中起了一点波澜，不是激动人心的波澜，依然是切入日常的，可终究有一些不同，尽管这种不同依旧归于日常生活的名下。于是，叫卖声是关于生存的，也传递着生活的韵致。

当社会所提供的物质选择日益丰沛，当这些叫卖声依托的时代逐渐被替代，当生活给予人们选择的领域越来越大，集团化的生产方式占据社会主体，叫卖声所蕴藉的那种手工经济的意味自然渐渐稀薄和萎缩。也许我们怀念叫卖声的韵致，那是怀念我们自己的岁月，那些岁月里的感受。也许还有短缺时代中的那种珍惜，珍惜生活所赐——物质和乐趣。

2001年

与壁虎一起纳凉

下午 5 点钟，楼下大平屋前厢房的方先生下了班，不急着吃晚饭，脱了外衣，背心短裤的，用脸盆一次次接了水，将厢房窗下的水泥地浇个透，然后，在水泥地上支起小方桌，与妻子一起准备晚餐。

夏天的晚饭，当然是要在露天吃的。

其实，水泥地是路的一部分。我们的三层公房楼和大平屋平行，中间就是种着水杉的场地和水泥路，路往东沿一排平房新村通城河，朝西经露天公共水台、公共厕所入另一处新村。好在，从西大街延伸进来的子弄堂沿着老屋、公房也蜿蜒入新村，所以，大平屋前后厢房里住的人家也稍稍地可以往这条路上透几口气的。

天色渐渐暗下来。场地上、平屋前、公房路灯下，方桌、竹椅、板凳和躺椅多了起来，平房里的人到外面吃饭，楼房上的人下来纳凉，男孩子们因陋就简，一张方凳子，四个小板凳，就可以在路灯下或扑克或军棋鏖战大半夜了。

露天水台却还热闹着，平屋里的，旁边新村里的，都集中于此，木盆、铝盆，主妇们有洗不完的夏衣，拎着大桶的是回去冲凉的，水台从晚饭时间开始就一直不停地唱咏叹调。

方桌上的毛豆咸菜肉骨头黄豆汤慢慢空了碗，换上大麦冷茶，家境好些的添了果子露加冷开水的饮料。天也完全地黑了，霓虹灯稀少的城镇夏夜撒满了星星，纳凉的人有的放平了身子歪在躺椅上；有的摇着蒲扇和邻居闲聊；有的嘴里搭着话，手里织着毛衣，母亲就经常在膝盖上垫把蒲扇，纳凉编织两不误；打牌的地方，围着些男孩女孩，四人的牌局其实参与者众，路灯照亮了相聚的人，也照亮了墙上爬来爬去的壁虎。壁虎从墙角窗台的缝隙里"倏忽"一下蹿出来，"倏忽"一下吃掉几个蚊子，有怕的想打它，可是"倏忽"一下它又不知钻进哪个罅隙了，大人就说，壁虎吃蚊子，怎么好打？渐渐地，怕的孩子也就松了紧紧的心，稍稍离了墙壁看牌，任着壁虎与我们一起纳凉。

这是20世纪70年代的夏夜常景。照时下的话语来说，这样的夏夜纳凉事实上营造了一个市民的"公共空间"，不过，在这个空间里，每个人都是相对公开化的，缺少如今格外珍视的隐私。纳凉的时候，我们的身体是公开的，男人通常上身赤膊，即使背心汗衫，一不小心，背上的窟窿见了人，男人的女人们略略有点尴尬，不过稍稍也就释然了，夏天乘风凉嘛，就不考究，能穿就行。而女人也是能简则简，自家做的无袖短衫是流行的纳凉装，老妇少女的区别在于面料，年老的简素，花色以小圆点细条子为主；年少的花色些，粉红天蓝的，小碎花的图案是主打；也有相对一致的，就是这个时代流行的朝阳格布，朴素里有一点点精致的风味，大家都喜欢。外部条件的相似，使纳凉变得纯粹，环境是熟悉的，日常的，不需要有坐在眼下装潢风格化的酒吧里情不自禁需要采取的一些姿态，与壁虎一起纳凉是再日常不过的事情了。

在这个空间里，每个家庭也是半公开化的，吃什么饭菜一目了然，白天的话题自然也会在纳凉时聊聊，而张家长李家短的由不得不在手摇蒲扇的悠然中有一搭没一搭的说来，倒也不是纯心要与谁过不去，宽松的衣服，宽松的心情，闲话仿佛夏夜一阵一阵吹过的凉风，来了，又散了。不过，我们也正是因纳凉而知晓了些邻居的家事，手头紧了，夫妻闹别扭了，小孩子读书不长进，某某新处了个对象，甚至那个年代很忌讳的话题，谁家的女儿谈朋友出"事情"了，大人以为我们这些十几岁的孩子不大懂事，漫漫议论着，其实我们可都听着呢，纳凉仿佛为人事之厚壁开了扇窗，不知不觉也就使我们藏了些事情在眼睛里。

20世纪70年代后期,电视机进入纳凉空间,那是平屋里方家的,9寸黑白的。于是,方先生到家除了洒水阴地,又多了样活,把电视机搬出来。他们边吃晚饭边看电视,我们纳凉的人也就沾了光,看露天电视。记不起来当时看了些什么电视节目,好像有新闻,有越剧,还有几个老电影,《小兵张嘎》什么的。印象深的那个电视剧《大西洋底来的人》是冬天时播的。其实我们也不是看什么电视,就是图个新鲜和热闹。大人们闲话,好棋者照样路灯下杀得欢,爱瞅个图像的就移移小凳子,大家都很耐心地与暑热共存。21点过后,纳凉的人陆续回屋,剩下的话语间流出了惺忪,用蒲扇遮着打哈欠,路灯里壁虎爬得欢,路灯下看棋的人站稀了,四个男孩子似乎使劲保持着热情,但酣战的热度终究抵不过瞌睡虫,不甘心地停了局。

当下夜班归来的人路过时,水杉树间的小凳子都回了屋,硕果仅存的户外人也都靠在躺椅上打起了呼噜,水台终于休息了,偶尔有个笼头拧松了,滴着水,夜归人顺手过去拧了拧。

就剩下壁虎与夏夜共舞了。

2001年

台风来的时候

  台风在很多年前登陆这座城市的时候，似乎是比较温和的，或许温室气体的排放还在地球可忍耐的范围内，汽车尾气等的污染地球也还容忍，南极的冰山们还固守着冰帽的厚度，台风的性情也就不那么犀利，不那么气势汹汹长驱直入，而常常是在海上拐了个弯以后在黄浦江边的徜徉，或者擦着东海海面而过的欲说还休，于是，倒成为夏日里的一种盼望，换换凉爽的口味，仿佛炎热无可奈何地停顿下来，让位于台风刹那间的风光。

  台风总是让你有所准备的，它还在洋面上兴风作浪时，城里的气象预报就呼啦啦报告了，云气渐渐聚集成老气横秋的颜色，好像满腹心事无处诉说的样子，一不小心就会涟涟涕下的意思，弄得我们小老百姓赶紧合着老天的神色，收衣服的收衣服，关窗的关窗，女人喊着小孩子回家，男人赶紧提着砖头上了屋顶，把简易棚顶夯实了，晾在外面的豇豆干六神无主地着急，邻居一把先抱了进来，那几棵水杉倒是很欢喜鼓舞，从晌午开始就晃悠不停了，马路上的梧桐树则我为风狂般地扭个不停，呼啦啦片片叶子翻卷腾空，好比终于找到了疯狂的理由。商店的排门已经被店员抱到店堂里来了，台风里哐当一声倒在路人身上可不得了。白漆皮的门牌年久锈蚀，乘势左右使劲晃，这没办法，随它去了，还好体轻面积小，应该不会伤了人。一切的一切都大声喊着台风来了台风来了。来吧来吧，总是要来的，不如就早点来吧。

当雨和台风结伴应声而到时，大家的心反而是定下来。没有要紧事的话，好像台风是给了一个休息的理由，不如说说闲话，做做闲事，虽然心里担心着台风里菜价肯定要上涨一点的，可是感官却欣然地放松了。街上铺子里的喧闹淡下来，叮叮当当的白铁匠吸起一支烟望着门外，刚刚雨还倾盆着，这会儿好像没了力气，颤巍巍地飘忽。菜摊子的女人拣起了菜，台风里蔬菜的好价钱可不能错过。老虎灶的烟气是稀薄了，不过照看着锅炉的老头不急，台风一过很快要热火的，此时先把茶喝顺了。

路上被台风追个措手不及的行人只好奔进大商店暂时避一避，店员们做不做到生意也无所谓，心情全系在台风身上了，躲雨的人哪有闲心逛店，唯念着如何才能风雨归家去。可是，台风不是雷阵雨，轰隆一阵自己收场，顺手给你换个雨过天晴的脸，台风不扫遍整个城市不罢休，不吹倒几根电线杆不威风，不卷走几间陋屋瓦片不收心，等不及的躲雨人只好硬着头颈往风雨里冲，一辆风雨中的公交车，或者积水里的黄鱼车，好比达摩一叶苇渡，度众生。即使严阵以待了台风，又能如何？不过顺势而为，减少损失，总无法做功使法，让它回家去。且等着，看着，忍着，让它呼啸而来呼啸而去，留下城市一条条积水的马路，一片片杂乱堆积的角落，好像台风存心要扫去光鲜，曝一曝人间难遮的相，让人醒一醒沉浸在天青风静中的自以为是。

自然，暑热顿时在台风里鞠躬谦让，身体突然被凉爽的风吸走了汗，似乎感到了季节的变换。喜欢穿上棉布长袖衬衫，走到楼梯的窗户处，看外面的水杉随风一阵紧一阵地晃。弄堂里的老人此时倒喜欢在避风躲雨的小天井里，闲话做活。溽热的空气在台风里爽净了，吹在脸上凉而清鲜，像吃冰水绿豆汤的味道。这时，拿起母亲的毛线活织几针，竟然是别样的温暖，不是冬天里渴望的那种温暖，而是意外时刻的感官感受，是身体细微的感知被捕捉的那种欣喜。

雨收了，台风也没多少余威可逞，卷起家什，追着雨去了。好像急刹车过后的急放行，空气突然一热，门窗的插销吱吱响，人们忙着打招呼，出来打扫场地，重新晾晒东西，提着竹篮子紧着去买菜。商店市场也马上激活了，好像不好意思了刚刚的停歇。

身体似乎还不习惯刚刚打开的感官，没有灰尘味道的空气一点点厚起来，怀念台风时刻的清鲜明净，长袖子有点不甘心，可是无奈汗自己不听话地渗出来，还是短袖子继续它的良辰美景。台风逗引出长袖子的偶然风华，似乎是要"引诱"身体沉睡的感官开关，模糊地感知自然和人之间的缱绻对应。日常的风雨，飘摇了平静里的惊心。

就是这样慢慢铺垫着年少的情致。不要"恨别鸟惊心"，只要感时，花也溅泪的。

2004年

晒场

　　过了很多年以后重新走进这方空地，发现如此狭窄，甚或逼仄，水杉、砖径和小道依在，其余的泥地灰黑着，间或顶出小石头的尖角。一只炉子孤零零地立在空地和楼房的边缘，三两女人坐着聊天，冷寂里，闲话好像很快被蒸发。

　　空地很寂寞的样子，仿佛要许多烟火气来暖场。恍然间，旺盛的日子从泥土里嗞嗞冒出来，它其实很少主动要求温暖的，本身它就是个晒场嘛。

　　要晒的东西和季节一起伴生，不是东西多，而是再樟脑丸也抵不上阳光的一次无声风暴，何况真菌随时准备着在潮湿阴冷的空气里萌芽生长。人们变着法子拓展空地有限的空间，上下左右错落层叠，就差在水杉梢头披挂上阵了。

　　晒场靠着墙根的，矗着几双布底鸭舌鞋，黑直贡呢的，灯芯绒的，鞋跟坠满整双鞋子的水分，一滴一滴地淌出一条水痕，几乎要滚到小道上。跟着鞋子的，是刚下家用煤饼机的煤饼，北方人称蜂窝煤，12孔小眼，火钳夹起时需要屏住气对准煤球炉里的铁柱子，否则通不了火。这个时候呢，它们其实是外强中干的，软软的虚弱着，一碰立马瘫倒委地，要靠了阳光来紧肤强钙。人们喜欢把煤饼排成一个平行四边形，看着它们列阵晒场，略略生出清简的气势来。墙脚是可以靠很多东西的，人们是要把晒场充分地用足。对面靠墙的，还有马桶和刷子们，也不需要避什么嫌的，阳光一样钻进去留香。

　　要晒的重头戏自然是衣服和被子，大家都心照不宣地平均分配着晒场。这边一家支起两座自制的竹子三脚架，搭一根竹竿。那儿竹子绑在了水杉树间，飘些轻装上阵的衣服。前面小小的水泥台上，搁着两竹匾自制的萝卜干。而右前方呢，则固定穿插着竹竿和木头架子，晒着些季节里的逗号：雪里蕻，豇豆干，酱菜缸子，鲜香菇，这些逗号点的不是用力的句子，却连缀起日子里的念想，是精打细算地浮在日子里的暗香。太阳热辣的夏日，平常的衣物自觉侧身，把大片地方让给箱柜们晒霉。毛衣毛裤、棉袄大衣、压箱底的布匹被面，昔时做新娘新郎穿的锦缎短袄，甚至已经少年了的儿子女儿的小裙子小围兜，留着见证似的，好像要把经年历月的斑点霉气一股脑儿都晒了，年年如此，似乎家家户户都是阳光收藏家，虚无渗入实在，附身纤维肌理。这些衣服重新上身，或者继续沉睡，年年焕然，却也拥有层层叠加的气味。

晒场的上午是忙碌的，女人们穿梭不息，巧手匀称所有的晒物，不厚此薄彼。倘若雨后晴天，半干的泥地上你会见到一个个浅浅脚印，大小不同，虚实相异，仿佛杂乱细碎，却立场坚定方向明确。午后，软泥渐硬，不怎么分明的脚印又盖上一层，是女人们翻晒的身影，厚薄挪位，上下移动，里外翻转，羲和虽然自管自地走去，可也热力不减，说不定看着云层下面这些小人小物的，正提供了一个怜香惜玉的挥洒机会。翻晒的女人自然随口聊几句，眼光瞄几眼对方所晒——那件锦缎棉袄的式样不错，明年我也照样来一件；哦，她家有海虎绒大衣哪，心里不免涟漪荡开几许，晚上家里的那位就准备耳朵听唠叨吧。其实女人也是自己嘀咕给自己听的，似乎活着就得有些心劲的意思。不过这样的时候，女人们面上还是很怡怡的，顺手扶正人家的竹竿，搭个手帮个忙什么的是常事。有的女人翻着翻着，说笑起当年往事来。

下午的晒场亦如晒过的被子，安静里拖出松软的温热，走过路过的人自觉绕道，会心一笑，谁家的门口或阳台都不约而同地成了晒场呵，让这些布满日子的角角落落的珠子出来透个长气，晒个彻底的日光浴吧，这么一想，竟生出了满怀的庄重。

晒场四季轮转，到了年尾，一场大雪，水杉冷得发抖，

晒场唯有扫雪时被人叨唠，不过它平静地望着那些风鸡风鸭
酱肉咸鱼，从一家家窗户外矜持丰满地垂下，它知道当一须
须毛毛绿叶子铺上水杉，人们自然而然地回到晒场。而是
时，实在太需要伸个懒腰，睡上一觉了。

2005年

白牡丹在弄堂里盛开

拐进长乐路的这条弄堂，总算从繁喧中抽身，并不深邃的弄堂已然屏蔽了车流不息的喧哗。是新式里弄的房子，浅中黄的墙壁显然粉刷不久，垃圾房顶上一丛紫藤开得紫烟腾腾的，是从隔壁老式洋房院子爬过来的，倒也是春光共享。底楼厨房窗口探着两位老妇聊天的身影，偶尔走出一位老伯，午后三点的时光尚未沸腾起这里的烟火人间，只是一间底楼屋子正在破墙装修，半完工状态的门外木地台似乎暗示了某种商业用途，但愿只是休闲家居的新式装潢吧，否则此间洗刷喧嚣的安静估计难以持续了。

是从巨鹿路而陕西路，走过新乐路，再至长乐路的。难得到中心城区办事，不如乘此闲走一番，这些曾经闹市里的相对安静之路，如今当然一片闹市大同，车流增加，店铺鳞次栉比，摩托车或尖锐或咆哮地驶过，闲逛之心实在是非分了。自然，相比起主干道，周遭的里弄，新村，老公寓，小店面，还是相对都市里难得的平静。相比大马路上的那些楼宇高挑的大商厦，一楼化妆品，二楼女装——全球大城市几乎相差无几，这些小马路终于把全球化稍稍挪了挪肩——尽管小店铺里也不无国际品牌的身影，权且能呼吸到几口地域性的空气，现在脚下的城市已然越来越非本土了，说话要说普通话，建筑要请洋人来设计，商业世面要接轨欧美化，走在商业街上有时候若非地名的提醒，还真不知道此地到底何地。

小马路还是顽强地延续着一些本土风情。在长乐路，老弄堂里走出一对穿着清爽得体的老夫妇，两人干净斯文，是岁月涤荡了沧桑变故，或者日子漫漫磨蚀之后的——干净，丈夫替太太提东西，太太拢拢头发，拍一拍衣服，慢慢走远。在华亭路，曾经人气旺盛的小商品街终于恢复了它本来的气息，老房子的院子里槐树樟树苍苍郁郁的，枝叶都茂盛出了围墙，偶尔有一两家小时装铺子，无论卖休闲风格的，还是比较正装调子的，皆无闹市街区的火气，仿佛坐等新老顾客回头一顾的矜持。有改建成公司的老住宅，当然更加矜持地以一落围墙挡住外来的视线。轻启的黑色铸铁大门里又走出一对老夫妇，又是那种干净沉静的风格。

走着，视觉的邂逅，冉冉着一种骨子里的上海感觉。非表面张扬的，话语的，想象的，视觉媒体中的上海。恰是日常的上海，非传奇的上海，容易被遮蔽的上海。

长乐路这条弄堂弄底就是那家日本老太太开的中国蓝印花布馆。虽然同城，却有十多年未踏足，只是那件在这里买的蓝印花布背心已然洗成绵软的旧日时光。墙上刷着馆名的蓝色油漆斑驳了，其他照旧，走进篱笆门，全身心都被安然安静包裹，一屋子蓝印花布如昔，蓝印花布装的年轻女子在熨烫，中年男子则隔壁折叠，院子里竿起一条条鱼纹花布，是日本庆祝祇园节之需，难怪女子熨烫不辍，并就着我说"这里工作很清静"的话，头也不抬地道"我们很忙的"。园里草坪不怎么修葺，树茂盛，草油油的，小径边青花桌凳匹配蓝印花布的氛围，一大簇白牡丹偎着竹篱盛开，没有了密集聚焦的目光能量，白牡丹开得舒舒展展。看了一眼，又看一眼。想一想几十米远外是那样的喧哗，这里的一切，似乎是都市有意编织的谜面。这谜面时而使你困惑烦恼，时而出人意料地让你妥帖清凉，终究不忍心向它转过身去。

一对来自香港的中年伉俪拿着朋友介绍的款式照片过来，竟然找到几乎一致的，喜出望外。一对本土中年夫妇买了个圆体小手包，那种随身携带的首饰包，包身巧妙切割了若干小袋子。装茶壶，小口袋呢可放鸟食等，妻子一旁解释，早上遛鸟喝茶之需。倒是别致。不买点什么感觉有些抱歉似的，就给外子挑了件蓝地儿小花的短袖衬衫。

听林老师说过，他曾经在这里弹过古琴。白牡丹自然也很安静地听着吧，晚上的牡丹会稍稍地敛起身子。

2008年

要风情，也要安居

这里原来这样了。

踩进泰康路没几步，街边小店倒是熟悉的模样，画店、衣铺如是我闻，近处一个里弄口却已是旧时王谢飞新燕，红砖墙是原来的，路修过了，铺了青砖石头，大弄堂小弄堂也是原来的，"民国十九年志成坊"的字样敦实门楣，但各式店招鳞次栉比攀缘弄堂各处，从前的厨房间是饰品铺、喜堂，先头的前客堂是服装店，连着底楼的小天井，那是一个酒吧的天地了；还有上下楼打通的，楼梯旋转出一间餐厅的乾坤；弄堂和弄堂通畅无隔，大弄堂套小弄堂，新式里弄勾着石库门弄堂，穿过正在装修的小店面，恰是另一条弄堂展开的舞台。复调的复调，旖旎的旖旎，老上海的里弄民居和时尚消费模式连理，走出走进的人，背着包转悠的当是观光路人；在新改建的红色消防龙头前留影的当然是游客——这么窄的弄堂消防车是开不进来的，弯曲如拐字窗花纹的大红消防龙头装在旧砖墙上，颇后现代——不知尚未开发店铺前倘若此地着火该如何是好呢；三五成群前后跟着逛着，拍照的，无须猜是海外旅游团队；三三两两的观光客自是更多，本埠的，来沪的，此地彼地的老外；当然，你得小心了头顶上或许滴着水的衣物，小弄堂门口还晒着一个木色斑驳的马桶，隐约

田子坊一隅

的朱红色似乎追溯着当年的喜庆时分——说是管道铺好了，居民的卫生间改造还延迟着。

有些意外，滋味一时品不过来。年久的弄堂那种黏湿的气息里，许多难以言表的气味抟糅着。恍兮惚兮。

以前也是来过的，多年前，只是一条弄堂两边的厂房由一些艺术家和小店进驻、画廊、陶艺、咖啡、服装、艺术中心等，朋友尔冬强艺术中心也开设于此，有时会来参观中心的绘画摄影作品展览，也来听过歌剧艺术沙龙的演唱，记得

也躬逢其盛了 2006 年冬夜的"诗歌之夜"。和尔冬强艺术中心相邻的陈逸飞画廊倒是没有进去过，那些年从报纸电视上也常见到陈逸飞的访谈和画作的。其余，平日里似乎很少想到会来此走走。也陆续从媒体看到过此地的新闻，"田子坊"继 1998 年开发 2 万平方米的旧厂房变创意园区之后，又力度加大，发展石库门里弄式特色创意产业区，10 年来已蔚为大观，吸引本土和多国人士来此驻扎发展。资料上说，从 2004 年至 2007 年多次被评为或上海或全国的优秀创意产业。如今更是上海的时尚地标性场所之一了，风头赶上甚至超过了当年的"新天地"。曾几何时，新天地不单是老外的追捧地，也是海外回沪探亲者的上海风情地标，尽管石库门脱离日常生活的优雅难解游子的乡思，终究还是让游子重新拥有认识上海的新理由，感叹一别多年，自己的上海人身份颇可怀疑了。

黑老头衫的老外肥硕的身体埋在低矮的黑皮沙发里，小圆桌上支着笔记本电脑，小店很小，想来是底楼厨房间的面积，中国元素的家居装饰、衣服，引我进来的是门口货架上的一些符号，古琴谱印在了靠垫杯子上，很多年前学弹古琴时，就想着把古琴特别的文字谱，谱写在日常生活用具中，只是偶念罢了，在想象中实践一把，于是窄弄角落小店的邂逅自然因缘心悦，身子转个圈，基本上一店掌握了，适才发现一隅沙发里的老外，"哈罗"招呼你，简单的中文：是我wife设计的，她是中国人。老外头顶还搭了个小阁楼，螺蛳壳里的道场做得面面俱到，应该是装修时掘地三尺挣出的空间，是老房子才可能做的"借景""拓展"。

店主和游人同样的五湖四海，抱着小孩在弄堂里转悠的男人，坐在小弄口的老婆婆说是个咖啡店老板，日本人；刚刚走出的DIY陶艺铺主来自广东。老上海里弄近百年的沉淀，一经新潮起来让你团团转。转来转去的，店招和货架挤窄了本来不宽的弄堂，店面和店面与红砖墙并列蔓延，写满意大利面/法式牛排/日式生鲜菜单的木牌边上正靠着隔壁墙上的牛奶箱，楼梯间里卖着"红太阳"茶缸，各种元素在此拼贴、遭遇、并存、勾连，间或一两间紧闭的后门里还是原住民的日常起居，却好比是点缀了，居民们低头窗前洗涮，窗外的一切已然见怪不怪的风景？

相对底楼的市面，不易出租的二楼三楼住户保留多些，只是不少人家窗户关着，弄堂深处的三楼外墙挂着"气味污染，还我清静"的横幅，居家周遭天天如此游人着，酒吧音乐着，煎炒炖煮着，商品花枝招展着，人的气味、物的能量、油烟气、装潢材料味，所有合成了冲撞原先居家环境的能量场，今天的这间前客堂后亭子间还是原来的那间？今天的家居生活还是原来的生活家居？来此一趟是休闲，观赏，甚或猎奇，老外坐在二楼晒台的藤椅上喝茶聊天，像是做了一天石库门人了，可是晚上的嘈杂又如何让楼上人安睡？说是现在每天晚上有"红袖章"来劝解扰民的喧闹酒吧，也是管理干预了，兴头上的酒客们此时却可能处于非理性状态，或许白天还是西装革履地在办公室里文明着的。居民区混搭时尚产业园，时尚是也，商业是也，风情是也，海派是也，那么家居呢，日常起居的安宁环境呢，如何是好？

坐在一家服装店前闲聊的三两阿姨大姐，说着另一番景况：

这里现在是比"新天地"还闹猛，租金涨到一万多元，但是我们晚上睡觉睡不好，嘈杂啊，窗也不敢开，酒吧夜里12点钟还在闹呢，那能办？后头弄堂里有对80多岁的老夫妻实在吃不消，心脏病发作。前头有家三楼的，楼下楼旁都开店，挂出条幅呐，有啥用。政府管吗？管么好像管一管，现在夜里厢来劝一劝，但是不解决问题呢，店总归是开着的呀。侬讲阿拉得到实惠，抽水马桶管子排好了，但一晃国庆节了，还没来装到户呢，出租的人家是有实惠，他们外头再借房子，还有买的，总归手里也得有点钱的，留住的人家就是烦恼了，二楼三楼的难租出去，价钿也比较低，哪能办？

阿拉小老百姓没有办法想。来看看白相的人看到弄堂里晾着的湿衣服滴滴答答的，还抱怨：哪能这样的啦？侬讲阿拉不晾在弄堂里晾在哪里呢？

是啊，我们来这里走一走，逛一逛，在老上海的老房子和新上海的新时尚之间或好奇或观光，坐下来喝点吃点聊点，过客而已，弄堂乃背景 / 舞台，然后挥手一别，存点感叹拍点照片袖几件物品回去，说点什么传统与现代、过去与未来交相辉映之类的时尚套话，也就罢了，住户的弄堂是家，而非舞台，生活不是表演，即便创意也非全日制。如何是好？

倘若弄堂和弄堂皆店铺，原住民消失，不过是多出一片商业新秀场，以历史传统之壳现身；只是如果原住户在家无法安居，弄堂产业园区何以可持续呢？而且，是否，老弄堂老房子改建必得商业搭台呢？

从前不解风情，风情被辣手催魂，或者倒也自给自足朴素自尊；现在荡漾风情，风情或主动或被动波俏眉眼，跌宕起伏间，难禁风情，风情难禁，何况，风情不唯风情，无日久之安居烘焙的气息，何来经年风情，一粉墨，就登台。

2009年

大馄饨，小馄饨

还是这条弄堂，弄堂口的馄饨摊还在。对了，就是这样的了。

康明逊从美国回到这条弄堂，心中自然感慨万分，当年和王绮瑶在这条弄堂里的那间屋子里的情意缠绵自然无法忘怀，但他却不急着一步到屋，还要在弄堂口盘桓，是老地方的馄饨摊子盘住了他的脚和嘴，去国离家，除了心里的那点旧梦，还有这一口馄饨的滋味。电视剧《长恨歌》的这一笔很上海，都说中国人走得再远，那一个胃还是中国的。那上海人呢，咸菜肉丝，馄饨春卷，大饼油条，走到哪里都会想念着。

一碗热气腾腾的小馄饨，就是最基础版的乡愁。

坊间比较流行的大馄饨是荠菜肉馅的，早年只有春天才有荠菜，过了季只能青菜充数了，现在反季节蔬菜随处，荠菜似乎不那么一春独秀了，味道也还荠菜着，和肉糜混搭，比小青菜馅鲜味里揉了点韧劲，带出一丝野气，虽然如今荠菜都是种植的，到底还是春野的出身，这样配上咸鲜得当的调料，柔韧的煮而不糊的馄饨皮子，却是朴素的美味。倘若是肉骨或鸡熬成的汤料，撒一撮葱花，这一碗馄饨还有什么话可说的，生活中的念想其实总是这么切实和普通的。馄饨的馅料在此基础上的演绎自然颇多，20世纪90年代坊间开出了两家连锁经营馄饨店，颇有发扬光大馄饨美食的豪情，店面虽很小，品种却满目，只要是蔬菜和荤菜都可入馅包裹，甚至田螺肉也馄而饨之，堂吃外卖皆宜，汤料也实现标准化，辣油五香粉香菜若干，只是如此一来，味道比较不那么清新了，入口重、厚，仿佛添了金属质感，鲜得太用力了，难得吃一次尚可，多次稍感浊味，不那么江南。当然，口味自是因人而异的，在四川被叫做抄手的馄饨不淋上辣油那是不行的，只是上海的馄饨口味，似乎还是倾向于水气濡濡的，如春天油菜花开的那种感觉，灿烂，但不会艳丽，到底还是走清新一脉的。

　　少时倒是常常在家里做馄饨的，肉剁碎了，荠菜或小青菜入沸水氽过，拧干水分，切细，调和，包，煮，是需要几小时的活计。通常在正式包馄饨前，还得先煮上两个试味，若不合适，馅料还可调整。过日子就是这么不能含糊的。午饭时，邻居间先送上几碗，一起分享拮据生活时代的家常美味，类似平常日子里的小喜悦小讲究。若是节日，切上几丝蛋皮，扯几片紫菜，骨头汤的底色就比较斑斓了。即便无肉汤，鲜酱油麻油的吊味，虽然少了些醇香，倒也清爽，这一碗馄饨同样让人期待的。

那时住在淮海坊，弄堂口有辆流动馄饨车。俩老太主政，她们就住在弄堂里。穿着白褂子，每天清早就出了摊。圆脸皮肤白净的老太负责包，尖下巴肤黑者年轻些，做搬运活，皮子馅不够了，一拐旁边的小弄堂往家拿。除了常年供应菜肉馄饨、小馄饨，秋天添粽子，冬日增豆浆，偶尔也摆着一把葱送你一根两根。冬天，白肤老太戴一顶绒线帽子，额头卷曲着白头发。袭一件白围裙，摊子也总收拾得清清爽爽。偷懒不想做饭的日子，就去馄饨车上买二两馄饨，她们的馄饨馅量适中，肉菜比重也还相宜，自然菜切得还不够细腻，留有菜筋，馅料水分略多，内容不及自家馄饨那是当然的，但味道是一脉的。

俩老太就做半天，11点收摊。大馄饨小馄饨基本售罄。10点半过后去买大馄饨偶尔会付阙。难得也会买上一回小馄饨。小馄饨适合做点心，薄薄的皮子，一点点肉影子，鲜美足够，饱食难当。小馄饨似乎更适合观赏，清汤里粉红肉末隐现其间，面粉的皮子像是掐得出水来，一派楚楚可怜。上海的小馄饨和杭州的猫耳朵旗鼓相当，皆小，玲珑，审美性强，还得请出高汤，才能在审美同时绽放味蕾。

后来连锁全市的一家面店 20 世纪 90 年代刚刚在淮海路某弄堂里开张，主打苏式风格，馄饨也颇值得信任。荠菜肉馅，分量足，蛋皮紫菜葱花榨菜丝汤底，其时只费资 5 元，就可饱暖。新式里弄的底楼店面，小天井打通客堂间，江南老房子装饰，视觉和肠胃都适意。当它一间间分店出来时，感觉味道却不太如从前了。搬离了淮海路，也少去光顾了，但是那一碗馄饨还是印象着。

发展提速的日子里，速食产业当然发达。也尝试过速冻馄饨，特地选南方比如苏州或本土生产的，即便不太挑剔，味道还是不能恭维，馅料当然是短斤缺两的，所谓菜肉也是菜不像菜，肉稀松着，汤料中味精五香粉倒是充足，馄饨真是混沌一片，糊糊嘴巴而已。如何向速食讲究呢，美食总是和人的心思连在一起的，产值利润在先，品质如何挂心？

还是回到厨房吧。

自己做馄饨。除了肉糜不必亲手剁细，其余皆传统手工，且添加香菇末，使隔夜浸泡至软的香菇成糜比较费工夫，但馄饨因此而色味营养更齐全，不是有专家说过嘛，养生保健每天一荤一素一菇；也有专家说了，越细碎的食物越容易消化；其实无须现代专家津津乐道，老祖宗早就智慧昭然，道家养生之一即是耐心细致地咀嚼食物，尽量减少肠胃负担。每次做上几盘，冷冻，家制速冻馄饨即成。烹煮时，有时打个鸡蛋，添一把青菜或白菜以增加蔬菜品种，汤料也不必高汤伺候，鲜酱油加麻油或蒜油，葱花点彩，实用和审美都在一碗家常馄饨中。热气氤氲中食物之种种发挥至佳，每每食之，清心凝神满是感念，食物的出色配合，手工的好，身体的悦纳，当然，感念很多时候不会澎湃，只是心中存有，与馄饨之气无形环绕。所谓生活禅，如是也。

那年在韩国一所大学客座，常与同事就餐于学校后门的一些餐店，烤肉、拌饭、意大利面等。其中有家店专营面条馄饨，那馄饨形体大于我们常见的，型类元宝，非水煮，乃蒸制，馅内有肉、粉丝、蔬菜等，但不紧实，比较松弛，咬时不那么细腻，皮子倒有韧性，似饺子之味。只是异国他乡的，吃到仿佛的江南之物，也是美味。

或许偏执了，向以为奶油蛋糕、比萨饼、意大利面之类属于日常里的点彩饮食，尝个新鲜，或者乃城市生活之体验罢了，要说本土人的胃，纳的还是馄饨之类，鲜而不腻，咸淡合宜，清浓中庸，混合有之，界限有之，每样食物自有表现，之味，之气，脾胃纳而心脑受。

2009年

来一副大饼油条

　　那家大饼油条摊子竟不见了，它摆在一家西餐店门口，是西餐店的地盘，餐厅开张时未见身影，过了一阵才出现，大概上午闲着也是闲着，不如租给人家既有生意又带人气，大饼油条和西餐混搭和谐，此间正缺少大饼油条，马路对面的麦当劳早餐终究无法常吃，不合脾胃不说，价格也不够市井，如此每天早晨的长队是大饼油条摊一景。早上大饼油条一副，日常调子，中午朋友小聚西餐，换换口味，自然过渡，毫无挂碍。

　　怎么说不见就不见了呢？是否和西餐店的合约到期了，还是西餐店涨了租金，小摊无法承受，不得而知。虽然不是必然的天天饮食，突然失去了那种熟悉的滋味，还是多年比较下来的好口味，怅惘。这家的油条倒还寻常，大饼别有机杼，其一恢复传统，明炉现烤，红彤彤热烘烘地看着师傅从炉膛里取出，先就调动起了味蕾；其二做工传统，面揉得筋道，烘烤火候合适，不焦不生，芝麻和面香刚刚好均匀发散；不过分松脆以至散了形，亦非软塌塌散了香脆之神韵，无论白糖甜馅还是葱花咸味，就是一个合适。看着一个个大饼烘出来，本地人就好这一口，不似厨房里早已拟就的，到时回回炉修缮修缮，到底过了时辰。

当然，再好吃的大饼单挑总嫌分量不够，必得和油条合作，方显沧桑历经之优良本色。大饼松脆略干，油条一碰即破的油脆，正好调和了干香，味蕾和口腔方能喜纳，此时适时再补一口豆浆，润滑而下，这一口大饼油条才算完美地从前台到后座，完成感受、滋味而受用的过程。也尝试过大饼和培根的组合，甜香和鲜咸中和，干和润参差，虽然少了油条之脆松油润，也还不坏，中西文化不必吆喝，在味蕾之下自然一体，以人为本。当然，无论如何组合，满饼的芝麻窸窸窣窣扑落桌面地上是难免的，或许还在齿缝里藏着，吃相欠雅，还好在家享用，宜充分回味平常食物之甘；若在某某豆浆店品尝，衬个碟子，基本可以免于失态，当然临走前取化妆镜探视为妙，否则班车上见到熟人张嘴打招呼，芝麻夹缝现身，自己还未必知晓，尴尬了平日精心打造之 OL 形象。尽管如此，可以不每天大饼油条，隔三差五的，就要想念，念那股烘烤的面香和滋润油香的糅合，平平常常的点心，且油脂较高（不过，豆浆中的离胺酸和油条内充分的甲硫氨酸正好互补，营养成分也齐备了，这就在口味之外为豆浆油条的组合提供了营养学诠释），就是让感官牵挂。

大饼基本上愿意和油条从一而终的，与培根的邂逅一般只是饮食者的红杏出墙，与大饼的主观意愿并不相干，油条似乎比较多情，牵个手飞个媚眼，油条和煎饼就时常十指紧扣，甜面酱和葱花鸡蛋一起见证，其实当油条被煎饼拥抱时，早已远离热气腾腾，身子骨实在很松软，和煎饼一起也就添个油香，还香得颇为模糊，远非松脆时候那般利落分明，但奇怪，煎饼之软，油条之软，软和软相遇，倒是一派软香了，关键是煎饼热火，油条虽冷，也不好意思不融化了，面酱和葱花的及时帮衬提味，兼及鸡蛋化合滋养，煎饼油条也是这个城市的早餐一时无两的选择。

20世纪90年代住在淮海坊，街口就有个煎饼摊，本地阿姨掌勺，一箩筐油条，一箩筐鸡蛋，面酱一缸，葱花一钵，面粉糊一大盆，但见阿姨身手灵敏，一勺面浆大铁板子上一圈下来，煎饼成型，左手撒葱花，抹面酱，最后油条裹入，右手铲，左手卷，一副煎饼油条完成，顾客早已将钱投入摊档钱罐中，零找自己拿，阿姨看似不经心，其实一切都在掌控中。葱花多点，好的好的；面酱多点，好的好的；两个蛋，当然更好了。阿姨的摊子前总有人候着，周日偶尔见妙龄女帮忙，是阿姨的女儿。曾经对街口又出来一个煎饼摊子，似乎还是本地阿姨的生意好，那家的面酱太咸，油条太老，阿姨左右手忙乎偶尔不忘说几句，我的油条是专门订的，面酱是我自己调味的，肯定好吃。秋冬晨早，吃一副煎饼油条，也软和得很。

煎饼油条当然非江南特产，北方也多见。很多年前，20世纪80年代，在唐山，吃过街边小摊的煎饼油条，只是饼略硬，油条太韧，牙口难以消受，只是看着倒挺香的，有股子热乎劲儿。

国人吃油条是历史悠久了，民间尚有"油炸桧"之说，是北宋时百姓愤怒秦桧不抗金之卖国行为的生动传达，少时还听外婆称油条为"油炸桧"的，历史从来不是空洞的，家长里短的就在里面了，当然，吃着吃着，就不那么油炸秦桧了，一种点心罢了。两相一绞，入油锅，瞬间膨大，等在锅边的食客难掩欣喜，人间的欢喜大概就是这样一个个凡俗瞬间。

曾经有一阵是不敢吃油条了，做油条的饮食店似乎越来越少了，让位于街边小摊，而地沟油、肥皂粉等闻所未闻的油条制作"工艺"一再让人讶然惊魂，越是膨大松脆的油条越是可疑，无行不良摊贩自毁生意之余，也几乎要毁掉人们日常生活里一点点历史悠久的小小喜好。买油条两头掐掉路上先吃掉，是周立波"笑侃三十年"的回忆。父亲发工资之翌日，常备节目是差我们一早上街买十根油条，每人两根的丰美是我少年记忆，其实一根足够，但两根过瘾，美味得以延长，外婆总节省下一根，中午切小段冲酱油汤，油条酱油汤好像是20世纪60年代生人的少年共同记忆，如今可笑可侃，笑声里酸酸甜甜，好比甘来之后回忆苦尽尤其来甘一般，当时倒也无所谓，油条汤就籼米饭，味道也很好。冬天早晨的竹淘箩，油条冒着油滋滋的烟气，快步紧赶地家去，忍住先咬一口的愿望比抗冷显然更需耐力。

20世纪90年代的某一天，听一位时装摄影师心满意足地说晚上去吃豆浆油条，家常早点到了都市华灯夜，仿佛也闪烁着霓虹里的朦胧，原来台湾商人已经把大饼油条店开到了上海，还日夜营业，店堂干净明亮，油条炸得金黄，金黄的承诺还有常换油品，保持油料的干净，坐下来慢慢品尝松脆油条和甜咸豆浆，是可以不必那么急切的，是可以气定神闲，只是似乎少见大饼，更何况明炉烘烤，唯见台湾葱油饼差强人意，但与油条亲密接触，味道终究不同，缺了大饼的干香松脆，油条的优势发挥再好也无法深度体味，葱油饼的湿度和油条的油润感相似度较高，反而各自湮没了。

冷冻食品也不愿意放弃油条阵地，号称放心油条，无含铝的膨松剂，样子短小玲珑，烤箱加热即可食用，倘若无现炸出炉之比较，冷冻油条还是可以接受的，聊胜于无，伴家制豆浆，油条豆浆总还是意思到了，只是那种油脆的感觉无法温习，还是遗憾的。况且冷冻食品要做出明炉大饼的香气扑鼻，估计为难了现有技术，技术不是万能的，否则手工之润泽如何温暖人心，食物的芳香到底和手泽人情生息相和。

　　城市越来越大，卫生保质的大饼油条摊子却是越发萎缩的，居民区附近有家口碑不错的摊子已是生活里的小小满足了，毕竟一本正经地要上连锁餐店吃大饼油条颇不符合一般人之早餐习惯，当然大饼非不可替代之物，馒头、面包、牛奶一样早餐，可是人的味蕾是和记忆缠绵的，身体会想念，灵魂也会想念，莼鲈之思是味蕾而文化的符号，日子里有这样一副大饼油条，再添杯豆浆，保持着当下和过往的联系，身体和心情都在人间温暖中。

2010年

原来的味道

　　慢慢咀嚼，是松软而脆的，若新鲜枣子的质感，细味，竟有淡至若无的清甜，连着紫皮一并合成非甜非苦略带青涩的感觉，如果稍稍"通感"一下，那么仿佛湖畔晨曦，一宿之后树木和水面的苏醒之味，这是生茄子的味道，与青椒生拌，软和脆，淡甘和青草之气，于味蕾而言，是一种鲜锐的尝试。其实，也知道茄子因其所含的茄碱有毒性是不适合生吃的，若脾胃不佳者更易腹泻，所以仅体验一次而已，是突发奇念想尝一尝初夏刚上市的茄子的原味，而非由来已久的油焖茄子红烧茄子那般习惯滋味，即便是王熙凤介绍的大观园式茄鲞——刨了皮，切成碎钉子，用鸡油炸了，再用鸡肉脯子并香菌、新笋、蘑菇、五香豆腐干子、各色干果子，都切成丁儿，拿鸡汤煨干了，拿香油一收，外加糟油一拌……那吃的实在不是茄子（难怪刘姥姥细嚼了半日，硬是只嚼出一点点茄子香罢了），而是繁华程序和低调富贵的气派了，与茄子关系不大。

　　早先在家掌炊也总是以擅用调料为荣的，醇厚、入味、鲜美，家里老人总吃得津津有味。后来家庭人口结构简单了，就给自己懒惰的理由，烧菜以水煮清炖为主，减少热油爆炒，一天天的日常，倒是渐渐体会了一些食物的原味。

　　其实大多食物的原味并不需要或只需甚少的调料，食材和调料也不必抵死缠绵，滋味已然使人惊奇的，并不似你想象中那样的淡而无味、无法下咽，需要的是你细心的咀嚼，被调料宠坏了、过度诱引的味蕾也并非无法返璞归真，只要你身心灵俱在，就可以了。

　　比如，新鲜小土豆水煮，什么调料也不用，即便一点点盐也省略，细腻的粉质感，还真有点仲春泥土的味，非常土之豆的自给自足。

　　比如，鸡毛菜，春天给江南的赐予，沸水氽之，沥水，拌几滴鲜酱油，清鲜脆生，十足春早之气，与青菜的滋味完全不同，青菜要到霜起才好吃，炒或清水煮，糯而酥软，倘若只是夏秋，青菜单独吃来是比较涩口的，既无鸡毛菜的清鲜，亦乏经霜之青菜的糯软，只能委屈委屈它，入高汤，好比化个淡妆，稍稍与味蕾妥协一下。

　　比如，丝瓜冬瓜，本就可炒可汤，其实也可水氽而食之。吃过毫无佐料相伴的，丝瓜散发清气，冬瓜比较水气，静心嚼之，感觉都有鲜味。当然可以调而料之，还是少量的几滴生抽即可。冬瓜的鲜就丰满起来，丝瓜却依然保持清盈。

再比如，以前喜欢吃荷包蛋，煎得油汪汪香喷喷，点上米醋和生抽，配黏稠的白米粥，回味无穷。现在改煎为炖，一是油煎不宜健康，二也对烹调做减法。蛋浆打匀，净水适量，生抽两三滴吊味，微波炉高温 2 分钟即可，若喜欢那种蛋液轻微晃动之感，1 分半钟就行，喜欢早餐食之，主食无所谓，面包、粥、白面馒头，辅以小碟花生，豆浆，热气腾腾出炉的炖蛋最是让人唇齿回甘的，也最能辨出蛋之质量的高低，草鸡蛋就比较新鲜清嫩些，习惯以最后一口炖蛋结束早餐。有时候干脆不加生抽，就这么纯纯粹粹的鸡蛋味道，滑嫩轻软的，却是朴素难掩的性感。

其他如白菜、豆苗、菊花菜、杭白菜等多数叶菜，以及黑木耳芹菜等质地细劲的食材，都以水煮的简单方式烹调，乘热拌生抽、醋和蒜油，佐米饭味道清美，拌面滋味清甘，充满着蔬菜特殊的汁液感。尤其黑木耳，虽然少了炖之酥软，却多了几分爽脆感，软和脆交织，非常适合夏日饮食。

简单的烹调保持了食物原来的味道，仔细地咀嚼使食物和味蕾深度接触，久久交流，其中至味渐入佳境，这样的饮食似乎更适合独自享用，默言，无思，亲手烹煮，热气烟气里，一饭一菜皆仔细咀嚼，味蕾充分体会，胃纳也易消化，食物的原味也自在回味，少一点活色生香，少一些厚味甘醇，是清淡清爽清净，身心一体。

很多时候宅在家里，在厨房里自炊自用一个人的家常饭菜，如果窗外还有点阳光，即便刚刚还在为人间不公义愤填膺，为社会疾患而忧心忡忡，为自己和家人的健康担忧，但是，此时此刻，还是会觉得日子里简单的朴素温暖。

尽可能以食物本身来体现滋味该是真正体贴食物的烹调方式吧，不太欣赏那种用素食物料做成荤味的素食，有点明知故犯的意思，好比苏轼《僧文荤食名》中说"僧谓酒为'般若汤'，谓鱼为'水梭花'，鸡为'钻篱菜'，竟我所益，但自欺而已，世常笑之"，况且要做成荤味，需要消耗大量植物油和作料，遮盖了食物原来的品性。苏轼接着上面的话还有一句："人有为不义而文之以美名者，与此何异哉！"东坡先生由饮食生发感叹，感叹这世上那些屡行不义的莫不是打着正义的美丽的幌子啊，欺世盗名罢了。要是苏轼转世到当下走走看看，当更加感叹了，过去如此，当今尤甚啊。

或许是说得远了，还是回到食物本身吧，还是欣赏还原食材天然模样的素食，好比是花木草叶，姿态各异而共生，酿成了自然的味道，有树的香，有草的涩，有花的飘然，身心的触角由此延伸、漫卷。

有意思的是，从喜欢咸鲜、鲜甜、甘醇，偶尔来点浓油赤酱，到更接受食物原味的过程，竟与齿龄渐增基本同步，好比青春时彻夜捧读或浪漫或武侠或悬念或浪迹天涯的小说，而熟龄乃至中年却更愿意展卷当事人的口述历史，或者多种视角下的生活和历史的打量，更愿意重温幽幽泽光的古典诗文，应该是一个生命自然的经过吧，荷尔蒙不可能保持青春的浓度，生命也不可能总是那么生猛海鲜，清清淡淡的有回味就好。

不同的阶段欣赏不同的滋味。味蕾在人间一遭，还是应该庆幸的，浓郁也香，原味至美。

2010年

如果喧嚣是有意象的

现在，停下来，回想曾经在山野听到的声音：风吹竹林，微微的沙沙沙，隐没时拖出一股若有若无的烟气飘然而去；瀑布挂石直落深潭，远闻籁籁水声，近聆扑棱棱的，有并不尖锐的撞击感；很多时候，山和树是无声的，唯鸟鸣，唯溪潺，唯草叶们自顾自地摇摆游戏，乘着风翅弄出点响；除非山洪泥石流雪崩森林大火，那时山野的声音是怒吼，是咆哮，是火辣辣的裂。倘若以意象拟之，山野的声音泰半如睡莲，似日出夕阳，是麦浪滚雪花飞。

现在，行走在城市，山野的声音是需要回想的，回想起来的却是静谧，那些声音在城市的喧嚣中恰是"鸟鸣山更幽"的安静了。城市里的声音就像一顶密不透风的罩子，自始至终把人罩住，倘若人体哪个器官罢工，想必一定耳朵带头，替它想想也是在理，每时每刻地承受啊。

城市的声音是整体弥漫的，是一种没有方向感的喧嚷，所有马路上的汽车编织起一种连续的沉厚的钝物撞击般的嗡嗡主调，不必说身在街头，即便居于室内，依然，不过窗户的阻拦使喧嚣铺展扁平开来，虽然不那么响亮，却如丝不绝缕，如浮尘于光线里翻腾，间或急躁的喇叭声尖锐蜂起，或者清晨汽笛笃悠悠地冉冉，其余主调不变，夹杂着公共场合的高声说话，街头商店的喇叭叫卖，美发店门口的劲歌音响，喧嚣若一条与空气混合的河，在城市上空奔流不息。

这些不过是常态，前工业赶超后工业时代的城市喧嚣之意象自然丰富：建筑工地水泥灌浆的轰鸣，好比飞机头顶盘旋；超长集卡驶过路面的震动，好比风雷动地；即使汽车声，高楼闻之嗡嗡，奔驰而过则为呼啸，置身其内那就是被动与鼓风机耳鬓厮磨，倘若司机喜好速度，车窗玻璃一并尖叫，人只好在尖叫和轰隆隆的双重爱抚下坚定地柳下惠。至于神经衰弱、听力下降、影响心脏等等噪音骚扰所致疾患隐情，只能暂时搁置，或许还得自责为何如此敏感呢，待引而发作再说吧。

面对如此跌宕浩渺的喧嚣，城市里那些玻璃窗户的身子实在太纤瘦单薄了，多年前车少人少工地少，单单薄薄的窗户足够应付，至多有些马路菜场凌晨到上午的热闹，总还是市井生活的意料之声，如今房产商罗马柱拱券飘窗文章做足，甚至金字塔、清真圆穹都做在了商务大厦楼顶，就好像存心要窗户坚持做纤薄美人，使之忍耐无奈，勉强习惯，乃至逃离喧嚣成为一件值得隆重彰表之事。有的住家忍无可忍勉力自救，换装双层玻璃，窗台够宽或可减少施工麻烦加装一面窗户，喧嚣终于物理性地后退了。然旅途借宿，富丽堂皇的星级宾馆似乎尚未考虑到噪音污染问题，好多城市所谓四星五星的还都位居中心通衢，漏夜的汽车轰鸣长驱直入。有年夏初去绍兴，宿某宾馆20多层，4毫米薄的窗户何以抵挡彻夜多条马路的车声，翌日仓皇逃离，沿途所见或堂皇或普通之馆舍大多挨马路而建，楼上玻璃窗薄光清泛，楼下店肆繁华，车流不息，如何能有安然之眠？

其实大多城市的大多宾馆酒店均如此，近年有些经济型连锁酒店或许地处交通要塞之因，设计上倒是虑及于此，或加厚玻璃，或窗户双层，该是新环境新理念。不独旅社之类，民宅寓所亦然，不说十年二十年前所建，就是世纪之初设计的，也大多未考虑喧嚣之扰。其时，食有鱼居有屋已欢颜，曷有噪音之谈？更何况，城市没这么大干快上，汽车没这前赴后继，高架没这么缠来绕去，喧嚣尚未成某种凝固的形象，偶尔飘过的车声市音或许还被人浪漫化为城市音响的音符序曲。时空幻变，当喧嚣已然城市无法剥离的组织，所谓舒适豪华的星级标准仅仅止于大堂装潢、娱乐设施完善等等之类，离真正人性化实在相距甚远，已然前工业时代的思维——把人还是定位于习惯外求而非内视。至于民宅，房产商在交通便利之余当以安静为普通楼盘设计主导，而非将远离市嚣和品位尊贵等等广告式生活想象统统加冕于原本就处郊野的"中国式西洋别墅"。近年高架噪音防护栏的升级更新也算是安静权得到尊重重视的熹光微露。

时下环境环保渐成共识，破坏性开发的后果终于在类似太湖蓝藻泛滥、河流化工污染流域癌症村频现的惊人现实中惊醒 GDP 想象的虚幻，只是资源性的环保是内涵之一，人的身心软环境更是之中深意。身心有意识，辐射周遭的环境意识或才明晰透彻。境由心生，境与心互生。

《春逝》：尚优在麦浪竹林里以现代录音设施捕捉风吹而过的声音，声音在宁静中如电流接通人与天地的电极，一脉相连，山头那一抹夕阳好比柔波，暖暖地流过去。

在城市，这才是真正的奢侈。

是否城市注定分泌喧嚣，注定了与之纠缠？是否喧嚣在城市注定了膨胀、绵绵不绝，乃至真的通感成了城市意象化的肌理？

早春料峭寒阴，喧嚣热依旧。

2008年

想要一条亲切的马路

1986 年夏，第一次走在东安路上，安静的马路，拐角有间食品店，店旁弄堂通向居民区，除此，两边就是校园围墙了，围墙还没有被破了开店，水泥灰灰得平静干净，两个校门面对面，几步之遥，车子当然很少，218 路从这里过，车厢拥挤，自行车倒是来往频繁，路人似乎也不多，来来往往主要进出校园。

多年以后，车渐密，楼群起，路一头依旧窄，一头分外坚定地拓宽了，像只喇叭布告着城市的马路正走在大路或即将到来的大路上。

现在，新地铁开通了，路口一边一个地铁站雄踞，拐角的商店，沿街的小铺，路两边的校园分别退让了数米，成就了如今阔绰的东安路，比原来至少宽一倍，一派通衢无限的意思。地铁尚在试运行，公交还在恢复中，通衢似乎还是通衢的新鲜模样，活动停车场之运尚未降临，人行道还在修缮中，与路宽相比，若栏杆式花边，实在不成比例。校园两边虽然还是隔路相望的，却非对门邻居式的了，四车道，翻一个红绿灯，得紧赶慢赶，当然，从校园里出来的汽车拐起弯来方便多了。

这就是城市的"路道"了，马路马路以前马走，现在主流车行，人行虽然必须，但已属于蜻蜓点水。城市的路，宽得无比阔气，通得却不见流畅，每个月的新车还在排队上路。

宽马路天生是适合汽车的，一个人走在路上，高宽比严重失调，路边汽车呼啸，行色即使不匆匆，车子的速度、

都市马路

尾气、噪音也让你匆匆起来，渴望逃离现场，漫步的姿态是难以持久保持的。高楼和宽路形成的风势，随时打击你的肉身，这个时候大概只有汽车的钢身能无谓面对。

一望无际的戈壁沙漠是很适合宽路的，疾速行驶，仿佛可以驰入蓝天一般，山一路后退，戈壁蔓延，路和地和天浑然一体，那仿佛就是文明路上的短暂的洪荒。

马路都给了汽车，那么人呢，还能在街头随意闲逛，走进一家小店，或者看看路边的大楼门洞，门口的信箱写着百家姓，这样的时光是越来越少了。当然，我们有了大卖场，被汽车载到大卖场，我们在阔大的卖场里消费吃喝娱乐，卖场里应有尽有；我们也可以去大商场，叫做广场的，其实哪里有广场的影子，就是一个巨无霸商场大楼，一层一层地上去，化妆品服装餐饮电影院，格局大致如此，倘若你一不怕累，二不怕空气浑浊，三不怕人流拥挤，在里面过大半天是不成问题的，哪里还需要逛街呢；我们还可以在小区里逛，只是苦了小型小区居民，本来就寸土寸金的地方，给了楼，给了一点绿化，几条道一两个来回就出小区了，本来不宽之道还得被越发多起来的轿车蚕食。又是车子，在所谓的现代社会里，似乎不是人驾车，而是车驭人，得到速度（常常在城市连速度都无法求得），失去宽度——人的宽余空间和心态。木心说"明天不散步了"，琼美卡的景色在他笔下绰约多姿，散步的空间如此惬意，散步的姿态最是惬意的，虽然"生命是时时刻刻不知如何是好"，散步或许也会迷路，多么迷人的迷路，路在脚下延伸而毫无干扰，生活在此刻就是足和地的亲切，身体和空气的毫无保留，这就很好了，回到乌镇的木心先生应该也会在午后老街散步吧，整旧如旧的老街或许游人密织，终究还有河水石桥青石板路牵手，漫步总是漫漫地步着。"生活是什么呢，生活是这样的，有些事情还没有做，一定要做的……另有些事情做了，没有做好"，散步是否是生活中一定要做的事呢，以前不是个问题，现在似乎可以成为一个问题，问题是，你到哪里去散步呢，到某某地方散步才可能有散步的空间、空气、松弛，散步还真成为一个问题事件了。

周六晚起，把自己收拾好了，出弄堂沿着南昌路慢慢走，第一眼自然是南昌公寓，以前叫 ASTRID 公寓的，大楼呈 V 型于南昌路和茂名南路口，ArtDeco 的外立面风格，简洁大气，1933 年由永安公司投资，外国设计师列文设计的，在当年和现在也是设施齐备生活舒适的高级公寓，电话线暗线铺设，厨房外有备菜间，大楼后还有保姆楼，大楼内住户以电铃与之联系。20 世纪 90 年代有一次曾经因编教材的缘故进去拜访过一位高校老师，不过只是匆匆谈了稿件之事，不好意思多耽搁，印象是楼道宽敞，地面瓷砖一格格的很漂亮，房间里光线似乎较暗，看不清具体陈设，但有年头有来历的感觉终是隐隐袭来。之后就再也没进去过了，只是常常抬头看看大楼特有的立面造型。

南昌大楼旁边就是新式里弄房子了，都是走过了漫漫时光的，时光好比南昌路的弧形，缭绕蜿蜒于悬铃木深处。南昌路宽窄也就一车道半的样子，不通公交，偶有轿车，也无汽车停泊路边，两边的弄堂房子阳台晒出衣物，也有破墙开店的，修车摊酒吧服装铺饮食店，总之南昌路并不为所动的，走过门前一株大梧桐的 53 号，总会抬头看一眼二楼的窗，那是林风眠的故居，老画家在这里画出许多得意之作，却无奈在那风雨飘摇的"文革"初始将数十年的画作，撕碎，浸入浴缸捣成纸浆，冲入厕所。而不少作品正是当年抗战胜利后画家自重庆返沪，上飞机扔掉行李携回的。我看一眼梧桐树，想象在画室里画家如醉的创作，画家一勺一勺将画作纸浆冲入抽水马桶的画面同时浮现。这些都是画家壮年所作啊，曾经在南昌路这间屋子看过林风眠画作的木心（他是林风眠的学生）写道：它们"像／花一般的香／夜一般的深／死一般的静／酒一般的醉人，这些画保存在时光的博物馆中，越逝越远。"窗外的梧桐应该看到了，默然，伤痛，落叶飘零。时光确是越走越远了，却没有远逝，越来越让人不能释怀。

再走过去，136弄里的11号二楼，诗人徐志摩1931年曾短暂寓居于此，其时和陆小曼新婚，正是琴瑟相谐之时，记得徐志摩卒于1931年10月，那时他们已迁居四明村。69弄3号，演员赵丹1936年曾住过，曾经在某次散步时踏访，是弄堂深处的一个门牌，门牌很剥落了。

常常也会看一眼路边天井那家红木家具修理铺，私人开设的，穿着泛了白的蓝卡其中山装，那个老头总在忙碌，红木家具在民间的温度其实从来没有冷过，每次走过，从来看不清老头的脸，他不是俯身打磨，就是低首油漆。过去180号，挂了家公司牌号，却是有渊源的，"第一次国共合作时期国民党中央上海执行部旧址"的铭牌在门口围墙上烙印着，有时候到了思南路就拐弯了，去邮局办事，然后沧浪亭就在眼前了，吃一碗爆三样加蔬菜浇头的面条，或者咸菜肉丝加荷包蛋，鳝鱼骨肉骨等老法熬制的面汤鲜香红亮，这一碗面宣告一天的饮食基本完成。

不去沧浪亭的话，就在思南路邮局附近有家叫阿娘面的，其实它是有店名的，但是面馆多年来由阿娘掌门，阿娘主厨，就是阿娘面了。阿娘那时七十多了吧，下面不必亲自了，浇头也不必亲炒，但原料、配方一律阿娘调理，就是面，也是阿娘亲自挑选工场，监督质量，一间大概十多平方米的门面，还连着厨房，坐不到桌子的有的就站着吃，后来阿娘扩大再生产，对面盘下间铺子，宽敞多了，一碗面就这头端到那一头，中午时分尤为景观，阿娘面是周围商厦员工很多人的选择。阿娘秘制的咸菜肉丝可以添加，不大的碗，她从碗橱里取出，拨出一筷子，得的人此时十分满足。阿娘面在上海美食指南之类的媒体节目都风光过呢，估计阿娘家人信心满满地就走出南昌路，走到了天钥桥路，和某家日本拉面店隔壁邻居，店堂大而亮的，但没几年却关了门。想想也是，当时的阿娘面店铺是自家的房子，利润就是利润，如今闹市的租金就是一笔大成本呢。阿娘，在自家门前做阿娘面，才有天长日久的家人感觉。

吃了面，就很容易心满意足地往回走，可以走淮海路，也可以顺原路，或者有心情的话，顺南昌路往前，去雁荡路，走一走复兴公园，公园旁门连着皋兰路，短短一截路，从东正教堂的洋葱顶移下来，又到了思南路的另一段，汽车稀少，路边的竹篱笆里一幢幢尖顶老房子，周公馆、梅兰芳故居、当年的法国巡捕房……历史的温度和现实的阳光，普照人间。

　　这些路都不宽，漫步，看街景，望野眼，都是自然而然的状态，不必刻意，随意走进一家小店看看，看中了什么袖了回家，那时很喜欢进那间纽扣店看看，就在南昌路折向瑞金路，像是居家改建的，狭长形，顺着身子进去，纽扣放在小碟子里，秀色可餐，21世纪的某一年再去那里，纽扣店不出意料地转身成了服装店，到处可见的样子，到处可见的汽车也停满了这些窄马路，现在的南昌路宁静不复当年的，街面房子几乎都小商小店了，路之一半泊着长长一列轿车，增长迅猛的汽车还是名正言顺地占据了这些清秀的马路，哪怕汽车做得再流线，还是若粗汉抢亲一般的粗鄙，当然或许也是无奈之举，GDP高歌猛进，汽车时代快速降临，城市只能委曲求全，或者说拿出最后一点家底继续GDP。

　　如此漫来步去的，都是20世纪90年代的往事。往事里还有条茂名路，也是常常漫步的。茂名路也不宽，气质比较多重，从淮海中路往南到南昌路之茂名南路段，仿佛淮海路繁华的一点点气脉延续，是商铺的世面，商铺自然也是几年一变的，80年代比较日常生活，面料店零头布店小食品店还有地段医院的门诊部，90年代渐渐时尚起来，大多服装店，且以中式服装居多，一派时髦古典味，但还是夹杂着生煎馒头铺，从淮海路退下来的绸布店，到了21世纪当然就是整个儿地摩登了，馒头是买不到了，其实中装绸缎铺子畔飘出面香倒是上海生活的味道的原相，时髦实惠两相照顾到了。

过了南昌路，虽然有小门面的酒吧，米店改成的酒吧，时装店，茂名南路还是家常味道的，民居、学校，路边闲走，还是安详。那时偶去那间卖蓝印花布的店找老裁缝做中装。走过复兴中路，茂名南路又换了气质，宁静而矜持，一边瑞金宾馆的边门沉默而凛然地长年关着，一边基本就是围墙，老房子里有家少儿图书馆，可是90年代间间酒吧次第开出，矜持无以为靠，这里成了潮人和老外聚集之地，有个朋友的朋友在这里开过间餐店，装修复古，还兼做陶艺，一时倒成沪上文化人小聚之地。瑞金宾馆的边门也不知从何时起再也不沉默了，随意进出。曾经的花卉市场边门也就在路边。走到这段茂名南路，总觉得味道驳杂，既非红烧，也不清蒸，很像90年代多种事物纷纷登台，各自唱戏，幕布总也拉不上。

淮海中路朝北那段茂名南路，确实一直矜持着的，花园饭店、老锦江饭店，两家老饭店那么闲然地望之俨然地在那里，即便商铺也开得内敛，内敛得让路人一般不随意进入，价格自然不那么普通，下午四点钟，出来走一走此段茂名路，挥去隔壁的淮海路的热闹，安宁铺展，岁月静好。只是，再过去的茂名路就又比较杂了，兰馨剧场、时装店、画廊、小餐室，是不那么清新自然的艺术腔；过了延安中路，那就是茂名北路，市井气息的居民区了，茶叶铺、日用小店、弄堂口的袜子摊、90年代开出的时装小店。只是很多年以后的2009年夏天无意中走过，看见一处石库门已设成某名人故居，原来毛泽东1924年3月起在上海短暂的9个月居留即于此，当年6月杨开慧还带了孩子来探望小住。老上海的里弄深处总是荡漾着历史风云，好比说上海滩的水深难测。龙虎向来曾经藏卧。

当然不会把茂名路都走完，就喜欢走那么几段安静的，日常的活力沉淀在安静里，是闹市的娴静，娴静而止水，闹市就在身边，动静等观。上海的杂而不驳，混而相和，要有多少日子，多少人事，多少烟云，才能调弄到位，这些尺度合适的马路合度地编织城市最初的基调。

矮房子、窄马路、小店铺，人行道铺得朴素但干净，这是城市合适人居的尺度，走出去，不多远，就可以解决日常生活所需，这是城市的味道。高楼、宽路、大卖场，一周两周买回一堆日用品，热闹而荒芜，没有亲切的能量场，城和人、人和居之间的温度。矮房子还在，窄马路即使还在也成了停车场，零星的店铺鳞次栉比起来，零布店当然靠边，生煎馒头店也换位，一律的时尚尺度，现在的城市擅长一街一街地整合资源，马路不再多姿，商街才是马路的别号，人行道上红红绿绿的地砖倒是很应商景，颜色不搭调，质地不牢靠，常常就松了，碎了，缺牙似的豁在那里，真正恨不得，怨不得，喜不能，生活于斯的地方，日日即使不生情，只想有份亲切罢了。

　　今天还能在马路散步吗？

2010年

如果，有一张凳子

都遇到过这样的情形吧：拍X光片，房间很大，机器很好，医生态度也还和气，但角落那间小小的更衣室让你左右为难，没有一张凳子，连墙上的挂钩也是零零落落的，夏天还好，其他季节里，外套，毛衣，包，唯一的挂钩难以照顾过来，无奈之下，索性包置地，再包垫衣，总算手脚并用完成程序，至于满地灰尘（奇怪，医院其他能见之处都很干净）此时只能不管不顾，眼前主要矛盾解决再说。拍完胸片，重新再来一次，才如释重负走出大门。这是深秋里在坊间西区一家著名医院X光室的遭际，一直是很信任这家医院的，走出房间时，忍不住跟医生絮叨几句，希望能够改善，年轻的医生倒也好脾气，没有皱眉，微笑颔首，当然我也知道一个普通患者的絮叨其实是无济于事的。

以前医院硬件条件简陋，似乎将就将就可谅，如今三级甲等医院大都大楼堂皇，冷暖空调，各种医疗设备齐全，挂号、诊疗、收费、发药均电脑联网，连病人候诊区都很宽敞，座位饮水电视机考虑周全，且时时有保洁员在擦拭清扫，走进这样的医院，除去病人多，等候时间实在太长折腾人外，至少不算太坏。但是，诸如 X 光室的灰尘，必要设施的缺乏，却正好暴露了堂皇背后的细节粗陋。

总是在标志性建筑高大全的城市里不期而遇粗陋的细节。

慕名去马戏场看《时空之旅》，惊险奇特，现代杂技和光影的结合，被誉为城市的一张名片。地铁倒是快，早到了，冬之傍晚空气冷冽，沿马戏场环走一圈，不见一张歇脚的椅子，一领遮风的布篷，场子大门自然不会早开，唯有在寒风里苦等，幸好附近有家饭店，大堂虽小（饭店在楼上），且无暖气，亦无凳子，但尚可容脚，旋转门旋进阵阵冷风，虽是瑟瑟，安慰自己总比置身空无一物之处要好。门外，观众从三三两两到一簇簇，不少高鼻洋人（此节目乃在沪旅行团常规项目），皆小步兜兜转，靠走来走去取暖，实在暖是取不到的，暂忘而已。如果，偌大的马戏场广场有几顶布篷，多好，多体贴，夏可荫，冬可避，"时空之旅"已然从门口就开始了。终于，终于，可以入场了，心情冷了一度，一番奇特惊险之后，走出马戏场，再见再见，节目是好的，可是没有下次的心情了。

在堂皇气派的大商厦，穿梭来去的，只有收费的咖啡厅是可以进去坐一坐的，或者在四楼五楼等较高楼层放上零星几张椅子，通常是不会有一张凳子的，当然当然，你可以不逛商场，也好比减肥运动，如果一定要购物，请充分估算自己的体力，那些迷宫似的走廊是不打算让你清清爽爽走最简捷的路的。自然，也有的大商厦还算体贴，商店内走廊宽敞，每一层电梯处有一两张歇脚椅，只是这样的商厦还是屈指可数，通常邂逅的总是装潢得有腔有调，但一张有腔有调的凳子总难邂逅，好比有些商店的电梯上上下下，但难得顺时顺针的，一定要转来转去，才能上下通畅。凡事似乎总要做满做足才罢休，寸土寸金可以理解，有宽有余更是应当啊，琳琅满目是多，适度的空、停顿，是丰涵，是风度，既然消费时代千方百计吸引人进商厦，为什么不让人觉得商厦可逛可亲呢，偏偏就透出"消费消费消费"的急切相？

一样的，有些服装专卖柜台（店），甚或名气不小的品牌，店内装修设计时尚，衣服挂配也养眼，但只要一进试衣间，破绽百出，不是少张搁物凳，就是挂钩缺损，考究点的有双高跟鞋让你配试，可是鞋子看起来脏了很久没擦拭过，如何踩得进去？本来购物有时不过顺手的事，何必一定要买呢，这些细节让人无法信任店家，走人了事。

冬夜去东方艺术中心看《行草》，也是到早了，就观赏观赏附近日暮向云天的广场，柱灯豪迈，樟树林立，马路宽敞，却也找不到一张歇脚的长椅，那些樟树在夜色里冷清孤独地恪守背景的职责，到这朵"白玉兰"看戏的人，要么掐点而入，要么门口站岗，要么围"白玉兰"绕圈，剧场周边无一亭一椅，当然更不奢望一桌了。倒是有一烤红薯的小摊，路口灯下冒些热气。或许不远处万家灯火人间烟火，此处只是绷着脸的广场剧场，树也幽幽，灯也幽幽，艺术中心仿若一朵孤花，天天伴树两不厌，只能如此了。

光鲜的硬件在这个城市遍地风流着，光鲜硬件的内部或背后细节偏偏不风流不遍地，这儿那儿地露出破绽，诸如大理石贴面镶地的银行门口最后那坡临墙脚的台阶总是磕着牙的；新造的路桥两边齐刷刷截断，像是铁了心要和马路了断，可又断不了，那行人就练习高抬腿吧；也诸如高楼拔天骄傲，俯视地面围墙内却是垃圾成山，此天此地好比两重；再看人行道铺了彩砖，绿化带种了绿树，可是仔细一看，绿化带里全是垃圾，路人不文明，环卫视而不见，反正一排冬青遮着丑，看起来还树荫荫的，当然你不能垂目，也无法细看，否则一地鸡毛。

好比一个人拾掇得山清水秀的，却穿了一双色彩不协调的袜子，或者露出内衣的袖子，也或者看上去体体面面的样子，却是满嘴粗话，开霸王车还自以为风头，毫不遵守公序良俗，甚或很"身份"似的。似乎扯远了。说来都是小事细节，细节小事却容易破绽自现。一砖一瓦总关心。有心才有意，心不到，薄意了了，就是无法深情厚意。

2009年

谈论老房子，我们在谈论什么

　　那一天天气闷热潮湿，灰雾迷蒙，估计PM2.5已超标，实在不宜出门，却还是想出去走走，否则环视都是埋在霾中的楼，倒不如接接地气罢。

　　来到原先住过的市中心，沿复兴中路南昌路慢慢走，店面的变化自是意料中的，却也有几家十多年一直在那里，沿街的老房子老弄堂一如既往，只是靠街的几乎都变成店面，原本私密性质的墙在都市是难以保全私密的，大多外墙装饰粉刷过了，在潮湿闷热的下午，却似乎少了往日清朗多了些说不出的雾数，就像梅雨里那种甩不掉的黏感，路边泊满汽车，停着的汽车照样散发出霉了似的尾气味，窄掉一半的路自然更逼仄，黏答答也就成了物质性的存在，仿佛空间的某种质感。再看住过的老弄堂，本来算得宽敞的主弄堂，半壁江山被轿车占领，弄堂口望进去，清清亮亮的弄堂局促萎缩，似蒙上一层灰翳，离开十多年常在心头念叨的弄堂，此时不愿移步，也许倒还能保有点念想。弄堂口那几户人家大概已然出了租，木门换了铝合金，几个壮年男子上衣下摆翻卷叉腰挠头站门口聊天。

回头，南昌大厦边的弄堂口，竹榻上的中年男还在继续放棒状礼花，大概春节时剩下的，或为次品，礼花抖抖嗞嗞的，扑扑扑地上去一个，停几秒，再扑扑扑冲到梧桐树上闪个有气无力的花，路人不由皱眉，他却放个不亦乐乎，路边犹如客厅。这在摄影镜头中，大概倒是风景了，可现实中其实是将公共空间视为私人场所。好比在网上常常看到的老城老照片，也是我们少时的现实生活：夏天大家搬张小桌子在门口吃饭，晚上躺椅睡到暑气渐去才回自家屋子，周末一张水泥台子两块砖头横一根竹竿就是乒乓不亦乐乎，弄堂晾满衣物，走过路过各家屋子的饭菜香串出来，空间的怀念里更多人情追思，张家姆妈的馄饨，李家爷叔的半导体，落雨了也不必担心晾晒在外的衣服，陈家阿婆会相帮收进来的，当然当然，其实一定有不少纠结尴尬的，公共厨房的水电分摊，公用面积的占用，房间不隔音，空间局促。但是，日子过去了，选择性的记忆中当然只抹上温情暖暖的光影。

大家住房条件宽敞了，居住环境绿化了，一般邻里间打个招呼点个头已经算是不错了，若非噪音吵闹，是很少会去敲邻居的门的。人们远离了那种居住环境，却开始了怀念，在照片文字中怀念。我们怀念的不是老房子那样局促的生活空间，逼仄的周遭环境，哪怕再是温馨，到底还是不方便的，我们怀念的是那些氛围，那种人和人之间的近距离相处，那是空间造成的因缘际会，却也因空间的变化而慢慢失落。大家空间差不多时，容易亲近，彼此空间大了，有了落差，重视私密了，自然有些生分，其实也是正常的，人性就是这么有时连自己也会无法释然。说起来，只要自己不冷漠，公寓小区也是可以有亲切的左邻右舍的，只要大家都把门开一开。

都是明白人，不会不明白老房子其实并非如我们谈论的那么完美，就像这次旧居重游，看到黏答答的弄堂，被汽车占据的弄堂，原本心心念念的感觉确实淡了不少，老弄堂和现代人的生活方式、状态其实有些错落。但是，我们还是愿意谈论老房子，其实我们是在谈论老房子带来的亲切感，谈论老房子和人相处时的妥帖。妥帖来自哪里？邻里温情其一，距离产生美其二，更重要还是老房子的高低和道路比例是比较适合人居人行的，老房子周遭的道路不会那么冷漠的笔直宽阔，只宜汽车飞驰，不合市民行走，它有弯曲，有拐角，有斜线，小商小铺的即可解决生活之需，高楼的罡风冷风不会有，过马路不必要等两次红灯，更不会有走在高楼下紧张渺小之感。房子和街道有合适的比例，人和环境之间就有一种舒心的气场。

可是，现在的城市不仅商场办公楼，而且住宅小区也大多高楼大厦，又用那么多水泥钢筋玻璃的材质，与砖头木头气场和谐的人，自然要紧张焦虑不自在，哪怕什么临江房高层别墅等等，都不过是幻象，汽车时代的城市，只会让人更加不舒畅，不舒展，连老房子也被包裹其中改了性情（它们生长的年代流逝了），我们只能一边谈论着亲切的老房子老环境，一边在黏滞生硬的现在的城里或者奔突或者权且，当然也剪不断理还乱，安放暂时的肉身。

2012年

辑二　美丽中文

万物静观皆自得

    其实，这本《汪曾祺文与画》中的大部分文章都是看过的，谈祖父祖母，谈父亲，谈家乡，谈书画——"字的灾难""潘天寿的倔脾气""文人与书法""徐文长论书画"等，汪先生的文章多看几遍实在是喜欢的，随便从哪一篇看起都有滋味可寻可回味，这些平平白白的文字，放在一起，就是风致叠生了，每一次总会有所发现和兴会。当然，买这本书是冲着书里的画去的，虽然汪先生说自己的画"只是白云一片而已"，是"只可自怡悦，不堪持赠君"，也虽然他的画如他多次在文章中说到的只是"一个册页，一个小条幅"，可是，与这些册页相遇是多么让人欣喜怡然的事情，颇有些平常人生里的激动了，尽管，这些册页画的其实也很平常人生。但汪先生的画如他的文，"寂寞与温暖"里总潜泳着"异秉"。

    画的是些草木花鸟，莲叶一片莲花一朵是"初日芙蓉"的简净亭亭；垂挂飞舞的绿柳里点点红意是"春城无处不飞花"的春心荡漾；淡墨藤茎里小黄花俏皮地开着是"故园金银花"的回忆；一枝一鸟红果数枚的疏朗不经意间是"一年容易又秋风"；那墨荷层层里的红蓝黄粉是"万古虚空，一朝风月"的清明，却似乎让人看到了晨曦里的光跳进来，实在是很"印象派"了；那葫芦底下几只回头的水鸭水灵得紧，或许是从故乡高邮湖里游来？芭蕉樱桃点染"明日要去成都"的喜悦心情。梅花、枇杷、水仙、兰草、菊花、山丹丹花，偶也见山涧潺潺，是生活所见，人生所忆，笔墨所现，好比汪先生的文，源于自己熟悉的事情，经历过的生活，"我写作，强调真实，大都有过亲身感受，我只能写我所熟悉的平平常常的人和事。"（《七十述怀》），早期如《复仇》般受西方现代派影响的作品，该是汪先生年轻时的文学探索，而并非其生命中真正的表达——汪曾祺多次在文章中说过："我的气质，大概是一个通俗抒情诗人。我永远只是一个小品作家。"一个作家"得其自"的过程，正是其生命气质、写作风格浑然天成之境界养成。

但是，平常的人事，并没有因为平常而平庸；短篇也不囿了尺幅而气窄；好比《受戒》里的小和尚和小英子多年来，还是那么清新恬然致远，《岁寒三友》里靳彝甫的三块田黄现在视之，人情的光泽还是让人泪湿，当然，从《汪曾祺的文与画》中知晓原来这三块田黄是汪先生父亲的宝爱之物，是添了不少欣喜的，仿佛看到了作者生命中的一个个结点，都那么结实莹润。对一个人和他的作品的信任，就是这样层层夯实起来的，你知道，这样的作品不会让你失望，或许不会让你激情澎湃，可是，它总是让你时时挂心，常常牵手，成为你生活的一部分。回头再来品汪曾祺的画，也是那样地如水波轻盈无声地滋润你，虽册页条幅的，不见整山整水，不过取一枝一干，一花一石，一鸟一蝶而已，可花叶虬枝间，画面和题字间，如"包世臣论王羲之字，看来参差不齐，但如老翁携带幼孙，顾盼有情，痛痒有关"（《自报家门》），滋味如那幅"月晓风清欲堕时"，两茎荷叶映照，蝴蝶恰好停翅，淡蓝敷色翅翼，几丝明黄触角，一池莲风生生从纸面扑来。

汪先生的字也是如此地顾盼有情，潇洒里筋骨开张，意态从容。汪先生被誉为"最后一个士大夫"，作文、写字、画画皆精彩，其实也是溯源有路，少时"从祖父读《论语》，每天上午写大、小字各一张，大字写《圭峰碑》，小字写《闲邪公家传》，临过《多宝塔》《张猛龙》，常常读帖看笔意——"静对古碑临黑女/闲吟绝句比红儿"。祖父开店经商置田产且热衷科举，得过"拔贡"的功名，父亲传承汪家世代眼科医术，通书画，知典籍，更是无师自通各种民乐器。汪先生在写家事的文章中多次提到祖父送他的初拓本碑帖，父亲的十八般武艺皆通给孩子们带来的快乐。幼时的浸润涵泳，成就了后来的汪曾祺。他的文字里总有的那种画意，那种留白的气韵，那种疏朗清淡的风格，都能在他的书画中找到呼应。如那幅"吴带当风"，一上一下两株斜逸的水仙，逸笔如风吹草叶，还真应了紧跟"吴带当风"的那句"曹衣出水"，出的是清泠泠之水气。

汪先生在多篇文章里提到这两句诗："我很欣赏宋儒的诗：'万物静观皆自得，四时佳兴与人同'"，也曾手书此诗条幅。静观，是万物，也是人。万物静观有它的自得，是不需要看人的脸色，遵照人的意志的，是花开花落，云起云落。寂寞无人识，那也是人的"得见"，不过，也由此有人和万物间的尊重、欣赏，才有感应四时的生物之息。而静观，"才能观照万物，对于人间生活充满盎然的兴致"，是煮面条等水开也简笔一幅荷蕾和蜻蜓的审美人生；静观，既能"静思往事，如在目底"，在于笔底文画舒展；又若白石题画所云"心闲气静时一挥"，已然能从容，能自得，能不左右 / 依附于时潮——汪先生喜欢"独立书斋啸晚风"的徐文长或并不只是因其"苍劲中姿媚跃出"（袁宏道语）的书风？

看他的那幅"凌霄",长条幅,一枝凌霄倾满画面,左下角题诗"凌霄不附树,独立自凌霄"。一丛淡静,满纸远致。如是观汪曾祺的画,当然还有文。

2007年

汪曾祺的聊斋

汪曾祺曾于 1987 年至 1991 年间写过一组改写蒲松龄《聊斋志异》有关篇什的"聊斋新义",凡《瑞云》《黄英》《蛐蛐》《石清虚》《双灯》《画壁》《陆判》《捕快张三》《同梦》和《虎二题》10 篇,其中《黄英》《蛐蛐》《石清虚》乃 1987 年 9 月于美国爱荷华参加为期三个月的国际写作计划时所作。北京师范大学出版社《汪曾祺全集·八·附录一·1987 年》云:"9 月,赴美……期间开始创作系列小说'聊斋新义'。"不过,《瑞云》篇尾写作日期则题"1987 年 8 月 1 日北京",确言之,去美前汪老已着手聊斋了。

比较感兴趣汪曾祺写聊斋女子的几篇。与《聊斋》相关原作对照阅读,当然的,文言的简述舒展成畅达的白话文,且描述对话多有补充铺展,笔致已然汪式的明净,这似乎并不非常构成新义的理由,关切的还是主要细节的改动。

两篇《瑞云》情节大致相仿:名妓瑞云年方十四梳拢之年,穷书生贺生与之钟情,无奈囊中羞涩,无法赎身迎娶,热念之下就此作罢，不料瑞云却莫名其妙被人额点黑斑，从而沦为婢女，贺生闻之怜之，赎之为妇。后贺生偶至苏州路遇和秀才，才知瑞云黑斑乃其所为，以保留她璞玉之身等有情人真赏。结尾自然和秀才妙手洗斑，瑞云复现艳丽。不同自始，蒲式《瑞云》："濯之而愈"，夫妇"同出展谢，而客已渺"，在"意者其仙欤？"中结束。汪式《瑞云》有续情：是夜"瑞云高烧红烛，剔亮银灯。贺生不像瑞云一样欢喜"，习惯了往日"没灯胜似有灯""他若有所失"，"瑞云觉得他的爱抚不像平日那样温存，那样真挚"了。

　　妻子的美艳失而复得丈夫原应高兴，为何怅然若失，是原本贺生面对瑞云美貌的潜意识里的不自信，生怕得自于因美貌失去的婚姻，乃因美貌恢复而失？是否瑞云之美终究贺生心头无端的压力？汪版显然比蒲氏笔致多了几分人性心底曲微。说来，斑不过局部之丑，却引整体之变。"天下唯真才人为能多情，不以妍媸易念也"，贺生几乎相差仿佛，似乎究竟仿佛相差。

　　再看《黄英》，说的是菊迷马子才金陵觅名菊，路遇陶家姐弟，因菊相谈，甚欢，马子才邀姐弟同回马家分院而住。姐弟先是餐饭常倚马家，后种菊贩菊旺家兴院。相处中马子才发现姐弟两人乃菊花精。弟弟花朝节与人醉饮后倒地为菊却不再回复人形，乃后成"醉陶"菊种。姐姐黄英依然年轻如故。爱菊人邂逅菊花精，也算是天遂人愿的故事了。姐弟俩在蒲版《黄英》中到马家后，以菊兴家，增舍买田，后马子才妻子去世，黄英就嫁了他，虽然马认为卖菊乃玷污菊之清名，且有辱士人清高，但黄英并不以为然，"清者自清，浊者自浊"，马子才也无奈于她，遂家道日旺。

　　而汪版《黄英》删除了黄英适马的内容，故事精简许多，且随之去除了蒲松龄故事中常有的美女总会自荐秀才枕席的套路——落魄秀才白日梦式的性幻想之嫌，免了蒲式酸气。同时删减了黄英嫁与马家后姐弟菊花生意日隆，且大修庭院之桥段，唯留"自食其力不为贫，贩花为业不为俗"之观念与蒲氏共识，认同"我不想富，也不想穷，连日卖花，得了一些钱，咱们喝两盅"的生活理念。陶生与马子才交流种菊经验时所言"种无不佳，培溉在人"才是汪曾祺着墨的，"人既是花，花既是人"的补充似乎道出作者心声。陶生化身"醉陶"名品传世，或为恰好诠释。而黄英年年青春，当然是神仙故事必有笔墨，也似是人菊合一永恒的喻示。如是，汪版《黄英》颇有庄周"梦蝶"意味，多了"留白"意境，而非故事人物皆周全坐实。颇与汪曾祺对散文化小说的体悟／实践贴合："散文化小说……《世说新语》是最好的范本，这类作品所写的常常是一种意境"（《汪曾祺文集·八·作为抒情诗的散文化小说》）。

如此人物融一的情境在《石清虚》里也有表现，89孔的奇石暗示了其拥有者刑云飞之寿，当他89岁时，"置办了装裹棺木，抱着石头往棺材里一躺，死了"，已然石人一体。

写"聊斋新义"这一年汪曾祺67岁，自1980年发表小说《受戒》震动当代文坛以降，作品日盛，声名亦日隆，去爱荷华乃其首次出国访问。在那里，访旧雨交新知，讲学游玩，在party上跳迪斯科，"杯酒论文"，书画赠友，煮菜待客，心情舒畅，且大受欢迎，聂华苓对他说"老中青三代女人都喜欢你"（《汪曾祺全集·八·美国家书》），他自己也非常感叹："这样一些萍水相逢的人，却会表现出那么多的感情，真有些奇怪。国内搞了那么多的运动，把人跟人之间都搞得非常冷漠了。回国之后，我又会缩到硬壳里去的。"（同上）在这样打开心怀的状态下，汪曾祺的"聊斋新义"对古老的《聊斋》去芜存精，对故事、人物注入更多的生命性灵，更多人性的幽微曲折，更多道法自然的生命本真，好比汪老在美国的那种舒展，焕发了另一种潜在的生命感觉。

汪氏"聊斋"大多删去蒲版中的某些无关作品意韵的情节，比如《双灯》中改魏家二小为家寒单身郎，并未娶妻可月夜窗前话，这样人物关系单纯，也非既有家妻，又消受痴情狐精化女投怀送抱的艳福——很多男人心中的理想。还是《双灯》，蒲版女郎离开魏郎时唯说"姻缘自有定数，何待说也"，汪版则续："我喜欢你，我来了。我开始觉得我就要不那么喜欢你了，我就得走""我们和你们人不一样，不能凑合"。不能凑合，敢说我不爱你了，不伪饰，不矫情，率性坦然，当然人间情状复杂得多，即使不爱了，也难说一走了之，好比"五四"启蒙，文学作品都表现了冲破或家庭或观念之牢笼而走到一起的男女，但几乎很少说不爱了以后怎么办，唯《伤逝》有所涉及，但也未及点破，到底婚姻在人间社会还是一种牵丝攀藤的社会关系，远非爱 / 不爱那么简单。不过，汪版《双灯》点亮的正是一把率情天性之火，与 20 世纪 90 年代汪曾祺晚期小说中诸多人物——比如喜欢谁就主动表达"身心健康，舒舒展展"的《薛大娘》——文脉相承。

2008年

"一个一个蓝色的闪把屋里照亮……"

    关于汪曾祺的小说，恬淡平和诗意是普遍的共识，20世纪80年代已逾花甲的老作家出手别样的《受戒》和《异秉》，清清淡淡地说着"小和尚的爱情"和"小商贩王二的故事"，在当时普遍或伤痕或愤怒或哭诉的文学生态中，清凉安静地莲开一朵。之后老作家一串串的新作品，已然淡淡地说着一些"美学感情的需要"的人／事。汪曾祺自己也说过"我追求的不是深刻，而是和谐"。但是，和谐不是一团和气，和谐里同样纠结着张力，只是其钝而厚的表达看起来比较平静罢了。把汪曾祺晚年（90年代发表）小说放在一起看，尤其描写男女情感的，虽然篇幅依然不长，文字依然朴素，叙事依然平常，但无论如何还是"不寻常"。

    这些男女故事，来处似乎就是不寻常的。谢普天和小他三岁的小姑妈相爱（《小娘娘》）；卖豆腐维生艰难，卖身米店王老板父子的辜家豆腐店的女儿却单恋着王家一表人才的三公子（《辜家豆腐店的女儿》）；卖菜的薛大娘毫不避讳地在青年男女间拉皮条，向药房管事主动示爱（《薛大娘》）；吹黑管的岑明偷窥女浴室，教黑管的单身女老师虞芳接纳了他（《窥浴》）。从1993年起发表的短篇小说中，类似写情感男女的篇什很多，写小镇女子的《水蛇腰》，《钓鱼巷》的花园深宅里与女佣夏夜偷情的少年人生，写痴情少男的《小姨娘》等，改写家乡民间故事比丘和鹿之恋的《鹿井丹泉》，较前期作品，虽然素材还是来源于家乡生活或剧团经历，但更多地撷取了饮食男女的故事，更多更直接地写情感/情欲，是之前未有的。这些情感也不止于"小和尚"看到"小英子"的脚印"脚掌平平的，脚跟细细的，脚弓部分缺了一块"，产生"一种从来没有过的感觉"了，而趋于大胆泼辣，直抵人性幽邃，把人与人的复杂交缠爽利呈现，当然笔法已然汪曾祺式的白描和叙述，并无语言上的夸张缠绕，还是那些普通的字眼，但所蓄之势就像一笔画去的虬枝老藤，写意里满满的风雨。

就说《小嬢嬢》吧。小说叙事结构是传统式的，开头就交代了故事发生的地点——来蜨园，谢家花园，谢家人丁不旺，花园里除了园丁，就住了谢普天，他曾在上海美专学过画，不到毕业就回了乡教美术课，一边维持空架子的"谢家花园"；一起住的还有就是漂亮的小嬢嬢谢淑媛。两人对门对分住堂屋左右，晚上，小谢画炭精肖像贴补家用，小嬢嬢

"坐在旁边做针线，或看小说——无非是《红楼梦》《花月痕》、苏曼殊的《断鸿零雁记》之类的言情小说"。就寝时，说一声"别太晚了"。小嬢嬢冬天都要长冻疮，小谢用双氧水替她擦拭，"轻轻地脱下袜子""疼吗？""不疼。你的手真轻"。似乎就这样可以天长地久下去了。妙龄男女，按住跳动的心，守着人伦的本分。

转折来了。雷雨之夜，小嬢嬢"神色慌张，推开普天的房门"——想来房门从不闩上，等着被推开？"我怕！""怕？——那你在我这儿待会。""我不回去。""……""你跟我睡！""那使不得！""使得！使得！"小嬢嬢"已经脱了衣裳，噗的一声把灯吹熄了。"干净利落的电影镜头，所有之前的铺垫全部在此达到高潮。接着又是一句镜头感极强的叙述："雨还在下。一个一个蓝色的闪把屋里照亮，一切都照得很清楚。炸雷不断，好像要把天和地劈碎。"

雷雨闪电，天地人伦情爱欲望，瞬间爆发，一切皆在其中。虽然，闪电里的故事已然暗含悲剧结局，远走他乡的姑侄并没拥有太久的平静生活，小嬢嬢难产去世，小谢返乡来螅园埋骨，"飘然而去，不知所终"，但那一刻，饱满淋漓，干净利落，汪曾祺将不伦之恋爆出闪电欲花。让人怦然。

再说《薛大娘》，和裁缝丈夫分居的她卖菜、拉皮条不亦乐乎，"他们一个有情，一个愿意，我只是拉拉纤，这是积德的事，有什么不好？"她看上了保全堂的新管事吕先生，毫不遮掩那份喜爱，主动请他上门。汪曾祺不落笔心理活动——这真正是"贴着人物写"的，卖菜的薛大娘没有那么多弯弯肠子，单描述动作话语，"到了薛家，薛大娘一把把他拉进了屋里。进了屋，就解开上衣……她问吕三：'快活吗？'——'快活。''那就弄吧，痛痛快快地弄！'"无一句情色话语，却百分百情欲。末了，又补充一句"薛大娘的儿子已经二十岁了，但是她好像第一次真正做了女人。"无需说什么女性生命觉醒之类，唯此足够。

汪曾祺显然是十分欣赏这样活泼泼的生命的，小说结尾特别强调薛大娘有一双"十个脚趾头舒舒展展，无拘无束"的脚，"薛大娘身心都很健康。……这是一个彻底解放的，自由的人"。尽管这样写来，已经不够汪式浑然天成了，有作者不把他的想法告诉你都憋不住了之直露之嫌。

在就民间传说改写而成的《鹿井丹泉》（1995年）中，把和尚归来和母鹿的情事写得纯净唯美，毫无畸恋之感，"归来未曾经此况味，觉得非常美妙。母鹿亦声唤嘤嘤，若不胜情。事毕之后，彼此相看，不知道他们做了一件什么事。"鹿女降生后被众人发现，秽言侮辱，作者却以鹿女跃井仙乐飘然，归来圆寂栀子花丛结尾。依然纯净美丽，如来往了一次伊甸园。汪曾祺述写作缘由："故事本极美丽，但理解者不多。传述故事者多语多鄙俗，屠夫下流秽语尤为高邮人之奇耻。因为改写。"与同年发表的"舒展自由的"《薛大娘》或可相互映照。如此处理，或许是抹去了人间无法唯美的丑陋了，更多在审美层面上表达，但作者显然似乎更愿意直面生命本原的那些能量。虽然，这些让人跳荡难耐的能量，最终必然要人承担。无论小孃孃死了，小姨娘变成一个麻将桌边的普通女人，还是薛大娘不管不顾活泼泼地活，或者《窥浴》中"她把他的手放在自己的胸上"的虞芳……情欲的力量或者改变人或者不过生命瞬间的爆发，作者都将之视作一种自然而然的生命表达。如写《钓鱼巷》里的大高晚间一丝不挂乘凉，轻唱牌经"白笃笃的奶子，粉撮撮的腰……"那样的惬意自然。

只是有意思的是，在汪曾祺晚年这一些小说中，都是女性的率真性情推动了情感/情欲的爆发，是否应合了"永恒之女性引领人们前进"的前贤理想，还是女性天然地（尤于男性作家笔下）担当起了人性美的象征？

沈从文说："我要表现的本是一种'人生的形式'，一种'优美、健康、自然，而又不悖乎人性的人生形式。'"（《习

作选集代序》）汪曾祺在《美——生命〈沈从文谈人生〉代
序》（1993年）一文中引用之，并多处提到沈从文所说"人
性"核心，"黑格尔提出'美是生命'的命题。我们也许可以
反过来变成这样的逆命题：'生命是美'，也许这运用在沈先
生身上更为贴切一些"。如果移用于此，也许也是合适的。

2007年

一个人与一座城市的牵念

    五月春阳微曛，在延安中路茂名路和陕西路段之间逡巡，这条弄堂看看，那座老房子瞧瞧，甚至见上海马戏团内有幢老洋房，情不自禁向门卫打听它是否有忝为私立初中的前世？怎么看皆无仿佛"形状有点像船舱"的屋子。也是自然，自1946年至今，沧桑巨变，高架都逶迤而过了，找一所门牌号都阙如的老房子末了不过是安慰一下寻找的念头吧。

    是在找汪曾祺1946年7月至1948年3月间在上海做中文教员的那间私立致远中学旧址。"这是一所私立中学，很小，只有三个初中班。地点很好，在福煦路（今延安中路，笔者注）。往南不远是霞飞路；往北，穿过两条横马路，便是静安寺路、南京路"（汪曾祺《星期天》1983年）。但凡写到汪老离开昆明转赴上海的这段漂泊经历的，也都提到这间中学，但都未及学校的具体地址，更何况今情如何了。倒是冒昧向黄裳老先生咨询过，汪黄两人是多年老友，那时汪曾祺在上海，除去"教三个班的国文"，写作，与黄裳等朋友来往密切，且一起常去时居霞飞坊（今淮海坊）的巴金家聊天。黄老说那学校去倒是去过，好像在一条弄堂里，但具体哪里没有印象了。

　　汪曾祺是 1946 年 7 月自昆明经越南、香港来上海的。由于没有西南联大毕业文凭（因他未应征美军翻译），到上海先是闲住同学朱德熙母亲家。9 月经李健吾介绍才在这所中学落了脚。直至 1948 年 3 月离沪赴京。在这所中学的一间铁皮顶木板屋里——"下雨天，雨点落在铁皮顶上，乒乒乓乓，很好听。听着雨声，我往往会想起一些很遥远的往事"，年轻的汪曾祺称之为"听水斋"——他读书写作，创作并发表了《复仇》《老鲁》《绿猫》《牙疼》《戴车匠》《囚犯》《鸡鸭名家》《落魄》等小说，以及许多散文。反映其创作生涯一以贯之的文艺观《短篇小说的本质》即写作于此间。文后落款"三十六年五月六日晨四时脱稿。自落笔至完工计整约二十一小时，前后五夜。在上海市中心区之听水斋"。"一个短篇小说，是一种思索方式，一种情感形态，是人类智慧的一种模样。或者：一个短篇小说，不多，也不少"，写下这些话的时候，或许江南的雨已经停了，"分明听到一声：'白糖莲心粥——！'"写《星期天》时的汪曾祺 63 岁，1983 年的上海街头很少闻听白糖莲心粥的叫卖了，莲心粥的温软甜香当是汪曾祺的上海记忆之一。

除了《星期天》，汪曾祺的小说创作中几乎没有出现上海主题，唯散见于一些散文篇什中。他用"糯"来形容铁凝的《孕妇和牛》："'糯'只可意会，难以言传。细腻、柔软而有弹性……我也说不清楚。铁凝如果不能体会，什么时候我们到上海去，我买一把烤白果让你尝尝。不过听说上海已经没有卖'糖炒热白果'的了"（《推荐〈孕妇和牛〉》1993）。

"在上海，我短不了逛逛旧书店。有时是陪黄裳去，有时我自己去。也买过几本书。印象真凿的是买过一本英文的《威尼斯商人》"，对一家"专出石印线装书"的书店扫叶山房记忆犹新，"印象中好像在上海四马路"（均见《读廉价书》1986年）。1989年9月的《寻常茶话》从幼时家乡喝茶历数昆明上海北京杭州等地所经所见所体会的喝茶情形，提到上海："1946年冬，开明书店在绿杨村请客。饭后，我们到巴金先生家喝功夫茶"，文章这样收尾："曾吃过一块龙井茶心的巧克力，这简直是恶作剧！用上海人的话说：巧克力和龙井茶实在完全'弗搭界'。"去了泰山回来谈"山顶夜宴"："棍豆是山上出的，照上海人的说法，真是'嫩得不得了'"（《泰山拾零》1987年）。在《吃食和文学》（1986年）里谈"咸菜和文化"说"上海人爱吃咸菜肉丝面和雪笋汤"。虽四十多年过去了，沪方言／生活习惯在汪曾祺还是犹然心耳。民间口语向为汪曾祺所重视的创作素养："能多掌握几种方言，也是作家生活知识比较丰富的标志"。他在和上海作家姚育明讨论姚的小说《扎根林》的信中说："写上海知青在东北，语言（包括叙述语言）都还可以用一点上海话和东北话。"（《致姚育明》）显然，青年时代的上海生活在汪曾祺记忆中印象不浅，毕竟那是从学校到社会的初期生涯。

汪曾祺后来是再次去过上海的，但那是特殊年代里特殊的行程。1963 年 12 月下旬，才摘掉"右派"帽子一年多的汪曾祺时任北京京剧团编剧，参与了改编自沪剧《芦荡火种》的现代京剧《沙家浜》之创作工作，因创作的唱词通俗中见雅致，浅显中见才情，且具京剧韵味，受到当时样板戏旗手江青的注意，也因此无可避免地卷入政治旋涡，在江青"控制使用"下十年样板戏，亲历样板戏兴衰。1964 年春至 1965年冬，汪曾祺等受命创作剧本《红岩》，1965 年春节前两天被江青电话召至上海修改剧本。但江又决定不搞《红岩》了，让他们按其意图写其他剧本（详见季红真《汪曾祺与'样板戏'》,《书屋》2007 年 6 期）。当时江青住在锦江饭店，距汪曾祺当年任教过的学校不远，距淮海路／淮海坊更是咫尺。或许来去匆匆，或许心情复杂，在那样的环境下看到年轻时熟悉的场景（当然场景已发生变化）——是否听到糖炒热白果的叫卖声？很想知道汪老当年的心绪，但这段匆匆上海并无在文章中呈现。

上海在汪曾祺的创作／生活经历中，不是一个大站，高邮、昆明、张家口、京剧团才是其主要创作驿站，只是上海却是其文学／社会人生启程阶段的一个节点，虽然之后并不作为"往事并不如烟"的一种追忆溯源，却星星点点于字里行间，读来如当年汪曾祺听雨"听水斋"。

在"听水斋"里，老汪回忆西南联大的一个同学《蔡德惠》，"大家都离开云南，我不知道他孤坟何处，在上海这个人海之中，却又因为一件小事而想起他来"。现在，在上海这个人海里，是找不到当年那间私立致远中学了，热白果的香气亦不再飘荡，只是文字还在，一个人和一座城市的牵念就不时让人思接神游。

2008年

寻访的寻访

在拙文《一个人与一个城市的牵念》(刊《文汇读书周报》2008年8月8日8版)中，写到曾寻访汪曾祺于1946年7月至1948年3月在沪任教的私立致远中学旧址而未果之事，在变化迅捷的如今上海，要找一间小小的学校旧址，渺然也在情理之中，寻访到此为止是基本肯定了。未料，8月20日收到不相识的读者发来邮件，原文如下：

"龚老师：近读《文汇读书周报》，知道您曾寻找汪曾祺1946年7月至1948年3月间在上海做中文教员的那间私立致远中学的旧址，不知后来有无结果。据我所知，那一时期的上海建筑和机构分布，在一本老地图上有极其详细的标示。该图册名为《上海百业指南》，由上海社会科学院出版社根据原图翻印出版，今年又重印了一次，并在上海书展上销售。由于其信息覆盖到当时城区所有的门牌号和包括私人小铺在内的单位，估计您应该可以从中找到线索。Yonggang"

这里还要请Yonggang先生见谅，我将邮件录于此。因为实在太柳暗花明又一村了，当即回复 Yonggang 邮件表示感谢（只是不知其姓名具体汉字，只能拼音称呼，心感不敬）。酷暑体乏，未去书市。先在网上书店查找。常去的亚马逊卓越网有书影，确切书名为《老上海百业指南——道路机构厂商分布图》，却告知缺货。细读介绍，乃上海社会科学院出版社 2004 年的版本。于是托任职社科院的友人查询。却悉社科院出版社阙如，且其图书馆内也无馆藏，但友人让我耐心等一等，社科院图书馆愿去上图相借。就在 9 月下旬的某一天傍晚，她在夜色中拎来了一套上下四册的图册，接过来，分量可不轻。自红色无纺布袋取出，牛皮纸封面，一张老地图衬底，8 开大小，纸质轻软，每册封一封三影印老照片若干，其余皆老上海地图，大小马路，宽窄里弄，店铺机构住宅，密密麻麻，间或插登其时广告若干，页页展开，真正如若时光通道。

　　先按下其他，直奔致远中学而去。心念地标若干：福煦路，离淮海路近，距南京西路也不远，于上册二第 119 页第六十一图，发现目标，福煦路已作为括号内小字附于中正中路边，在 392 号民安坊起首，就是四间机构，依次：致远中学、六河沟煤矿公司、中国新闻学校、民国碱业联合会。握放大镜就着灯光细看，致远中学之"中"呢，看起来若"小"，但"中"和"学"的字距似乎过大，不似前面两字通常的间距，或许影印之故，脱落点笔画也是可能的。复看地图上的其他，一般临街小店铺，节节寸寸地挨着，字迹或多或少皆有脱落。心下以为此地即为那间私立致远中学了，无疑不敢说，95%以上靠谱。

福煦路暨中正中路乃今之延安中路。心中念念弄堂如今安在否？用谷歌卫星地图搜索，黄鹤已去也，此处正是延中绿地，住宅唯保留了中共二大会址，今成都北路7弄30号的一排石库门建筑（原辅德里625号），回头看老地图，与民安坊成丁字形的一条弄堂正是辅德里，弄口一头即成都北路。将卫星地图放大再放大，延安中路高架立交桥高低交错。老地图上，里弄店铺私立学校鳞次栉比，弄堂穿来梭去的，就到了前后大马路。"往南不远是霞飞路；往北，穿过两条横马路，便是静安寺路、南京路"（汪曾祺《星期天》1983年）。其实确切而言，静安寺路即南京西路，汪曾祺写的南京路或为往东南京东路，往西南京西路。

这番与过去时空的面对面，更手不释卷《老上海百业指南》了，曾经住过的地方，甚或家人外婆旧宅，祖母开过的店铺，都一一查实，放大镜在灯下映射出或清晰或漫漶的字迹。图册的周详全面细致令人感叹当时原作出版者的用心。据"编选说明"："《老上海百业指南》的素材取自《上海市行号路图录》不同版次的内容精华。"该书的"编制工作肇始于1937年，历时一年半，将公共租界和法租界的道路及机构、住宅等一一制图标明，分别于1939年、1940年出版了第一、第二编，社会各界反响热烈。"编印该书的乃其时上海福利营业股份有限公司，"创立于1937年"，"公司主持者林康侯（1875～1965），上海人，名祖溍。17岁中秀才，26岁任南洋公学附小教员，再任校长。1914年起从商，成为金融界要人，与袁履登、闻兰亭合称'上海三老'。'八一三'事变后，任中国红十字总会常务理事，从事难民救助工作。上海沦陷后附香港避难，被日军抓获，押回上海，一度担任伪职，1945年9月被捕判刑，出狱后于1949年迁港定居。从主持者的经历看，福利营业公司有比较可靠的社会背景，这也许是其得以操办大规模调查测绘工作的原因之一。"这本图录在1947年10月和1949年4月分别出版了上下两册，期间克服了物价上涨之艰，"公司原本还有在南京、北平、天津、汉口等地编制同类图书的计划，终因政局变革，未能如愿"（均见《编选说明》）。

以余孤陋之识，将行号机构与道路里巷合于一图者，至今似未见同类图册（至少在本土），无论彼时还是当今，皆为上海历史之文献，尤在上海城市、上海文化之研究不断深入的今天，此图册是最好的上海 20 世纪三四十年代城市风貌 / 细节的见证，从各自视角出发相信都有发现和收获。道路变迁，商贸沿革，里弄风貌，文化生活，市井胭脂……在在均可铺展。从踏访汪曾祺青年时期短暂驻留的致远中学而不得，到如今在《老上海百业指南》上终至落实，虽说不上九九曲折，也算峰回路转，未谋面读者的指点路径，朋友的援手，乃至相关图书馆工作人员的努力，所有聚集的能量，使寻访的寻访，不因为水落石出而成为终点，倒恰是激发了别样的一种情怀了。

欣喜还在后面，将此信息与友朱朱分享，她连忙与相熟的上海社科院出版社社长联系，得知《老上海百业指南》2008 书市时加印了 10 套探路，结果很快售罄，出版社再次加印，国庆节后上市。听起来，出版社一开始颇为谨慎，读者则是期盼已久。强烈建议，此类有关老上海历史资料翔实可靠的书籍出版社或当列于看家书、长命书，了解自己的城市于故事传奇可之，风花雪月可之，史料文献尤为路径，对于历史来说，这些才是基础。

如此说来吾亦可家藏一册了。

2008 年

补记：

《老上海百业指南》后来买到，道路商号学校住宅等信息非常详尽。家人还找到其祖辈当时开小作坊的路名门牌。欣喜。

Yonggang后来也因各种机缘在网络相遇，原来是中文系84级系友。感恩。

此也是《寻访的寻访》之访得。

竺家巷9号

　　行驶了4个多小时的长途汽车热闹起来，中年男人对着手机说"你们先吃吧，别等我，我马上到了"，坐在前面携孙子回家的老年夫妇表情明显欢快起来，哄着昏昏欲睡的小男孩"到家喽到家喽"，正午的热阳照在身上，好像也将外面的草木河滩气一并裹了进来，车窗外随处河塘随处榆树杨树杂草蓬勃，村落的院子都砌着紫红大理石门楣，贴着"春来满院""春光明媚"的红地金字联，并非对联，单单就这么一联，闪闪的，四周田地绿漾漾地衬着。

　　从设在文游台内的"汪曾祺文学馆"出来，已是下午2点，周围无处可打尖，也无心四处寻觅了，叫三轮车直奔东大街，三十多岁的年轻人，不知道东大街，我说就是人民街，人民街晓得，拐弯就到。老街，想象得到的破旧老街，门面斑驳至不见原来底色，或修了门窗，或扩了门脸，卖些简陋的日常用品，应该有"王瘦吾的绒线店，陶虎臣的炮仗店"吧，街面高低不平，三轮车颠簸不已，街边有条河，河畔搭建的民居正拆着，泥塘见河底，仿佛正疏浚；走到一半，老街竟然现出一幢新建蓝白立面公寓楼，工人还在楼前平地铺地砖，扬起扑扑灰尘，灰尘落下来，落在灰旧碎裂的街面，楼突兀着，若一块绸缎补丁打在旧棉袄上。街边，如果不

汪曾祺故居

仔细看，灰砖暗淡的高门楼就淹没在老屋群中了，或许里面就是店面敞阔的"保全堂药店"？三轮车夫找不到竺家巷，下车问，街边小店的古稀老头手指，过了过了，前面才是。一条条极细的巷子朝人民街两边延伸，眼神一疏忽，就过去了。

前面却是竺家小巷，是也不是？走至巷深，不见9号。

再往前几步，才是竺家巷。巷宽了，没几步，就见了，红底铭牌"汪曾祺故居"，双开门，炭色，关着，贴着"万物静观皆自得，四时佳兴与人同"，是汪曾祺喜欢的宋人诗句。

前几天还春寒绵绵不绝期的天竟一下子温度摸高，仿佛才脱了棉袄就恨不得短袖，午后阳光正辣，巷子静着，有的屋前有老人坐着，一户人家正老屋翻修。踌躇着是否敲门，"他们家在午睡"，黑衣中年女人忽然从斜对面小弄走出，一手拎物，一手甩开腰身，神似汪老笔下的薛大娘，生机泼辣。好，吃饭去，反正竺家巷9号就在这里了。反方向出巷子，巷子深进去一间间屋子，墙色杂驳，间或几盆植物，是否就是李小龙喜欢看的王玉英家的晚饭花？汪老的小说与眼前景互相交叉，只是似乎难以交叠，那个小说里的东大街已沉淀在文字里。一排歇了午市的小饭店触目，又一条凌乱老街触目，路凹凸、积水，垃圾随风吹，路边一间废品收购铺子正收货，铺旁三个三十多岁的女子咬着苹果。

热闹的美食街却全然不同于老街，时尚一如大城市，价格比之实惠不少，当然，这样的世面仿佛离汪曾祺笔下的那个高邮是远了。不过，"京都餐厅"里喝午茶的胖大嫂扭着腰吃水果的样子随意如在老街屋檐下。美食城不远的桥堍，一边旧屋，一边新宅，新宅豪气俯视衰惫，可也突围不了旧屋的包围，河边杂树丛丛，新宅似乎也乐得省下心思搞绿化了。

下午三点半，终于敲响那扇门。汪老的妹妹妹夫还有弟弟比邻而居着汪家祖屋，当然只剩当年大宅院的一隅。妹夫金先生退休后主理汪曾祺故居一并事宜。屋子前后两间，前屋墙上挂了几幅汪曾祺的画，葡萄、水鸭、花鸟，"这是他在张家口葡萄园时的写生"，金先生指着一副葡萄松鼠，"每次跟学生一起读《葡萄月令》，他们都很喜欢呢，还有给他们介绍《陈小手》，他们之前没读过，读了很喜欢"，我说。金先生和汪阿姨温暖地笑了，汪阿姨的笑容让我想起老年汪曾祺的许多照片。他俩的女儿五一放假也在，人到中年的女子，听了安慰地点着头。里屋尽处带着一个小天井，天井里搭了两间披房，往上看，竟还有间屋子，原来是金先生夫妇的卧室，让我想起汪老的《皮凤三楦房子》，隔壁住着汪老弟弟汪曾庆老先生，稍稍探头，也是两间小小的屋子。喝着汪阿姨沏的铁观音，我们谈了很多关于汪曾祺的人和事，说汪老格言"无事此静坐"祖父，说琴棋书画兼通医术的父亲，说汪老在上海的短暂居留，说汪老的小说人物，就好像相熟已久的老友，无间无距，汪老的画在客厅里，和我们在一起。

金先生拿出的访客签名本还是新的，只写了两三页，这么些年了，也不知写完了几本。写些什么呢，毫无准备，一时倒愣了，还是白话此刻的心情吧："心心念念多少年，终于来到竺家巷，满心欢喜，四时温暖，汪先生文字伴人生。"

告辞时金先生执意送我们出巷口，要跟三轮车夫谈好去高邮湖的车资，就像是亲戚道别，我们说没关系没关系的，来看汪老旧居，看他小说中许多人物故事发生的地方，与现在的高邮人聊聊天，怡然之事。车夫等金先生转身，说话了，刚才那人是你们朋友啊，他曾是城北医院的化验员，"不是医生"，那车夫还特地加了一句。听了莞尔，是汪老笔下的人物特色。

念着巧云和十一子爱得且刚烈且若水的《大淖记事》，金先生说大淖就是你们进人民路看到的那片正疏浚的河塘，看起来当地政府也想恢复旧貌，"不过蛮难的，河边房子拆建不容易"，金先生怅然道。在人民路颠簸而过时曾眼前晃过大淖巷，一条纤瘦纤瘦的小巷子。幸好高邮湖还是那么阔大一望无尽，没怎么开发，几条揽客的游艇歇着，少有游客，湖边一片湿地，间或植着稻子、油菜花，湖附近的运河里驳船沛沛然沉荡而行，斜拉桥昂然于运河之上，桥上放望：长河、大湖，湖边枝条泼辣的粗柳，空气热而爽朗，嘿，没得话说了。桥上时而驶过顶上架山地单车的小车，看桥下告示，才知近日正举行首届高邮湖国际业余自行车旅游赛呢。此地轿车并不多，当地人多以电动车三轮车交通，那些当为参赛车辆吧。

近湖处一时无三轮车可招，正好走走，从通湖路回返，看一看繁杂闹市之外的高邮（曾见步行街上服装店鳞次栉比，物品同质，门口音箱狂响），灰砖旧屋的马路，陈而静，几乎家家对联盈门，漾着古风，屋前空地有老妪借着夕阳绗棉衣，是最传统的蓝布大褂内衬棉絮的冬衣，有间老屋前客堂开了"古驿轩"，卖宣纸笔墨颜料，路口小河畔的那户人家青藤绕满墙，墙根上青苔，如果说这里住着画的紫藤里有风的"全县第一个大画家季匋民"，我觉得真是合适的。

就在古驿轩（这个名字起得好，位于南大街的盂城驿古迹乃高邮历史之胜）卷了几张生宣携回家，明知哪里都有，看到一团和气的掌柜大妈，莫名淡淡欢喜，念起汪老小说里的侉奶奶、薛大娘、王玉英们，想着如果高雪不那么因渴望飞出小城抑郁而死（《徙》），和中医丈夫一起度日变老，就该这般模样的。

2010年

别一个张岱

　　或许是《陶庵梦忆》流布深广，张岱多给人以品茶游园，"酣睡于十里荷花之中"，独去"雾凇沆砀"、天地山水一白的湖心亭赏雪的性情文人形象，当然，明亡后避居山间所做的这些文章，即便天高云淡也是衬着多少沧桑烟云间的底子，只是宗子的身影似乎总是与月共影，与雪映照，与茶曲同品的。却在"梦忆"之外更多的文字中，感受到另一个内心坚烈的张岱。或许用烈来形容多有不确，宗子曾自述"功名耶落空，富贵耶如梦，忠臣耶怕痛，锄头耶怕重，著书二十年耶而仅堪覆瓿，之人耶有用没用？"（《琅嬛文集·自题小像》），自嘲的潇洒跃然纸面，其实，烈与潇洒在宗子身上是统一的，坚烈做底蕴，潇洒才不会轻飘。

　　张岱说"生平不喜作谀墓文，间有作者，必期酷肖其人，故多不惬人意，屡思改过，愧未能也"（《琅嬛文集·周宛委墓志铭》），文集中墓志铭仅四篇。来看看是哪些人让张岱作了墓志铭呢？除去《自为墓志铭》，其一周宛委，一个著述丰沛，敢于嬉笑怒骂的文人，虽"以奇文见斥，遂罢弃举业"，博览群书，浪荡不羁，"其所持论，皆出人意表"，张岱称之"如此异人，如此异才，求之天下，真不可无一，不能有二也"，佩服他，"犹越王之式怒蛙，惟取其气"。

其二姚长子，姚非显达之人，甚至也非读书人，乃"山阴王氏佣也"。嘉靖年间，他在农作时与来犯的倭寇"持稻叉"相斗而被擒，倭寇命其带路，姚长子机智引之入四面皆山两面断桥的山地，并私语乡人，让乡人前来围歼倭寇。最终倭寇"百三十人尽歼焉"，但姚长子被倭寇"寸脔"，"乡人义姚长子，裹其所磔肉膏"，将之安葬。张岱为他的墓地"立石清界"，作铭："醢一人，醢百三十人，功不足以齿；醢一人，活几千万人，功那得不思。仓促之际，救死不暇，乃欲全桑梓之乡；旌义之后，公道大著，乃不欲存盈尺之土。悲夫！"

其三张山民，张岱三弟。一个读书人，"资性空灵，识见老到，兼之用心沉着"，精通古董书画。待人朴厚，不以学识货与官家，宁愿"屏迹深山"。张岱铭曰："才而若拙，慧而若痴，在市厘而饶丘壑，以贫士而富鼎彝。是惟梅山高士，可与把臂而同嬉。"

以上三位，无论士人或农夫，皆堂堂之气之人，敢于真话，敢于承担，敢于不见于权贵，敢于直面入侵者，身在市厘而胸有丘壑，生气正气灵气丰沛，这是张岱最为看重的，虽然他自嘲当忠臣怕痛，不若其友祁彪佳那样绝食殉国，但明亡后他避居山间，读书著述，情愿生活困顿，拒不仕出，从钟鸣鼎食而"布衣蔬食，常至断炊"，正可见其价值趋向。《跋祁止祥画》中他写道："士人作画，当以草隶奇字之法为之。树如屈铁，山如画沙，绝去甜俗蹊径，乃为士气"，虽是谈画，此"士气"与张岱知人论事安身立命之所崇之气连通一脉。

再看他所著不多的六篇传中，《家传》《附传》《五异人传》写的都是张岱家族的叔祖、叔叔、兄弟们。尤以《五异人传》传达张岱胸次性情。"余家瑞阳之癖于钱，聂张之癖于酒，紫渊之癖于气，燕客之癖于土木，伯凝之癖于书史，其一往情深，小则成疵，大则成癖"，他们正合张岱所说"人无癖不可与交，以其无深情也；人无疵不可与交，以其无真气也。"之性情说。其余三篇传主也都各有声色气质，《余若水先生传》之余若水乃节义之士，清兵渡江后，其兄自沉而死，余若水"誓不再渡，绝迹城市"，虽是崇祯进士，但与家人"躬耕自食"，物质生活匮乏，连一张眠床也是支离破碎，"上漏下穿"，床前的桯（小桌之意）没有脚，"四角悉支败瓦"，但从不攀附权贵，有人"殷勤造请，称疾以辞"。他对来者说"我非避世鸣高者……长为农夫以没世足矣。今诸公赫然见过，将共张之，是使我避名以求名，非所愿也。"这些话说得诚恳真切，余若水非以隐求显之辈，唯求坚持自己的价值观／人生态度，他死时，"身无长物"，还是"友人醵钱以殓"。

那么《鲁云谷传》所写鲁云谷又是何人呢？张岱好友，在绍兴开爿药店，擅治痈疽疮痘一类疾病，方剂独出机杼，每每妙手回春，却并不借此敛财求名，倒是更喜欢莳弄花草木石，他"深于茶理"，"相知者日集试茶，纷至沓来"，鲁云谷乐在其中。他极喜洁净，"恨烟恨酒，恨人撷花"，尤其恨人随地吐痰，"故非解人韵士，不得与之久交"。他擅乐器，"凡羌笛、胡琴、凤笙、斑管，无不精妙，而尤喜以洞箫与人度曲"。常与友人在家品茗焚香，"剧谈谑笑"。驾鹤仙逝前晚还在与友人剪烛谈心，翌日则被发现"遗蜕在床矣"，真正洒脱之至。张岱说"云谷居心高旷，凡炎凉势利，举不足以入其胸次。故生平不晓文墨，而有诗意；不解丹青，而有画意；不出市廛，而有山林意。"可谓妙人高人韵人，虽不以学问存世，但颇得"独立之精神，自由之思想"之精髓。

《王谑庵先生传》传主王思任乃晚名著名文人。做过知县、佥事。清兵破南京后，鲁王监国，驻守绍兴，王任礼部右侍郎兼詹事。其仕途坎坷，三仕三黜，喜好山水林居。时有讽刺时政之作，其《游唤》一文，"笔悍而胆怒，眼俊而舌尖，恣意描摹，尽情刻画，文誉鹊起"。另有诗作誉世，抒发他对现实的愤懑和失望。甲申之变前，王思任以能文善谑著称，国难之后，当南明小朝廷覆亡之际，奸臣马士英欲逃往绍兴避难，王思任作书以拒之（张岱在传中全文引用了这篇义正辞厉之文），他自己则弃家入山，不剃头，不进城，身感不适，绝食卧躺。卧病期间"时常掷身起，弩目握拳，涕洟哽咽"，临死前"连呼高皇帝者三"。王思任由一个纯粹的文人而成为人所景仰的志士。张岱给他写传之意不言自明。

《一卷冰雪文序》中，张岱云："世间山川、云物、水火、草木、色声、香味，莫不有冰雪之气；……盖诗文只此数字，出高人之手，遂现空灵"。"盖文之冰雪，在骨在神，故古人以玉喻骨，以秋水比喻神，已尽其旨；若夫诗，则筋节脉络，四肢百骸，非以冰雪之气沐浴其外，灌溉其中，则其诗必不佳"（《一卷冰雪文后序》）。"冰雪之气"不仅仅是张岱的审美趋向和美学观念，它的向度是更宽泛的，涵盖了张岱的人生态度和价值操守，所以才会有慎为人写传作墓志铭的他为一个抗倭的农民大书一笔，才尤其欣赏"不出市厘而有山林意"者，感佩国难后避居不仕、读书论世乃至潦倒困顿的王思任，对余若水这样的节义之士倍加尊崇，也才有张岱催促好友陈洪绥完成《水浒叶子》，并专题《水浒牌四十八人赞》……

虽然明朝大厦在清兵入关时已是风雨飘摇，士人也无法肩起朝代鼎革的历史使命，有些人以身殉国——所殉当为其价值节气（张岱友人中殉国者即有刘宗周、祁彪佳），当然有些人也转向与时局合作。当大风大浪袭来时，对于士人（知识阶层）来说，有人守护节气，有人低头现实，有人积极权贵，有人无奈而从，任何时代莫不如是。但晚明许多文人确实是自觉背负起丧国之痛的羞耻感，他们不仕出，不与异族时局合作，或埋于读书著述（张岱即是），或沉于丹青书法（如傅山、陈洪绶），以笔墨承传建设一个源远流长的百折不挠的文化香火。这样的人生态度于知识者而言，无论其时还是后世，都需要精神、心灵和肉身的勇气的。

这一个张岱与品茶品戏优游于文人娴雅生活之中的张岱，其实并不矛盾，他只是持守一个士人的原则/精神罢了，是一个承传汉文化传统的文人对价值/审美理想的一以贯之，历史的兴替节点只不过是对之的一种外在考量，而张岱则坚持了他的"冰雪"理想。坚烈与潇洒浑然一体。

事实上，践行如此的浑然一体是别具勇气的，并不潇洒。

2009年

张岱琴声

"好精舍，好美婢，好娈童，好鲜衣，好美食，好骏马，好华灯，好烟火，好梨园，好鼓吹，好古董，好花鸟，兼以茶淫橘虐，书蠹诗魔"的张岱自然仅非晚明散文之高手了得，戏曲琴艺茶道等皆有妙见高识。此处单说张岱弹琴论琴。

古琴，在明代进入一个持续稳定且传承发展的阶段。上至宫廷如明宪宗（成化）、明思宗（崇祯）等皇帝均好鼓琴，宫内有专人管理制琴事务。昔日近现代琴家查阜西先生、香港薇斋均藏有成化御制琴。不少王公贵族造琴刻谱成一时风气。下至民间文人雅士，斫琴弹琴自不待言，私人集资刊印琴谱蔚为成风，不少文人士大夫提倡琴学，将古曲和民间尚在流传的曲目，编纂成谱集，并对其表现内容给予研究和阐释。从 15 世纪初到 19 世纪末的 500 年间，先后刊印的琴曲谱集达数百种之多，留传至今的尚有 150 余种。现存最早的重要琴曲谱集《神奇秘谱》即由明代朱权刊于洪熙元年（1425 年）。明代古琴文化可谓繁盛。

　　琴谱刻印既有保存古曲之功，也促进了当时不同琴派、师承之间的琴艺交流。明代琴派纷陈，浙派、江派、广陵派、虞山派、绍兴派等各擅其长。山阴张岱当绍兴琴派莫属，其古琴造诣使之为明代著名琴人。《陶庵梦忆·绍兴琴派》见其琴事："丙辰，学琴于王侣鹅。……学《渔樵问答》《列子御风》《碧玉调》《水龙吟》《捣衣环佩声》等曲。戊午，学琴于王本吾，半年得二十余曲：《雁落平沙》《山居吟》《静观吟》《清夜坐钟》《乌夜啼》《汉宫秋》《高山流水》《梅花弄》《淳化引》《沧江夜雨》《庄周梦》，又《胡笳十八拍》《普庵咒》等小曲十余种。"操缦弹曲乃张岱琴艺之一面，琴艺的审美体悟更见张岱琴学美学观念。还是在《绍兴琴派》中写道："王本吾指法圆静，微带油腔。余得其法，练熟还生，以涩勒出之，遂称合作。……后本吾而来越者，有张慎行、何明台，结实有余而萧散不足，无出本吾上者。""圆静"好理解，"油腔"似易引起微议，通常"油腔"字面上于弹琴而言是贬义词，然从张岱以"涩勒"避开其师"油腔"称赞"合作"琴艺来看，"油腔"或指王本吾弹琴之吟猱绰注熟极而活泼潇洒自得之气，而张岱则更希望疏简古朴一些，避免因熟润而过于巧了，是在细腻潇洒基础上增添古拙之气的美学追求吧。说其他人"结实有余而萧散不足"，倒是从侧面表明"油腔"非如今油滑猖狂之意，而直指王本吾琴艺的洒脱活泼了。

张岱与同学琴者何紫翔论琴："吟揉绰注，得心应手，其间勾留之巧，穿度之奇，呼应之灵，顿挫之妙，真有非指非弦、非勾非剔，一种生鲜之气，人不及知，己不及觉者，非十分纯熟，十分淘洗，十分脱化，必不能到此地步。盖此练熟还生之法。"(《琅嬛文集·与何紫翔》)与郑板桥《题画竹》"四十年来画竹枝，日间挥写夜间思。冗繁消尽留清瘦，画到生时是熟时。"可谓同脉。"涩勒"乃洗去纯熟，洗去技巧，练熟还生，而至心手合一。可知张岱推崇的美学观念如那则"见山是山，见水是水"的公案，是绚烂而臻于质朴的意蕴。

张岱的琴声不仅自娱自乐，更以鼓吹琴音为己任。"越中琴客不满五六人，经年不事操缦，琴安得佳？余结丝社，月必三会之"，《陶庵梦忆·丝社》一文对此有详述。除去起首几句交代结社缘起，通篇为丝社的成立"小檄"，"偕我同志，爰立琴盟，约有常期，宁虚芳日。……从容秘玩，莫令解秽于花奴；抑按盘桓，敢谓倦生于古乐；共怜同调之友声，用振丝坛之盛举"，尤其末一句，颇生豪情，琴响松风宛若于耳。不由念及《绍兴琴派》所云"余曾与本吾、紫翔、尔韬取琴四张弹之，如出一手，听者骇服"，向来不怎么欣赏当下时见的多人古琴合奏，因古琴吟揉绰注连带弹奏者的心境心情，演奏者对同一曲子的处理尚有细微差别，合奏要么失掉微妙细节处理，要么韵味缺失唯求整齐而已，看了张岱所言，看来齐奏也不能一概而论，若风格心志多有默契，或许既"如出一手"，也余韵可感。此言亦可见丝社兴盛绍兴琴派之功。

关于绍兴琴派还需说几句，自王本吾之后影响较大的是张岱琴友尹尔韬，因为尹既能弹奏古谱，还能作曲，曾被明崇祯皇帝招至朝廷弹琴谱曲，并任职受命整理宫廷收藏的古谱，其传谱和创作计七十三首琴曲由他的友人孙淦在他去世后编辑成《徽言秘旨》和《徽言秘旨订》刊印于康熙三十年，成为清代很重要的琴谱。

读《丝社》时遇到"莫令解秽于花奴"句有些不解，缀辑过百科类读本《夜航船》的张岱，文字里面其实处处埋伏，所以《陶庵梦忆》读来似乎很顺，真要字字落实，暗礁伺候。想来"花奴"必有出处。查《辞源》，原来典出唐南卓的《羯鼓录》。花奴乃唐玄宗时汝南王李琎的小字，擅长击羯鼓，且"姿质明莹，肌发光细"，玄宗甚宠之。话说玄宗不好古琴，一日庭内听人弄琴，琴未毕已不耐烦，叱琴者出，唤内官，"速召花奴将羯鼓来，为我解秽！"玄宗说来也是喜欢音乐歌舞的人，史料说他琵琶、横笛包括羯鼓都有一手，但对古琴好像不感冒，或许古琴的中正平和清微淡远和这位喜欢热闹的皇帝气质上不太关联。明白了花奴典故，不禁莞尔，会心张岱的幽默暗讽，古琴乃需"从容秘玩"，哪里是你皇帝解秽的工具，那是你自己不解个中风情奥妙了。

张岱论及诸多《吴中绝技》时说："陆子冈之治玉……张寄修之治琴……俱可上下百年保无敌手。至其厚薄深浅，浓淡疏密，适与后世鉴赏家之心力、目力针芥相投，是岂工匠之所能办乎？盖技也而进乎道矣。"琴技而琴道，好比修身而修心，无怪乎《丝社》有言"但识琴中，无劳弦上，元亮辈正堪佳侣"，"练熟还生"，"生鲜之气"，同理是也。

2009年

张岱雪意

溽暑再次翻读张岱《陶庵梦忆》颇为消暑。虽无法如张宗子般"酣睡于十里荷花之中"（《西湖七月半》），平实余韵的文字不妨清新层叠袭人，尤其"梦忆"中的雪意雪情，于蒸腾热气中分外醒眼。

《湖心亭看雪》自是扑面雪景，"天与云、与山、与水，上下一白"，独自看雪，意外邂逅更有痴雪者；《龙山雪》则浸身雪中，群友喝酒吹乐赏雪，有的"相抱"旋滚而下，"直至山趾，浴雪而立"；《日月湖》中的某园有"雪浪"石，《金山夜戏》里形容"林下漏月光"，"疏疏如残雪"；《白洋湖》写看潮，潮水"如百万雪狮蔽江而下"，一路涌来，"龟山一挡，轰怒非常，炮碎龙湫，半空雪舞"；《闰中秋》赏月蕺山亭，将夜半"仅露髻尖而已"的山色，叹为"米家山雪景仿佛见之"。

雪色还见之于诸物事的形容，《天镜园》春笋"形如象牙，白如雪"；《鹿苑寺方柿》，"生脆如咀冰嚼雪，目之为明"；自制的《乳酪》"雪腴霜腻"，"自是天供"；当然，自称"茶淫"的张岱所嗜之茶也与雪相关，那是他创制独特烘焙法的《兰雪茶》，茶香飘散于诸多写聚会饮食的篇什，《蟹会》上，"饮以玉壶冰……漱以兰雪茶"；《露兄》茶馆开张，"泉实玉带，茶实兰雪"；即便是酒，也不离雪，张岱写在《雷殿》乘凉，"每浴后拉秦一生、石田上人、平子辈作台上，乘凉风，携肴核，饮香雪酒……"，夏天纳凉喝酒，香雪酒似乎很清凉，不知如何滋味，或许又是宗子私房玉液。似乎张岱看到与雪色有所联系的物事，都会不自觉地以雪命名，如他豢养的"外祖"遗物一头白骡，这头骡子曾经以尿治疗外祖任职之地寿州人所患疾病，且在张岱豢养期间自行出去觅食，颇为奇特，后"失足堕壑堑死"，张岱"谥之曰'雪精'"（《雪精》）；他记录下兖州的芍药异种《一尺雪》，"粉艳雪腴"；在《王月生》中形容这位"不喜与俗子交接"的南京妓女"如孤梅冷月，含冰傲霜"，也是一片雪意。而在"梦忆"压轴之文《琅嬛福地》，写凤有一梦，梦到的是一片理想安居之园，有松石奇木，杂以名花，精舍有之，亭阁有之，门前临河，登楼可望诸山，其中写到急湍洄溪，即是"水落如雪"。这样一个福地，可谓张岱之桃源，集中了他平生所好。水色如雪，当然清澈空灵。

粗略数来，凡 123 篇的"梦忆"中，直接间接涉及雪竟 17 篇，且大多乃以雪喻物比人，是张岱自然而然的比喻意象，非感兹念兹恐不会如此频繁。

雪色洁白，向来有多种象征系统，纯净纯洁高洁颇为文人寓其心志；瑞雪丰年乃农耕文化符号，白雪一片遮盖了大地一切美丑，仿佛人间大同，抑或色空一如之究竟圆满。雪，无论在士大夫文化还是民间民俗审美系统中，均有着美好高妙的象征系统，似乎现实之中的雪灾也无妨雪的审美。作为士大夫之一员，张岱对雪夜访戴的通脱超然不会陌生，况且这一历史故事已然铭记为士大夫文化传统的符号，与张岱素有交游的明代文人陈继儒（即眉公、麋公）——《陶庵梦忆》多篇提及——其《小窗幽记》一书亦雪意漫漫，"节义傲青云，文章高白雪"（卷一《醒》）是也，"莫恋浮名，梦幻泡影有限；且寻乐事，风花雪月无穷"（卷五《素》）是也，"茶令人爽，琴令人寂……石令人隽，雪令人旷"（卷七《韵》）是也……说来，陈继儒因常与官绅周旋为时人所讥，终究还是始终不入仕途，追求高远超脱的审美人生之人。不过，晚明文人不同于以往庙堂载道的传统，自李贽"童心说"阐扬，经公安三袁推崇"性灵说"，生命真性情乃晚明之文化气场，"扫雪烹茶，篱落边梅花数点"此种生活审美浑然的境界或乃小窗之"琅嬛福地"，亦张岱的雪境。

张岱非传统的孤傲文士，他孜孜兴趣于民间世俗人情的观察记录，《湖心亭看雪》中也欣然与"更有痴似相公者"的赏雪者一起"强饮三大白而别"，他的雪色雪意皆皴染了生活情致，是在此处，而非彼地的。他的雪色，是染了些许尘色的，既有薄薄的清冷，也有丰腴的世情。当然，这份清新清灵的雪意在张岱写作"梦忆"时已是前尘往事，惘然一梦，早年谈文畅游的知己有的拒清诱降而投水自沉若祁彪佳，有的出家为僧若陈洪绶，有的入山自尽若陈函辉，张岱自己避入嵊县山中，起笔"梦忆"，时年五十，自此至八十四岁离世，时有逃难，生活维艰，五十四岁那年某日见当年自己改良制作的"日铸雪芽"，"见日铸，不能买，嗅之而已"。如此再感雪与张岱胸次，自然非仅仅纯洁美丽而已，晚年宁愿受穷入山，也不与时局合作，当为张岱雪情之恰好注释，性灵在张岱不仅止于"极爱繁华"好人间美色的个人情怀，也不止于"人无癖不可与交，以其无深情也；人不疵不可与交，以其无真气也"的真性情为生命追求，当有家国天下的底蕴，即便一生无意入仕，寄情都会风景风情。

同样是晚明文人，张岱好友、画家陈洪绶明亡后在绍兴云门寺出家，自号悔迟、悔僧，丧国之痛、苟活之悔非青灯古卷能散，清顺治七年，当好友周亮工做了清朝官吏的消息传来，老莲百感交集，惋惜痛心之情无法言表，丹青以陶渊明归园田居为主题的《归去来兮辞》长卷送友，其中深意不言而喻。

张岱信手写来诸物诸景，雪之影缠绵处处，别有其沉淀血脉文脉中的美学感情。拈来信手，信手在心。

2008年

闵老子茶及其他

张岱精于茶，在《陶庵梦忆》中多篇谈论茶和瀹茶之泉水，无论是《兰雪茶》中改良"日铸茶"而创制"兰雪茶"，还是《禊泉》中季节相异朝夕之差等情境下泉水的口味感受，堪称绝伦。

但《闵老子茶》还是胜出其他论茶文章，一杯"闵老子茶"，张岱喝得回肠荡气，曲折多姿，读者如吾等看得也是如沐氤氲茶烟，如闻袭人茶香，如见茶人品茶引知音。

《闵老子茶》是张岱《琅嬛文集》中《茶史序》的主要文字，除去开头和结尾，基本相差无几。但《茶史序》开头一段却是不得不读的缘起，说的是张岱的朋友周又新（周墨农）每每喝茶，就要说起闵汶水，知张岱也是爱茶精茶之人，"恨不令宗子见"。已然是未见闵老子，已闻闵老子茶。"一日，文水至越，访又新先生，携茶具，急至予舍"，机会来了，闵文水（即闵汶水）来到了家门口，但机缘不凑巧，"余时在武陵不值"，生生错过了，"后归，甚懊丧"。

正是有了这样的前缘，再看《闵老子茶》中的一波三折，才更加会心了然，执着的张宗子专程去访，喝一杯闵老子茶，这杯茶自然是要缭绕盘桓一阵的。

这一年是戊寅年，即明崇祯十一年（1638），张岱42岁，正是壮年好时光，九月，此处该是阴历，那就是秋天了，气候宜人，也是访胜问友好季节。走水路，到了南京，上岸，毫无逗留，直奔居于桃叶渡附近的闵汶水。先说几句桃叶渡，是十里秦淮的一个古渡口，于秦淮河与古青溪合流处，之所以名桃叶，与六朝东晋时王羲之的七子王献之有关，说是他常在此迎接其爱妾桃叶渡河。那时秦淮河水面宽阔，风浪大，摆渡船或有翻船之虞，王献之赋诗《桃叶歌》以慰桃叶，渡口遂名桃叶。风景秀丽兼明媚传说，自元至明清，桃叶渡一直乃市井繁华之地（其故址位于今南京夫子庙淮青桥东）。闵汶水住在桃叶渡，茶名远播，倒真有点大隐隐于市之逸风。

张岱到时已是"日晡"，申时，下午三点到五点时段，正好闵汶水外出，张岱于是开始等，终于等到了，乃"婆娑一老"，用"婆娑"形容老者，真是妩媚，毫无老年人之暮态。这闵老子确实了得，身手活络，头脑活络，张岱刚要和他"叙话"，只见他"遽起"，说手杖忘在一个地方了，就又走了，把张岱撂在那里。说起来，张岱也是吴越一带的名士，声名也不小，专门来看你闵老子，竟是这等怠慢，要换了有的人，可能也就拂袖而去了。可张岱不，之前已错过一次，这次可不能再错过了，"今日岂可空去？"笔者每每读到这里，总不免莞尔，这闵老子其实是故意冷一冷张岱呢，看你到底有多少诚心，大概上次与周又农携了茶具去访张岱而未遇，心里落下了点小疙瘩（名士嘛，何况老名士，有点小脾气也是可爱的）。

于是，又等。

等了很久，闵汶水总算回来了，此时，"更定矣"，已经是入夜时分了。也就是说张岱从下午等到了傍晚天色微暗，还就这么枯坐着，更没一杯茶喝的。大概是没料到，闵老子"睨余曰"，斜着眼睛看看张岱，一半是惊讶一半是疑惑吧，说，你还在这里啊，你在这里干什么啊？口气还是挺傲慢的。张岱很真诚也很坚定，说"慕汶老久，今日不畅饮汶老茶，决不去"，茶痴。也正是张岱脾气，符合他一向"人无癖不可与交，以其无深情也；人无疵不可与交，以其无真气也。"之性情说。

张岱访茶闵老子的过程仿佛一场情景剧，还一波多折。到闵老子听了张岱如此坚定的话，才算是心下喜悦，"自起当炉"，带张岱到了一间"明窗净几"的屋子，亲自给张岱煎水煮茶了。到底是闵老子，不虚茶人盛名，用的茶具都是讲究的，宜兴的紫砂壶，成化宣德年间的瓷器，"皆精绝"。不过，别以为就此就喝茶闲聊了，两个茶人哪里能放过如此品说茶的机缘，彼此也还要探一探对方到底有多少茶艺茶色呢。

于是，张岱否定了闵老子故意说的阆苑茶，而非常精到地品出了"阆苑制法，而味不似"，乃罗岕茶也。这罗岕茶，就是当今的浙江长兴西北部与江苏宜兴交界的山野所产之茶，在明代中后期有美名，为江南文人誉为"吴中所贵"。这么看起来，品茶老到的张岱喝出罗岕茶味也在情理之中的，之所以为闵老子称奇，该是张岱竟是品出茶的制法和味道之异吧。曾经改良过日铸茶而创制了"兰雪茶"的张岱，不单坐而论道，还是身体力行之人，此番"品味"自然不在话下。

自然，要说到水。好水才能配好茶，某种程度而言，无好水，再是好茶，也无佳味。于是，又是一番较量。张岱又识破了闵老子的故意，还对惠泉水道了一番见解，说怎么可能是惠泉水呢，"惠泉走千里，水劳而圭角不动"，离得那么远的水，为什么取之煮茶还是这么清冽新鲜呢？这下子闵老子很服气了，才道出了自己的独家秘方，原来他为了取到新鲜的泉水，先要把井淘干净了，"静夜候新泉至"，然后汲了，还把山石置于水瓮底，这样保持泉水的那股子生鲜之气。"取白石子入瓮中，能养其味，亦可澄水不淆"（屠隆《考槃余事》转引自上海古籍出版社《陶庵梦忆》校注）。闵老子又说了一次"奇，奇！"大概是很少有人如张岱这般能对泉水如此深切的体认吧，一杯茶水竟然喝出了涓涓泉水的细微差别。

于是，这下闵老子要拿出看家本领了，"少顷，持一壶满斟余曰：'客啜此'"。这一杯茶香气扑烈，张岱一下就舌尖清明了，原来刚才请他喝的是秋茶，现在这一杯才是春茶呢。春茶娇嫩，新鲜，尤其清明谷雨之前采摘炒制的绿茶，清香清新，好比一冬过后大地的那一腔春天萌动舒展之气，萌动的地，和春天发散的人体，合而为一。而秋天，对于绿茶而言，就显得比较熟，不那么清新了。看起来，闵老子煮茶还留了一手，但在茶痴张岱面前，终究心服口服，全盘（人情茶心）端出。不过，读到这里笔者也稍微有些疑惑，说春茶"香扑烈"自在理中，喝明前雨前的春茶，要的就是这股香气，大地萌发的春天之气，也因为茶叶均以嫩叶采制，更是鲜香。只是，接着一句"味甚浑厚"，则略生惑。"浑厚"带有醇厚之意，似乎形容半发酵的铁观音或发酵类的红茶比较妥帖，以之形容春茶，似乎少了些清新之气？也许，这杯闵老子亲手煮的春茶比较特别，香气之外又别有圆融之气，乃至张岱以"味甚浑厚"喻之？留待方家探讨。

这里还得宕出去一笔，说到张岱精于茶，除了《闵老子茶》此文，另有开篇提到的《兰雪茶》，常见方家以之赞叹张岱在品茶鉴茶上的造诣的，张岱改良某种茶的制法并使之风行于世，越界而成茶界牛人，真正了得的，这就是兰雪茶了。不过，文章首句带来疑惑："日铸者，越王铸剑地也。茶味棱棱，有金石之气。"读下文即知日铸茶乃兰雪茶的母本，也是其时越地名茶了。此处以"棱棱"形容茶味，还兼金石之气。金石之气源头来自碑石拓片的审美感受，有硬、尖、寒冷之感，想必此茶味该比较清洌；"棱棱"，本意寒冷，兼有瘦、嶙峋之意。上海古籍版夏咸淳、程维荣校注的《陶庵梦忆·西湖梦寻》中释"棱棱"为"形容茶叶重浊不滑"，"不滑"对应硬气，倒应了金石之气，"重浊"似乎不妥。日铸也是名茶，重浊之味的茶，何以能"两浙之茶，日铸第一"？笔者以为"棱棱"取寒冷之本意或为合适。

说来，茶味之品自然无法统一划一，味蕾之普遍感之外，个人不同之感受品藻，并以语言来通感表达，实为不易，或许品茶之味之趣亦在此。

再让我们回到《闵老子茶》现场。听张岱茶喝两杯一比较，汶水大笑曰（或许有那么一点点自嘲？）："予年七十，精赏鉴者，无客比。"于是，两人定交，真正由茶而知己。《茶史序》比《闵老子茶》多出几句，"但见闵老子接着说：'五十年知己，无出客右，岂周又老谆谆向余道山阴有张宗老者，得非客乎？'余又大笑。"明知眼前即张宗子，却还要来个反问，闵老子是真的叹服了。若说宗子执着痴迷，这闵老子毫无逊色，乃趣致"婆娑"妙老。

　　一唱多叹啊，张岱和闵老子仿佛心照不宣地一起完成了一次茶仪茶试。

　　这一杯其实不是茶，而是张岱和闵汶水的忘年相交知音茶。

　　也如同闵老子静夜候新泉煮好茶，这杯知音茶在宾客双方来来回回的言语间，泱泱乎生磊之气充满。

　　　　　　　　　　　　　　　　2010年写，2013年修改

隔着八十多年的烟云

朱光潜先生在《丰子恺的人品与画品》（1943年）中写道："说起来已是二十年前的事了。那时候他和我都在上虞白马湖春晖中学教书。……常在一块聚会。吃饭和喝茶，慢斟

白马湖

细酌，不慌不闹，各人到量尽为止，止则谈的谈，静听的静听。……当时的朋友中浙江人居多，那一批浙江朋友都有一股清气，即日常生活也别有一般趣味，却不像普通文人风雅相高。子恺于'清'字外又加上一个'和'字。"这股子清气，感觉不单是属于丰子恺的人与文画的，在文字的氤氲里与白马湖春晖中学浑然一体了。

所以，当白马湖蒸腾着暑热来到眼前时，那个历史人文中的白马湖融合着现实所见一起散发着特殊能量，即便隔着80多年的云烟，还在这里——

夏丏尊在卖掉祖宅而建的平屋里教书读书写作，实践"平淡平凡平民"之平屋理想，翻译了亚米契斯的《爱的教育》；未来的美学家朱光潜写下他第一篇美学文章《无言之美》；丰子恺画下了他第一幅发表的漫画《人散后，一钩新月天如水》；当朱自清在1924年3月的早春第一次沿着一条铺着煤屑的小路走进去，"那黑黑的细小的颗粒，脚踏上去，便发出一种摩擦的噪音"，给他"轻新的趣味"。这里，有经亨颐、夏丏尊和丰子恺等合力为弘一法师建的晚晴山房，以供法师来此小住。这里，有湖有山，方圆不大，却吸引了众多如今都闪烁在中国文学（文化）史上的文人硕彦，夏丏尊、丰子恺、朱光潜、朱自清、刘大白、王任叔（巴人）等在此教过书，何香凝、蔡元培、叶圣陶、李叔同（弘一法师）、胡愈之来此做讲座。来者皆喜白马湖，又风华正茂，各自文章书画抒怀表情，于是，甚至形成了现代文学史上的"白马湖派"，时间虽不长，其宁静雅致之气却流转后世有缘人心境。

虽然丰子恺的"小杨柳屋"因修缮不得而入，弘一法师的"晚晴山房"院门倒是开着，枫杨苍苍郁郁，屋子也在修建中，无法仔细寻访，但夏丏尊的平屋，朱自清的居所，一一看过。平屋里橘树挂枝，紫薇茂盛。想起朱自清写的"丏翁的家最讲究。……院子里满种着花，屋子里的陈设又常常变换，给人新鲜的受用。他有这样好的屋子，又是好客如命，我们便不时地上他家里喝老酒。丏翁夫人的烹调也极好，每回总是满满的盘碗拿出来，空空的收回去。"不禁莞尔，难禁向往。读书人，远离市嚣，却乡野不离尘世，何况湖光山色，几间平屋，教书读书写作，三五知己会心有情，不必刻意渊明，已然陶然于中。

这些小院子，居室平静安详，前院后窗的树木草卉清灵修逸，皆有静气。而春晖校园里，古典长廊沉着修润，"风荷院"一池绿肥的荷叶，酿着一股清气，曾为电视剧《围城》"三闾大学"拍摄地的老楼"曲院"，雕刻细密的栏杆内敛着近一个世纪的读书修身之人文润泽；就是那条朱自清们常常走的小路，煤屑为水泥替代，木桥也被水泥替代，可是相信左右两边的大湖小湖庄稼荒草并没有被其他什么替代吧，湖边人家捉鱼的筒式渔网也还在老法编织着，虽然房子都建成小楼了，有的还新建了四层宾馆楼，自住兼做旅馆，一溜的空调，等着开张，说是出租给春晖中学来陪读的家长，可是，小路仍然是冉冉"轻新的趣味"的，甚或还得加几分乡野的安然清新，哪怕路边养鸭棚间或散发腥味，那也是天然的味道的。随处可见了湖树草野齐辉映，树、玉米簇衬着远处低低的山，一起倒映于湖，群青老绿透明，玉米穗子的褚石土黄杂糅，这样的静气野气竟是可以抵挡扑面内升的暑气了。

这条一头连着绍甬铁路的小路是进春晖中学的老路，如今少有人走了。白马湖就隶属上虞驿亭站，顾名思义，古时当是驿站，此处原有小站已撤销，但见火车驰过。路尽有春晖中学老校铭牌，四个字乃创办人兼第一任校长经亨颐先生手泽，隶意入楷，竖字挑勾，乍觉古朴，再品却兼觉婉转。原来出自晋代碑刻爨宝子碑的笔意。校史陈列室里也有经先生墨宝"与时俱进"，古意从容，与时俱进里自有传统文脉筋骨之承传，绝非见"时"即"进"即可的。

白马湖春晖中学的出现似乎偶然，1922 年自日本留学归国的经亨颐在上虞开明乡绅陈春澜的支持下办起了这所学校，他坚持将校址选在远离市集的白马湖畔，坚持安静读书的教育理念，虽是现代学堂，实在和中国书院传统文脉相接。而一帮年轻的知识者，有传统底蕴，又接受了新思想新文化，一声召唤，竟都弃城来此偏居，在白马湖边推广民主教学，涵泳文心人情，与各自的人生／生命相融。其实又何其不是必然，尤其是经历了"五四"前后的"呐喊"和"彷徨"，之后20世纪20年代中后期的大革命风云，很多知识者都在寻求人生到底往何处去，桃源虽然无路，志同道合者到如白马湖春晖中学这样的地方来工作生活，已然一种修身齐家利天下的选择，况传统儒家教化在民间的历史并未于其时断裂，"看见世间的一切不快、不安、不真、不善、不美的状态，都要皱眉"的夏丏尊就是一心在平屋扎根的，他的遗孀20世纪80年代尚居此地。这些人正是华年，"白马湖四友"中，1922年，夏丏尊36岁，朱光潜25岁，朱自清和丰子恺均24岁，他们丰厚坚实的人生正是自此出发的。

可是，倘若没有那样一种宽怀的情致的问学的氛围，白马湖的水色也不过是寻常江南风景了。当然，白马湖的水色亦非一如既往的清澈的，春晖的和谐宁静其实也矛盾暗涌的，因学生一顶大毡帽出早操而引发新旧两派教员的冲突，由此也使得站在学生一边的丰子恺匡互生等一些教员离开了春晖，匡互生后在上海办了立达中学继续实践理想教育，丰子恺夏丏尊都在那里任教过。朱自清则留教几年后于1927年1月举家离白马湖去了北京。白马湖的"没有层叠的历史所造成的单纯"（朱自清）似乎也无奈地消失在了湖波荡漾，但这些曾经的人和事恰筑就了历史的层叠，积聚起一个生生不息的能量场，给我们后来者补补气。虽然当年如此的教育制度教育氛围是此情只待成追忆了。

2008年

丰子恺的"安"

从 20 世纪 90 年代起就一直有"浮躁的世间放不下一张安静的书桌"之说，这么多年过去了，世间喧嚣更甚，大概书桌更难得安静了。此说"真问题"抑或"伪命题"？想起那些前贤，远的暂不论，近的不少，以写作者而言，已故的沈从文、汪曾祺、丰子恺、张中行等，在世的杨绛、周有光、宗璞等，他们经历了何其喧嚣浮躁甚至战乱浩劫的年代，他们曾遭受各种折磨，可是他们的书桌还是安静的，他们依然在安静地且思且写。

这几天重新翻读丰子恺的书，照片还是那样——微笑、髯须、淡静。

大学时倒并没有读太多丰子恺，青春年少读典籍读小说读美学读现代派，那时的情怀其实是比较躁动的，向外的，说得好听是求知欲强（当然读书也容易囫囵吞枣，回首感念先吞下也有好处，总归打下点底色），于是，很容易被观念理论特别的文辞情节所吸引，而对那些相对平和淡然的作品关注不够，或言时光有限不及关注，其实还是和心性有关吧。

经历了 20 世纪 80 年代的鲜花重放和看似激情澎湃，以及突然间的戛然顿止，心境渐渐变化，看着下海的下海，跳槽的跳槽，出国的出国，当然总之继续饮食男女，读书的也还继续在读书吧，是从一场梦中醒来却希望依然在梦中，或者是不相信梦还是醒了，这个时候，应该是 90 年代后期，梁实秋、丰子恺包括晚明小品这些风格的文本在书店里多起来。《缘缘堂随笔集》《丰子恺遗作》以及他手书的《童年与故乡》（古尔布兰生著）都一并买来阅读，到了 21 世纪初，还入手了丰子恺《绘画与文学·绘画概说》等著。无论漫画、散文，看着读着，舒心。

读《缘缘堂随笔》时是 1998 年前后吧，那时正好看到一篇谈当今散文何领风骚的文章，作者之意乃学者散文为翘楚，于理、于文、于识皆妙，以之按丰子恺的散文随笔，似够不上拔头筹之位。只是，窃以为丰先生的散文倒亦是旁人所未及的，故人已逝，但其文之浑朴真率之平和审美的气息犹然。十多年前读完的感受是，丰子恺随笔诣义并不深奥，结构文句亦非殊特，却让人掩卷而仍盘旋，要说点什么，可是说什么的，淡淡地氤染上了点什么，可是又是什么呢，仿佛安然会意地一笑倒很恰当。至今亦然如是观，只是更体悟

到一个字——安，"安"是丰子恺其人其文其画的灵。

丰子恺故居（石门镇）

写儿女写家居生活的《华瞻的日记》《给我的孩子们》《忆儿时》等篇什，用的都是最平白的文字，说的也皆为最日常岁月的事情，语调也是平静，其实处处通脱，生活的艰苦生活的趣味溢于字里行间。读《吃瓜子》《山中避雨》《野外理发处》《湖畔夜饮》等文章，平实小事，在丰子恺笔下总关乎生活的审美气息。在丰子恺这里，美从来不是理论，不是超乎现实的某种什么特定的载体，它就是生活本身。当然，倘若没有一份体悟的心境，美要么是人云亦云的某种固化的形式罢了。看那篇《山中避雨》，写作者带着两个女孩游西湖，在山间遇雨，避雨荒村茶肆，雨不止，为解闷，借了茶博士所拉的胡琴，拉奏各种曲子，一时间女孩们和村中青年一起和唱起来，"把这苦雨荒山闹得十分温暖。……我有生以来，没有尝过今日般的音乐的趣味。"以至雨停，客主间依依惜别。在作者的从容笔调间，让人撷得生活中所蓄的诗意和艺术感，令人想起南宋有"马一角"之称的画家马远，他常借山间林野一角之景描摹自然、抒情表意，虽常寥寥几笔柳枝野花翠鸟，广袖的士人独走山径，却是空谷回响亦闻的意境。文、画同理，想来山势磅礴淋漓笔力周全是美之沛然，一石一水之景又何尝不为美的灵韵。

如此情境之文于《缘缘堂随笔集》中俯拾即是，喜爱作者写于1972年的那些回忆故乡人事的文章，如《王囡囡》《癫六伯》《酒令》《塘栖》《算命》等，平心静气的叙述，人物的性格神貌、事物的沉潜情趣历历毕现，是不着力却使人铭刻的文字，好像看见银须冉然的丰子恺先生手执毛笔字字清脱于素笺上，案隅该是一盏茶或一盅酒，墙上的画应是《护生画集》里的一幅鹅吧，这么想着，我似乎将丰子恺看成全然一派浑朴天真了，事实上，在这位茹素的作家笔下，其实是有沉郁的人生之大痛的，如写于1938年的《还我缘缘堂》《告缘缘堂在天之灵》及1940年的《桐庐负暄》等中，讲述了丰先生携家眷，在日寇炮火轰炸故乡后辗转逃难的情景，文字于平实间时而激烈，家难国事的忧情愤意溢于言表。

2008 年 7 月下旬，与友人去了白马湖和石门镇。前者有春晖中学，1922 年年初，从日本回国不久的丰子恺应已任教春晖中学的夏丏尊之邀欣然来此教学，筑"小杨柳屋"，至1924 年冬辞职去上海。此间，丰子恺画下了他第一幅发表的漫画《人散后，一勾新月天如水》，与经亨颐、夏丏尊、朱自清、朱光潜等一起在此任教的友人谈天说地，吟诗作画，与青山隐隐的白马湖晨昏日夕，感受到"清静的热闹"。后者乃丰子恺故乡，故居"缘缘堂"已原址修建为丰子恺纪念馆。故居用玻璃夹层保存了一块日寇炮火下残存的"缘缘堂"石板。

去时两日，逢酷暑，进缘缘堂，迎面芭蕉舒展，上得二楼，即见书中见熟的书桌，旧木斑驳，当年丰子恺平日写字作画之所。心中一安，汗水暗自渐收。

对，是"安"，也是这几年读丰子恺较前些年之体悟。丰不是一位黄钟大吕的作家，但却独特，浑然天成是，真率审美是，安宁安静安心安然则为其殊胜。十年动乱期间他曾被关牛棚，下放到奉贤农村劳动，白天遭批斗，生活环境恶劣，天寒屋漏，可是丰子恺却凌晨四时起床，利用早上的俩小时读书作画。怎样的定力和内心力量！1972 年，在那样的环境里悄悄开始画《护生画集》第六集。这是 1929 年为弘一法师五十寿辰庆之约，自此后每十年作一集，共 6 集，每集

id 1

依次为50、60、70、80、90和100幅，与弘一法师寿同。1973年最终完成《护生画集》最后一集100幅画。而此时的丰子恺已75岁高龄了，如其诗句"晚岁命运恶，病肺又病足"。可是，他依然完成了自己的信诺。身疾，心护，而"护生"。

丰子恺旧居（上海）

　　那些漫画的线条还是那样清宁圆通，简洁，无多余笔墨。心手相安，才能画出这样的线条。而凝神于简净的线条，手传达给心的安。狂乱风雨，又奈其几何。

　　抗战爆发后，画家离乡逃难，行走川北，随处也画下各地所见所思。虽是战火频仍的山川人事，丰子恺的画依然传达着人生之安。画面或浣衣劳作，或执柳赏月，或临河品茗……有一幅画叫《警报作媒人》，一个战乱的年代，尖锐的警报不知道什么时候会拉响，在丰子恺《艺术的逃难》一文中对此有生动描绘，那时他在迁至广西宜山的浙江大学教书，日军登陆南宁，攻陷了宜山附近的宾阳，学生教师扶老携幼向贵州逃难，道路崎岖，交通阻塞。那样的时候，拉警报实在是太平常的事了。而这幅画却丝毫不流露逃难途中的种种艰辛和内心波澜，撷取的却是一对蓝衣红服的男女坐在两崖夹峙的草地上，谈情说爱起来。内心虽然对国难家事有着愤慨和忧心，但他的画笔却还是将人生的美——那种纷乱中的人性美——点化出来，使人觉得活着还是有希望的，有安慰的，有温暖的。爱和悲悯，是画家的"有情有心"。无论家居天伦，都会小景，还是乡村生活，动荡生涯，里面都有一颗画家自己的体贴的心，他是感受人间乐趣的，体察世间艰辛的，却又总怀着一种发现真趣的情怀，是故温和悲悯，如今看来既让人超然物外，又使你置身其中。

再温丰子恺的文和画，平和通脱、和谐浑朴、融合生活与艺术之趣味自是如常感受，那种临诸事而总安然的态度襟抱则体悟倍重，西湖明月看得，天伦之乐享得，战火硝烟遇得，迫害委屈受得，人情温暖、爱生敬养总在心头，寻常里的滋味总也不觅而得，一个人要有怎样的正见、正信和修为才能如是？

弘一法师1942年圆寂前临别偈语中有云："执象而求，

咫尺千里。"窃以为丰子恺的文画正是其先师之语的诠释：自然而然，顺心性而为，倒于"非执"之间，华枝春满了。

所以，浮躁的世间是可以放得下一张自己的书桌的。问题是，愿不愿意放；放下了，又安否？

2013年修改旧稿

赤豆的心情

一

在东京浅草的一家老字号日式点心店，安藤奈津刚开始学徒生涯，难免手忙脚乱，处处出错，让她搅拌红豆，几次没达到大师傅要求，被罚之以手替代机器，完全手工，自然烫手，没办法，认真刻苦的奈津甘愿受罚，大师傅尝了尝全手工制红豆馅料，轻轻道"对，就是这样的。赤豆也是有心情的啊。"年方二十的奈津惊奇地睁大眼睛，赤豆也是有心情的啊。自此，她更加努力，杂活、做馅料、练习包点心，终于做出了不辱老字号牌子的点心，"能成为一名好的日式点心师"，一向严格寡言的大师傅也对她寄予厚望。

这是日本的一部美食电视剧《红豆甜甜圈》所示。轻盈明快带一点点轻喜剧的片子。以东京浅草地区的一家老字号点心店"满月堂"为主要叙事源，辐射出店里店外的人情世故和其他日本传统文化，比如茶道，歌舞伎，和服等。承传传统中老人和青年之间的变化与共情有之，保持百年味道的坚守有之，更有人和人之间的温暖人情。故事不复杂，似乎也轻浅，但表达得很清新，糅合了人情心意，说小点心大世界，真是不为过的。

老字号的小点心，在大师傅眼中却是近乎"技进乎道"的象征了。多少年积累下来的口碑和味道是不能改变的，应和四季的点心有创新，但一定是不辱招牌的，而且招牌点心的味道必须如一，昨天和今天的味道都不能差池，如此理念的大师傅，当然是将一辈子托付给了点心了。真是"点了心"的。所以，当然，能够体会到赤豆也是有心情的。好比做酒酿那一集中，也说到酿酒酿的酒曲也是有感情的，你善待它，它也回报你好滋味。

春天里读的《东京下町职人生活》，也是记录手艺人的生活，也在东京，只是在根岸地区，和浅草都属于东京都台东区，说是更具有江户时代传承至尽的东京"下町"风貌。作者北正史访问了目前住在根岸从事七种职业的八位主角，整理访谈内容编写而成。有做"鸢工头领父子两代"，有做"伴缠的蓝染"的，有"居酒屋的老板娘"，有做"三味线的蒙皮和修拨"的，有开"小巷里的玩具店"的，有做木棉豆腐的，有做"装饰品的镶嵌"的。都是手艺人，虽然手艺各有各的辛苦，却又是各有各的谨严执着，认真地守着每门手艺的每一道工序，每一个细微都不放过，无论生活的时代如何变化，一代代人传承下来的精粹毫不变化。做"伴缠的蓝染"的林满治说"若要说蓝染有什么困难之处，就是对蓝液的察言观色了。蓝的心情不好，再怎么染也染不漂亮。一次染得太多，比如四十件的话，蓝会变得疲劳，约有两天不能使用，必须补充蓝泥再次建蓝。总之，就是再让它发酵。反正要让蓝恢复正常，就得要花那么多时间。这是因为蓝是活生生的。"

蓝是活生生的！蓝液一定也能听到这样的心声的，它和人互通了款曲，人如此仔细呵护着，蓝液是会将伴缠染得颜色更漂亮的。

做木棉豆腐的熊井守有一颗非常细致敏感的心，"做豆腐最重要的就是细心，但是不管再怎么细心，每个人做的豆腐各是一个样，就算是同一个人，每天做的豆腐也不一样。"此话或许还平常，不过是工作认真仔细罢了，他接着又说"这正是它有趣的地方。……好豆腐用豆腐刀切的时候，切口会发出光彩咧"。好比让人看到了手艺人脸上同样的光彩。如是，何必再孜孜以求用油彩用什么其他东西来做一个所谓的叫艺术的东西以求光彩呢，这样的光彩即是，是"技进乎道"的光泽的。

　　所以，要讲究做豆腐的豆子，什么时候收成的豆子做出来的豆腐好吃，所谓豆腐的"旬"。旬，是指食物味道最美好的时期。所以，做豆腐的人留意"豆腐的好脸色坏脸色"，所有一丝不苟的工序都是为了使做出来的豆腐好味道，有光彩。所以，器具一定要认真清洗，"器具脏了，就做不出好豆腐"了，熊井守说起器具来也是犹如自家孩子，一只水桶用了四十多年，还在用着。以珍惜的心情，去做食物，做出来的东西如何不好吃？"不过是豆腐，但总还是豆腐。虽然说我们是做豆腐的，但我们做出一件成品，夸张一点说也是一种创作。而以这种创作为生，就这层意义来说算是一种完美的生意"。《红豆甜甜圈》中的大师傅对安藤常说的一句话就是"要想着吃点心的人脸上的笑容"，所以做点心也好，做豆腐也罢，都不只是单单做一样东西了。也不单单只是生意生存，涵泳着信念、精神、持守，根本上还有对手艺和祖辈传承的热爱和虔敬。

　　是虔敬。《红豆甜甜圈》中，每天"满月堂"的大小师傅三人进工作间，第一件事就是三人站立，合手拜神，虔敬之神态天天如是。啪啪啪，合手击掌，完毕，开始一天工作。

　　从这八位职人口述中，我们可以了解到他们各自的历史现状，各门手艺的环节要害，他们对之的感情，他们的手艺，人生的感悟，同时也看到了职人之间的关系，根岸这一片传统老区的人情冷暖，泽田重隆绘制的黑白线条画，既有整体场景，又有局部细节传神，比照片更有一种手工的温暖温情。这样的书一次不读完也无妨，适合每每心头念起，拿出来翻读一段，听听守护着手艺守护着生活的手艺人的素白之语，给人妥帖安慰和启示。确实，这是忽悠狂躁的时代，不同国家的呈现有所不同，但确乎也基本上都是在一艘没有船长没有大副的船上苍蝇无头般地往前，前面是冰山是坦道有多少人在乎着呢，但这些手艺人也生活在这个时代，在这个忽悠狂躁的当下世风中他们却是淡然，只做着自己的本分，把手里的活做得完美，做装饰品镶嵌的山口友一自己做，还带徒弟，告诉他们这门功夫最重要的就是"根"，这个"根"是坐得住耐得了烦用心做的意思。说起来，不啻是手艺，其他种种，有如此之"根"，哪样做不好呢。要紧的还是有这份心念啊。

看到如此原汁原味的生活场景，传统不在博物馆，也不在秀场，不在展示会，就在人们的日常生活中绵延，有一种有根的感觉。可是，这样的场景，这种手艺的生活，也确乎在我们身边日渐稀少了。

二

机缘正是凑巧，读完《东京下町职人生活》①，接着就看了一本叫《手艺中国》②的书，副标题是"中国手工业调查图录（1921～1930）"，厚 411 页，捧在手里很沉，内容也丰厚，是一个外国人写的手艺中国，德裔美国学者鲁道夫·P·霍梅尔当年接受了一项由亨利·查普曼·莫瑟博士提出并资助的研究计划，来中国，在 1921 年到 1930 年前后 8 年间（期间有一年他去了日本）在中国行走测量记录摄影，以影像和文字记录了中国人使用的工具、器具和劳作生活的情形。调查的地域主要是"中原地区、长江下游的省份、从汉口到湖南，以及北方的山东和直隶"。回国后，作者又潜心研究了 8 年间所得的一手资料，多年写作，直到 1937 年才写作出版这本书。

英文书名：*China at Work:An Illustrated Record of the Primitive Industries of China's Masses, Whose Life is Toil, and Thus an Account of Chinese Civilization*，直译为：《劳作的中国：中国劳苦大众生活的原始工业图志——中国文

---

① 《东京下町职人生活》：[日]北正史著，[日]泽田重隆绘图，陈娴若译，上海人民出版社，2012 年 1 月。

② 《手艺中国——中国手工业调查图录（1921～1930）》：[美]鲁道夫·P·霍梅尔著，戴吾三等译，北京理工大学出版社，2012 年 1 月。

明记录》(见"译序")。内容非常翔实,涉及中国人日常生活的各个方面,分"基本工具""农业工具""制衣工具""建筑工具"和"运输工具"五章,每大类下再分小类,有 140 余项。"除去有关日本的工具、历史回顾等项内容,涉及中国的工具和器物至少有 120 小类",而每小类下面又有细分,"耕作工具"里,有小锄、锹、镢头、耙子等,书中所见"工具和器物有千件之多"。全部是实地拍摄的图片,兼以具体尺寸,说到尺寸的测量,当时颇费了作者一番苦心,因为那时的大部分中国民众,"拿尺子量东西与给他们照相同样犯忌,这甚至被看作是最致命的一点,可能就像是用尸体去量棺材的大小一样令他们难以接受。考虑到这个因素,我在手杖上做了些秘密记号以代表英制尺寸",霍梅尔写道"我常常随意地拿着它靠在器物边或是放在器物的上方,以得到我想要的尺寸"。1921 年到 1930 年,中国交通不便,兵荒马乱,霍梅尔在此期间走乡串村,又是拍照又是测量,想来还有沟通上的不便,留下这一份中国人的日常生活,对人类文明的积淀是贡献,对我们现在的中国人来说尤其弥足珍贵,因为,书中所展示的那个"手艺中国"已经很多都消失在时间中了。

以前读过明代宋应星的《天工开物》,记录了古代中国人日常生活的方方面面,也配以图片,但毕竟非实物照片,感觉离我们还是比较远的,《手艺中国》的实地考察实地图片自然更让我们感到贴近,有少量图片还留下了劳作者的神态姿势,封面上就有纺纱的女子,三寸金莲并不妨碍她劳作的熟练,神态则专注着手中棉线。身后的木门,脚前的小木凳子,看着却不陌生,少时去乡村亲戚家,在在乃随常之景。只是,曾经,这些工具因为和生活太密切,在似水流年里是毫不起眼的,随手拿来用就是了,似乎也就熟视无睹,少有去思考它们和生活、和人事、和文明的关系。

比如,第二章《农业工具》中谈到"厨房炉灶"。传统的乡村炉灶一方面是炊具,一方面也反映了民众的信仰。炉灶锅台后面的墙上设有壁龛,贴有灶王爷的画像。霍梅尔的观察和考察也不仅只是给炉灶拍张照片,他写道:"所有的人家,在一年里,在每月的新月和满月时,也即中国农历月的初一和十五,都要在灶王爷像前烧香。最后,在一年末尾,要送灶王爷上天,灶王爷去天上报告这家一年所做的事。有些人因某些行为而有良心不安之感,便在灶王爷像的嘴巴上抹蜂蜜,希望灶王爷到玉皇那里说些好话,以免遭天谴。"饮食的烟火里时时缭绕着人们的内心伦理。

当然在价值伦理崩坏,对天地人已无敬畏之心,只追求利润产值最大化的当下,灶王爷即使还在那个壁龛里,大概也已经无法阻挡三聚氰胺地沟油在餐桌上肆虐。只是，读到这些手艺时代的生活状态的文字，却也深深提醒我们手工文明的价值悠远，它们创造了如今博物馆里收藏的文明中国，更沉淀的是那个文明状态中的人文生态。因为工具不仅仅只是工具，伴随它们的还有一种特有的精神，制造工具者的匠心，使用的效用，使用者的用心，在在都酿成一种手艺的精神，那种仔细的、不马虎的、尊敬的精神。

其实，虽然书中工具器物似乎与我们当下的日常生活关系稀薄，但就在二三十年前，我们还是对之不陌生的。比如，那种火钳，以前用煤炉是常会用到的；比如风箱，少时去外婆老家，还坐在灶头前拉过；比如织布机、棉纺车，春米用的足踏碓和石臼，小时候都在亲戚家见过摆弄过；还有那种木锯、刨子等木工工具，父母家里甚至现在还留着，那是家父壮年时自己做木工的家什，其时还常常去做父亲的帮手，好奇心起，还会自己用榔头敲敲钉子，用刨子刨刨木头，看木屑薄薄一层卷起来散落下来，还很有成就感。还有那种"裁缝的画线袋"，顶针镊子，自然是少时经常看着外婆裁剪时所用；现在家里还保留着外婆留下来的木质茶壶桶，与书中图示的"茶壶保温装置"属系列产品……许多工具器物都在以前的日常生活中见到过，这么说，不是要怀旧，也不是缅怀，说起来更是说明了中国手工业历史的漫长，因为在 20 世纪七八十年代，我们在很多方面还是依赖着这些手工工具的，就是现在，工业化发达时代，有些手工工具也是不可或缺的，有些还必须沿用传统工具才能做好，比如古典家具制作，等。

汪曾祺有很多小说都是写手工业者的。做熏烧起家发达的王二（《异秉》），会做各种活计的戴车匠（《戴车匠》），卖熟藕的老王（《熟藕》），靠着一副馄饨担拉扯大三个女儿的秦老吉（《晚饭花·三姊妹出嫁》），还有开绒线店、炮仗店和画画的《岁寒三友》，开米店的《八千岁》，给人接生的陈小手，瓦匠陈四，救生船水手陈泥鳅（《故里三陈》）等等，都是靠手艺生活的人，那个不卑不亢巧妙和不公正的掌权者周旋，成功地把 9 平方米住房造出 36 平方米的高大头（《皮凤三楦房子》）其实也是因为胸怀手艺，所以心中不慌，乃至成事。汪曾祺以故乡生活为主题的小说中这样的故事人物很多，是故乡高邮那些老街上的人和事烘焙了这些作品，过去的小城自然多为传统生计，无论是小摊贩，还是开铺子，无论前店后工场还是批发经营，手艺精当还是根本。靠着这些，盘活了一人，一家人的日子营生，当然也营造了一条街一个城的生活状态。所以，汪曾祺的作品随时翻读都不厌倦，看过了再看还是耐看，因为每读一次好似走进活生生的日子中去，那些人的悲欣哀乐，那些人的性格脾气品性，和手上活计生生相连，如闻如见如触如感。

工业化现代化的发展自是必然的，机器解放了人手，却也削弱了手与物件的关系，那些感知那些细微体会，或许也因此，人也就越发地放纵生产出粗制滥造的东西；机器提高了效率，却隔离了人和器物，或许也因此，人对物不如以往那么珍惜感恩了，一切都来得太容易了。而且机械化时代的产品多用人工合成之物，手工器具则大多取之于天然材质，材料的差异或许也形成了手工制品和现代化物件的温暖与生冷之别？

我们现在回头再来看《手艺中国》，文明的形成和发展就是在这些用具的发明和使用中慢慢形成和壮观的，是的，要用"壮观"这个词，水滴石穿的日常生活，经历时仿佛平常，流逝之后再看，真是壮观的，壮观不在于所谓的气势长虹，就在于这样的细水长流，细水长流的一以贯之，才是内在的壮观。在这里，每一份工具的使用都包含着对人的生活和岁月的庄敬。庄敬中产生的器物自然饱含了手艺人的心念情感，生活于是也艺术化了。

机械的使用是不可阻挡的，也是文明发展使然，然而，应该也是有很多东西机械是无法替代的，所以现在的人在领会了机械文明的方便和冰冷粗率之时，又开始怀念手工的味道，尤其食物。一部纪录片《舌尖上的中国》席卷人心舌尖——现实中舌尖上的中国又常曝食品安全隐患，令人胆战心惊。人们想念起妈妈做的味道，外婆做的味道，所有这一切都是手工的味道，倾注了仔细用心的味道。这样的味道就不只是味道，是虔诚，是审美。

著作《手艺中国》的作者也传达了这样的味道，翻译者亦如是。

赵州从谂禅师有个著名的禅门公案。有两位僧人远道而来问赵州禅师什么是禅。禅师问："你以前来过吗？"僧答："没来过"。禅师云："吃茶去。"禅师又问另一位，你以前来过吗？僧曰："曾经来过。"禅师依然说："吃茶去。"所谓禅茶一味，直指人心。

禅是什么，"吃茶去"。其实，在生活的每件事情上秉持感念，投入心意，入住于这一刻的工作，何必要特地去修禅，当下时时刻刻便是。所以赤豆是有心情的，豆腐切下去是有光泽的。

2012年

美丽中文

那天，把熊秉明的诗打印了发给学生，并且朗读，比如《的》：

翻出来一件/隔着冬雾的/隔着雪原的/隔着山隔着海的/隔着十万里路的/别离了四分之一世纪的/母亲亲手/为孩子织的/沾着箱底的樟脑香的/旧毛衣

比如《静夜思变调》之四：

床前明　月光/疑是　地上霜/举头望　明　明　明　月/低头思故　思故　思故乡/床前光/地上霜/望明月/思故乡/月光/是霜/望月/思乡/月/霜/望/乡

都是一些看起来很简单的诗，这些来自文理各科的学生刚拿到时觉得有点好笑，这也算是诗吗？我读完后，不说话，感觉教室里的静寂，是那种空气里蕴涵意味的停顿。

他们后来都说，没想到简单的文字竟是有这样的魅力的。

我说，因为简单的文字背后是感情。提炼至简的文字，绚烂归于平淡，是最大的丰涵。

一个"的"字，形容的是一件隔着万水千山的旧毛衣，针脚编织的是时间和亲情，以及流逝在时空里许多的无法言语。在这里，语文的"工具性"和"人文性"得到完美融合。好比熊秉明的那首《珍珠》：

我每天说中国话/每天说：/这是黑板/那是窗户/这是书/如果舌头是唱片/大概螺纹早已磨平了/如果这几句话是几粒小沙/大概已经滚成珍珠了。

余也寡陋，接触熊秉明的诗尚于近年，之前倒是看过一些他的雕塑和《看蒙娜丽莎看》等论艺术之文，知道他长期生活工作在法国，已于 2002 年去世。生前常年在巴黎第三大学东方语言文化学院中文系教外国人汉语，一部《教中文》的诗集就得自教授之余，用他自己的话来说，他无意作诗，而是诗找上门来的。看了 20 多首如此素朴的诗，我感觉到中文的纯粹，如同吟读唐诗宋词之所感，常见常用的字词，放在一起，却是语情丰沛，别生意境，反观当下不少文学作品，似乎已不大讲究文字的魅力了，有了快感先喊了再说。是否一个常年旅居异国的人，因为隔着高山大海，反而从容体悟到了中文之魅呢？而身在此山中的我们，好比左手握着右手的婚姻，熟视无睹，没了感觉？还是原本感情就不深，只不过基因决定了要说用中文，是根本不需要相思、追求、热恋的，朝夕相处，也不过生来如此吧？

无论阅读还是写作，说来在文字中浸润很久了，可却是越来越困惑了，困惑于对作品本身之审美品读的轻慢和缺乏，好像评论一部文学作品，只是为了将之套上某些诸如"后殖民""后现代""东方主义"等等的理论，还是西方的。至于具体情节的写法，某些段落的精妙，似乎都大而化之于理论的浩渺。篇章文字的具体赏鉴，更是稀罕了，好像如《诗品》《沧浪诗话》《艺概》般以性灵会通作品、慧悟精妙的品鉴语言/方式，实在显得论者胸无大壑峻岭，缺少深刻理性了，也似乎不能表现出其接轨时新理论风云的"全球"眼光。当然，品鉴欣赏只是文学评论之一种，从作品出发探讨某些理论问题，或以理论切入具体作品进行分析阐释，是评论之另一种。曾经也非常迷恋理性思维鞭辟入里的曲径通幽乃至豁然开朗，但后来慢慢发现，倘若文学离开了具体的文本，凌虚蹈空地从此"主义"到彼"理论"，似乎与触摸人心的文学之本质却是生分了，好像当年大学中文系课程设置是先文学理论后作品，概念、主义、流派先行的结果是原汁原味作品的审美漠视或迟钝，那些丰富的细节、气味、光泽湮没于"现实主义浪漫主义……"的声势中。好在，如今作品的研读重新得到重视，只是逢着了争夺眼球的"注意力"消费时代，作品本身似乎还是靠了后，文章作品进入市场卖点落实之地总是外围地带，比如年龄之低幼、外貌之妍媸、写作速度之快，甚至衣服脱到何种程度，在喧嚣的声浪中，唯独看不见作品，看不见作品最基本的元素文字的身影，它们到底在表达什么，如何表达的。

在大学课堂上，不少时候发现，当你围绕作品讲一些有趣的事时，教室里气氛很是活跃，大家情绪欢快。而倘若过多停留于诗文的具体细部，琢磨语言用词的精微、声色意韵，除少数学生，其余的兴趣明显降低，似乎缺少耐心于作品的细部，只要是那么回事就可以了。当然，我也心知肚明，选修课能经常来听听，不管为学分还是其他，已说明对人文还有兴趣，怎能苛求？还是自己讲课多努力吧。如此，是否应了当下社会总体上的一种急功趋利风气呢？本来要慢慢写、慢慢悟的文学，也加入了"提速"行列，创作如此，评论亦是，那种王国维般"寒波淡淡起，白鸟悠悠下"之慧悟点评，那种唇齿留香的《诗品》咀嚼，仿佛樟木箱底的那段绿绸子，徒然一腔旧日深情，已非解花人语了。

　　还是熊秉明，看他《论三联句——关于余光中〈莲的联想〉》《一首现代诗的分析——林亨泰〈风景（其二）〉》等诗论，是现代分析理性的剔透，但也不乏古典诗话的灵性体悟，且不大而无当，情理皆于诗句出发，从词汇、从句法、从旋律、从诗的动静态势和音乐性，以拓展延伸，个体的情感已然化在了分析表达的过程中，真是久违了这种具体细致而灵动飞扬的评论了，既非天马行空式的混沌汪茫，也无社会学着迷于外部评价的兜圈子，真正是从文学的本原出发的体察分析和评论，而非仅仅内容的阐释和生殖。中文于此连着古代，挽着未来，接纳着论说者当下的欣喜，如余光中的诗：诺，叶何田田，莲何田田／你可能想象／美在其中，神在其上（《莲的联想》）。

　　在图像爆炸的今天，时常想，文学较之影像绘图等视觉媒介，其特立独行之处究在何处？是甘心委身影视，还是可着劲儿与图像眉来眼去，倒把自己抛了？文学依赖的终是文字，组合、腾挪、想象，端的是于平常字里生乾坤，就是"蒙太奇"或者绘画感音乐性，支点仍然是文字，否则想来阿基米德也无奈吧。弄文字的人就该"推敲""品鉴",无论是在月下,还是霓虹不夜天。

关于汉语的讨论是多了起来,诸如方言与创作风格,语言与地域文化特色,外来语言于 20 世纪中国文学史的影响和意义,等等,觉得这些正是从文学内部出发的问题,故事在语言的飘扬中浮现,想象在语言的空间里闪烁或者飞升,情境也于语言的点线面流溢。或许图像有着文字作品无法传达的感觉,一只花瓶上的蔓枝纹样描绘再细致,也不及一个特写镜头直接清晰,但就像元明清许多画家皆以陶渊明和其桃源田居生活为画题,醉酒夜归也好,桃源再现也罢,情境却还是"暧暧远人村,依依墟里烟"之缭绕流长,流长的恰是中文的张力,想象的诱引。

余光中谈散文创作时说:"……我尝试在这一类作品(指《逍遥游》《鬼雨》,笔者注)里,把中国的文字压缩、捶扁、拉长、磨利,把它拆开又并拢,摺来且叠去,为了试验它的速度、密度和弹性。我的理想是要让中国的文字,在变化各殊的句法中交响成一个大乐队,而作家的笔应该一挥百应,如交响乐的指挥杖。"

熊秉明云:"我有意无意地尝试用最简单的语言写最单纯朴素的诗。我想做一个试验,就是观察一句平常的话语在怎样的情况下突然变成一句诗，就像一粒水珠如何在气温降到零度时突然化成一片六角的雪花。"

他们对文字都充满着纯粹的感情。那是从母语开始，从《诗经》《楚辞》一路汩汩而来的感情。

所有笔底的苍茫和烟树，都从那里开始。

2004年

辑三 地上山水，纸上文章

把自己瘦成一棵树

他是瘦的，他在宣纸上留下的几乎全是瘦的树，细的、枝桠瘦劲的、叶子稀少的树。

他是清的，淡墨近石远山，如雨后，尘埃绝世，无一色敷染，甚至看得见远山皱褶间的草。

他是静的，坐在清简的茅屋里，仿佛可以收纳山林所有的天籁。山、树、湖，即使风走过这里也是要悄悄划过的吧。不知道炊烟，是否还能在身后升起？

倪瓒是甘愿要把自己放在一个没有市井人声的地方的，甚至甘愿把自己瘦成一棵树，面向大山，栉风沐雨，冬霜夏露。

倪瓒，字元镇，号云林生，无锡人。生于元大德五年（1301），殁于明洪武七年（1374）。在古代，应该说是很长寿了。大概与倪瓒早年优渥的生活有关。他家道殷实，家里所藏书画甚多，因此有比别人更多的机会接触书画艺术，进而自己丹青一生。与吴镇、黄公望、王蒙一起成为中国绘画史上的"元四大家"。

据说，倪瓒这个人有洁癖，总是不停地洗澡、洗房子、洗家具，甚至连院子里的树也要洗。与此相关，倪瓒好道，有出世之思。难怪他的画也是洁净的，氤氲隐逸之气的。也就不奇怪，在元明交替乱世变迁之际，他弃家到了山里，隐于湖泖间，以至漂泊而死。倪瓒的画和他的生活臻于水乳交融。

倪瓒《秋林野兴图》

在未到山里之前，倪瓒的画也是隐逸的，只是里面还是有人的。如《秋林野兴图》，是倪瓒传世最早的作品。作于1339 年。这时，他 39 岁。倪瓒是不博功名的，人届中年的他依然过着读书作画、与文人道士优游往来的日子。真可谓从容潇洒，闲云野鹤，心境宁和。

画的构图简单，主体几棵树仁于山石上，一领茅亭见于石树前临河平地，高士独坐茅亭，童子侍于后侧；茅亭隔河有缓坡相对。仿佛读书之余在自家的清閟阁里观山养眼休憩之情景。画面虽然是简静的，但树似乎并未瘦成萧瑟，浓淡渲染的叶子还是茂密的，山石的皴里依稀可见郭熙卷云皴的温暖流动，人虽然是淡静的，可似乎也并非是冷的，这时观照山水的倪瓒想必是温和的，胸中的逸气似乎更多传达出宁静闲雅的生活状态。

渐渐地，茅亭里的人不见了。

树丛也稀疏起来。

山石中弧形的皴慢慢地横直起"褶带皴"，透出一股遗世独立的表情。

《容膝斋图轴》中，茅亭孤零零地搭在河岸边，等待着一个人的到来？终于只有它和山峦对影相顾，错落于山石上的树似乎已然到了晚秋，叶子仿佛是软的，要奔下来，但还是坚硬地竖直。对岸的山沉寂了远去的脉痕，河水间斜带的汀渚已然沉默，没有一个人，甚至一截细细的蒿。拿笔的那个人呢？他刚刚还在茅亭里，这会儿却是观水也不想露面了。在这样的天与地中，翰墨谈笑的生活早已经离去，与其在茅亭里枯坐至冷，干脆就躲在画后面罢。

墨也越发的干了。用很干的笔，淡淡擦过，仿佛擦过湖泖间的隐逸人生。想来，倪瓒的心是很深地枯静了下来。

于是，连茅亭也不见了。

可是看他写的元曲《黄钟·人月圆》："怅然孤啸，青山故国，乔木苍苔。当时明月，依依素影，何处飞来？"可见他的心里或许并不像他画得那样疏静。"吹箫声断更登楼，独自凭栏独自愁，斜阳绿惨红消瘦，长江日际流。"若风掠过，枯瘦的树在天地间的沉寂中，也是要泛起涟漪的。可是，也就任凭"长江日际流"了。

湖泊山间的生活，从最初的放达、浪漫，转而成了困顿和萧瑟了。遭到官府和起义军交相迫害，倪瓒的家已经不再优裕丰厚了。想象生活在山野间，即便是太湖畔这样的鱼米之乡，有洁癖的倪瓒是怎样过日常的生活。毕竟审美的山林不能代替生活的山林，简直都替他为难。

1371 年，算起来离到驾鹤西去还有 3 年，这一年的 12 月 13 日，倪瓒受到常熟友人伯琬高士的盛情款待，并游虞山把酒论诗，欢谈竟日。这在倪瓒晚年困顿的山野生活中想来是一个小小的亮点。离去之际，依依不舍之情化为一幅《虞山林壑》。

是典型的三段式"一河两岸"的构图。前景平坡疏林，五株倪式风格的瘦树凛然而立；中景为河水横贯，汀渚斜带；远景则突起高峰，高峰后侧带起一抹远山，深远之境将思绪牵引至杳然。寒山冷树，没有茅亭，当然更没有了人。虽然朋友欢乐之谊永在，到底倪瓒的萧瑟已是沁入血脉，山情依旧在，我心独寂然。在欢愉的瞬间，由不得往事浮上心，倪瓒向来的冲淡逸气，到了晚年似乎由淡淡的温暖，有了一些绝望。

《虞山林壑图》画的是冬天的山林，淡墨点染的苔痕干干的，汀渚间的河水也显得冷而枯索，倪瓒的心也已经到了冬天，而且似乎春天的希望是不会有了。

这样的冷在清代弘仁（渐江）的画中看到过。渐江在明亡后出家做了和尚，长期住在离家不远的黄山上，他画的黄山石黄山松总是非常的嶙峋，墨也是非常的淡和干，皴是直的、多硬折的，黄山在他的笔下变成了一座寒冷的山，孤高的山，没有云雾湿润的山。国破山河在，但渐江胸壑间，山河就好比辛弃疾的"遥岑远目，献愁供恨，玉簪螺髻"了。

渐江的画似乎很有点像倪瓒，林泉下的人生也有相通之处，只是渐江的冷是比倪瓒还要厉害的，是冰的感觉。倪瓒画山，他的皴是平缓的，虽是萧瑟孤索的，渺无人烟的，但是逸气满纸的。有气，终究还是有温度的罢。

与倪瓒并列的"元四家"中，湖州人王蒙在做过一阵小官后也退隐，住在浙江杭县黄鹤山。但他的画构图是满的，山中又有山的，叠嶂重峦的；山树繁茂，还常常是敷色的，闪烁山林的滋润；他的皴既有长皴乱柴皴，也有小斧皴和密密的皴点，整个画面的山似乎是动的，充塞着山林味道的，他的山间茅屋里也是有人的。让我感觉王蒙在山里生活得非常有滋有味的，甚或是有欢乐的。这大概和王蒙虽然退隐，但依然喜欢与社会外界往来有关系。

倪瓒《虞山林壑图》

王蒙的心也许并非全然的隐吧。

明朝的世俗生活马上就要开始了。元代文人隐逸山林的故事很快就要变成一种记忆了吧。

但归隐和入世依然是中国传统文人的两种价值取向。或许在入世做官的时候希望着"季鹰归去",或许在山里的时候，又放不下喧闹的生活。幸好，还有像陶公的"采菊"诗，倪瓒的疏林平坡，让他们内心获得一种安慰和平静。

到了今天，再来看倪瓒的画，缓缓的皴，干干的墨，简净的线条，瘦瘦的树，天地安静下来，高速公路上的车流仿佛按了回车键，都倒了回去，变成剪影，缩成山头的皴点，心是要走进去了。

虽然发黄的绢，灰黑的墨，已然不如那些讲究视觉冲击的现代作品那样撞击你，撕裂你，灼热你的眼，可是灼热只能是瞬间的事，渐渐滋养你心眼的就是这样一些淡墨远山了。

把自己瘦成一棵树，盘根于石隙，无所谓荣辱，淡淡天际，与山消长。这样的画面是我想象中的倪瓒视像。

2003年

老来做了山水痴

那年夏天坐船沿富春江漂游，目的地是藏有葫芦瀑布的一个山头，印在心头的却是那一路富春江行，夹岸青山绵延，葱茏叠翠，江面曲折回转，水波荡开来又收回去，若非上山看瀑，真是宛然画中不忍离去。那幅画就是看熟的《富春山居图》。此番漂游，好似切肤了很多。所谓平缓浩波，绵延至远的安静，只是比之黄公望的富春山水，大概是少了几带水汀沙渚，否则曲折里的韵致，开阔中的朦胧，是富春江今天更婉约的深情了。

《富春山居图》是黄公望晚年力作，从70多岁画到80高龄，一皴一点皆细致，藏于行囊，山水游历间，拿出来添笔删改，眼前景色洇入水墨云烟，推敲成传世长卷。

这样的人想来是少年丹青展头角之辈？却不料黄公望是50岁才开始画画，耄耋之年蔚然大家。与倪瓒、王蒙、吴镇合称"元四家"。元代多少画家，这个后来者却拔了翘楚，没有独门功夫怕是不行。

　　黄公望，常熟人，本来姓陆，名坚，并非如倪瓒等元代画家出身书香世家，乃平民出身，幼年父母双亡，家贫。11 岁那年，给住在虞山的永嘉人黄乐做养子。据元人钟嗣成《录鬼簿》记载，黄乐当时年高 90 了，看到黄公望，不由大喜，说"黄公望子久矣！"于是，陆坚改名为黄公望，字子久。黄公望少有大志，十二三岁就参加过县里的神童考试，加之好学不倦，才智聪颖突出。黄公望后来绘画成大家，在绘画理论上也颇有造诣，该与他学识上深厚的童子功有关。

　　不过，个人的运命在时代变迁面前总是那么脆弱。黄公望出生时的南宋王朝风雨飘摇，终在他 11 岁时彻底覆灭了。与之一起变化的是元朝在初期统治时，选拔官员不用科举考试的办法，而且规定汉人要做官，必须先从吏做起，待到了一定年限，看你办事能力，再考虑是否升迁。这样的政策，沉重打击了青年黄公望的满怀抱负。科举不成，满腹经纶派不上用场；做官，尚需慢慢爬坡，不知道何年何月。等元代恢复科举——但每次录取也不过数十人——其时，黄公望已经受连坐羁押狱中。

　　不知道黄公望的青年时代是如何度过的，或许边打打小工，边行吟山水；或许给人算算卦，换俩小钱喝喝酒；只是知道在他 40 岁左右，才得到浙江某大官的引荐，做了浙西管理田粮的一名书吏，算是进了体制。不过好景不长，黄公望的上司是个贪官，把持江南田粮，贪污作恶，弄得民不聊生，盗贼四起，皇帝不得不治他的罪，这样，黄公望也遭到连累，被逮入狱。此次遭际使黄公望对仕途的心彻底冷却，等后来获释，他回到家乡常熟，隐居虞山，开始一种彻底的林泉生活了。

黄公望的遭际使我想起晚明文人徐渭，他也是早年仕途不利，中年做了幕僚，后受连坐，发了疯，失手杀妻入狱，被朋友救出后，对做官之途彻底死心，专心于书画诗文，虽落魄贫病而死，但他的作品百代流传。在那个时代，评价一个人的体系就是一个，不做官，读书人总觉得抱负难展，但做了官，污浊厚黑又不肯同流，内心也是彷徨得很。或倒是如此彻底绝了所谓仕途，反而将生命内在焕发，或许坎坷困顿，可是他们的情怀寄托却凝练成文化的物质留存。

于是，黄公望由画家王蒙介绍，得名家赵孟頫指导，真正开始了丹青生涯。这时候的黄公望已是五十知天命之年了。

不过，我想技法上黄公望开笔迟晚，但学识、阅历、修养等"诗外功夫"早已丘壑于胸。

原就是爱山水的人，此番更是痴迷了。月夜，孤舟，他沿山而行，到了有桥的地方，就停船喝酒，独自清吟，酒喝光了，干脆摔了酒瓶在水中。每每如此，桥下竟被酒瓶填满了。

也常见他独坐荒山乱石中，痴痴的，恍惚的，仿佛心神都为山石牵引了远走；或者坐在水边，看水波流荡，即使狂风豪雨，也不躲避，一心要看懂水的脸色。

对山水，黄公望几近于痴了。他也痴在其中，干脆以"大痴"自号。

在研习书画之余，黄公望对佛、道之说更有了心得，他最终入了其时的新道教——全真教，所谓"全真"，"盖屏去妄幻，独全其真之意也"。他还在苏州等地设堂，宣传全真教义。感觉黄公望的性情是那种既通脱又认真的人，认准了做什么，就会全力以赴。绝意仕途，就彻底断念，决不藕断丝连，并非以隐求名，最终还是入仕；半百学画，就倾心书画，濡墨于间，终是斐然；信了"全真"，也是传道一心，全心践行。

这样的人，一幅画能画几年，不到自己满意不罢休，是自然。

这样的人，后半生行走山水，描画山水，江南的山水滋润的、平静的绵延着，也是自然。

看久了，山水的气息，那种不惊、不喜、不悲、不嗔，仿佛就从长卷中扶摇升腾，弥满了我们的心，那何尝不是黄公望的气息呢。

在黄公望的山水里，我们不会看到激荡，那种烟岚的流动。山是以淡淡的干笔画出，没有那种巨然式的斧劈，而以短短的批麻皴勾勒成一种安静的山，唯有树叶以重墨、湿墨、浓墨、淡墨次第点染。山是淡的，树是浓的，清丽的江南，蓊郁的江南，不紧不慢的江南，就是黄公望的江南。而江南水呢，也用干笔，水面

黄公望《富春山居图》（局部）

几乎不见波纹的皴染，却是一派辽远浩渺的江湖，依然是静的，不起波浪的，让人的心无端地扩大起来，沉静下去，一派虚静。好像《富春山居图》里的一叶扁舟，浩荡于水，为水怀

抱，随着平缓绵延的山头载浮载行。

在黄公望的山水里，我们自然也见不到姹紫嫣红。他多用赭色，与墨青墨绿合染，形成他特色的"浅绛"色，简淡恬雅。如《剡溪访戴图》，画的是《世说新语》中王子猷雪夜访戴的故事。夜的山积了雪，树枝也白了头，如刃数峰而立的山体占了画面四分之三，只脚下小溪一舟，舟上的人拢着袖子，返棹而归，点出"乘兴而行，兴尽而返，何必见戴"意蕴。黄公望画得非常简澹，山只是勾勒，仅在深凹处略略皴擦，敷以浅绛；树枝以浓墨点染，天空则以淡墨渲染，衬了山头越发的白了，空气里的清净萧疏是仿佛能够闻得到的气味。画这幅时黄公望已经80多岁了，清健的笔力里有一种厚重之气，而这种厚重又似乎是以柔克刚的那种，是看上去不大、密度极高的那种厚重，有一种不动声色的太极之气。

这样的山水，是黄公望的心性修炼所凝。痴痴游荡在山水里，心却总是安静的。而安静的心才能听得见山水的吟唱，才能与广大的空间融合。

与他师承的五代董源相较，感觉黄公望的山更加灵动和不拘泥，不必面面俱到，皴染严密的，是山的那种自在为之。其实，山怎么可能有意为之呢？它总是随意而行的，变化多端的，黄公望是看懂了山，了然了山的。这份相知，是因了黄公望自己的自在自性吧。董其昌说他"诚为艺林飞仙，迥出尘埃之外者也"。

想起秋天的时候在新路海，这是四川临西藏的一个神湖，那天山行一路却历秋而冬，漫天飞雪，湖边的雀儿山自上而下全然雪山了。不需任何遮挡，就站在雪中，等慢慢雪止时，天飘起几波云带，神湖和山一派缥缈。情不自禁张开双臂，只有这样的方式，才能表达心情，千山万水来到这里，明知道融不进这山这水，但还是渴望山水的拥抱。

奇怪，渴望，却不激动，只是一种姿势，安静地，安静地，让身体来感觉山水的呼吸。

看黄公望的画，就是这种感觉。

2003年

附：**看望黄公望**

这里安静，环顾皆山，近观而竹篁，而树林。竹林尚透光线，树林蔽日浓重，溪水不见潺潺，苔石铺满溪床，稀见人影，蜿蜒沙石路远望几乎没入荒草，却竟然在草丛尽头开出一片石头场地，矗着一座仿造天安门的城墙，墙上毛泽东像赫然，若非边上小路旁坐着卖票男人，男人旁又卧着两条沙色土狗，若非正是春末夏初的午后阳光烘热，不禁要心怀路遇剪径之虞了。

这里荒野，飞虫一路相伴，眼耳鼻口身亲密零距离，连照相机的镜头也不忘缠绵，鸟鸣林间，冷不丁，扑棱棱脚边草丛扇出两羽山鸡，惹起虫草四散。就这么走进林子深处。

富阳庙山坞。来看黄公望。从七十古稀画到八十耄耋的《富春山居图》，就在这里画的。

黄公望归家常熟后，常流连于常熟、上虞、富春山水，墨色浅绛，江南山水华滋婉转，润泽在我们的文化记忆中。倘若没有《富春山居图》，是否，虽茂盛但山势平缓的富春山水还这么无端地清秀沛然。

元朝的天空，筲箕泉畔，他结庐而居。就是这条水流枯涩的溪泉吗？问矗立在山林深处的黄公望石雕，他无语，身后握着的手卷就是《山居图》吧。雕像观感粗糙，比例也是不合，四周青草已然漫上衣袂，黄公望的脸上倒是笑眯眯的，朗然望远，牵念着富春山水，拿出画卷再添上几笔吧。十年痴成一幅国宝。一画分身两处，现藏浙江博物馆的为首段之《剩山图》，台北故宫博物院的乃主体《富春山居图》。

中国的好山好水大凡都有庙的，北宋时（977年）这里建了净因庙，因地处山坞，所以就叫了庙山坞。苏东坡杭州为官时也钟爱富春山水，常来此游赏，留下诗句："轩前有竹百余竿，节节浑如玳瑁斑，雨过风清淡般若，琅玕声撼半窗寒。"中国文人与山林向来缘分深深深几许，不要说无兼济天下之达，即便仕途顺畅，也还是心仪"返景入森林"的。这里现在叫了黄公望森林公园，只是公园的修建显然仓皇，路右侧小山台上五六个塔林隐没荒草，依小山包而塑的莲座观世音像前供烛零星，再就是黄公望像了，似乎曾经大干快上了一番，却是草草了事，剩一座京城想象的山门好比见证一场热梦。倒是山径两边的毛竹林翠色可滴，熟褐竹叶翻卷出新篁的跃跃之姿，这些竹林是中国亚热带林业研究所的毛竹科研基地，方圆0.3公里，70多个品种，卖门票男子就是研究所员工。他说几年前有台湾商人看中了这片风水宝地，于是与有关部门合作，想投资建成陵墓兼公园，那几座白色灵塔即是，近大门那一两排平房也是用来做壁葬的，所以请了佛像来，后来情况并不如预想的火，走了，这里又被政府收回了，就成了现在这样。节假日来的人不少，10元的门票好卖个一两千元的，平常马马虎虎，四五百元也可以的。倒也好，还算没有翻个底朝天，留下一大片原生态山林。草色蔓蔓，飞虫迷眼，苍翠欲上衣。

其实，这里已然名人古迹搭台等旅游来唱戏了。黄公望路，黄公望村，黄公望中学，那排废弃的平房墙上残留着朱色字迹"黄公望全羊馆"。林子深处正造着几间平房,若餐厅格局,搅拌机轰鸣,穿透密林,一两个工人忙碌着。

但是现在,午后三点,偌大的林子唯有我们,脚下的树叶扑哧扑哧,竿竿毛竹挺立,身上标着数字,远山逶迤着。走了约半个时辰,看到"保护山林,预防火灾"的红色条幅,一个简易的气象观察站,一群林间觅食的土鸡,和几间老旧平房围成的小院子,院子外一领茅亭,几张斑驳木色凳,一个老头抽着烟。看到了,院门口的牌子:中国亚热带林业研究所,灰旧的黑字白底。老头本地人,看林四十多年了,鸡是他养的。

黄公望雕像虽然做得粗糙,但安安静静地和山林相伴,看了心下安然。当然,没有雕像,"山水痴"还是气场充足。那两羽山鸡(鸟?)就是临近雕像时突然飞出的,一惊之下,却欢喜起来,大痴老前辈,晚生有礼了。

路还在延伸,资料上说山里有瀑布,净因禅院也该林深静待。网文说杭州驴友从这片山岭的杭州段行山,登如意山尖,翻岭直达庙山坞富阳境内,自有风景妙处。但看到黄公望和筲箕泉,风景已经是画了。

就等着哪天《剩山图》和《富春山居图》聚首了。

2009年

偃头偃脑的鱼凫，青眼向云天

纵使不远处那条高速公路上时而车子飞驰，郊区的夜还是静的。在夜一点点深下去的暗空里，偶尔会有几声鸟的叫声划破安静。是白天看到的那种大鸟，叫不出名字，栖息在河对岸那一小片树林里，飞起来时，翅膀宽大，像小二号的鹰。

鸟声不是麻雀的喳喳，也不是画眉的宛转，仿如乌鸦的粗哑，"呱呱"地，有一种突兀的，荒寒的，腾空掠过的感觉。仿佛周遭并非田畴村落住宅，而是寂然的坟茔。这样的声音，让我想起朱耷画的青眼看天的那种大鸟，寂然的，孤立在白纸上。突然，就"呱"的一声，"腾"一下飞走了。

好像朱耷，在明王朝"忽喇喇似大厦倾"之后，逃离南昌，一路狂奔，家破人亡，一生孤愤，满纸墨言，一腔愤懑，若要诉说，应该也是这样的声音罢。

先是知道"八大山人"四个字，喜欢这个名字，山人，好像就看到了一个出家人。再看他的画，画面上，常常就是一羽鸟，一尾鱼，一只野鸭，一块石头，而鸟的眼睛几乎不见眼珠，只剩了眼白，鱼眼珠也是或奇怪地瞪着，或缩小至无的样子，而野鸭子呢，眼睛亦如鸟和鱼，似嘲笑，似嬉笑，似愤怒。这些动物没有花鸟的那种或秾丽或工致或安谧的味道，长得倒是好看，就是偏头偏脑的样子，仿佛附体了某个灵魂，一个个像通了灵。

这样的画在中国古代可不多。马上通了电，喜欢上了。

后来，才知道八大山人俗名朱耷，出生显赫，是明朝皇族江宁献王朱权的后裔，第九世孙，正宗的皇族血脉。原本过着优裕的富家生活，从小吟诗作画，金石书法均可圈可点，且性格不拘。14岁时，朱耷放弃继承王室封爵，以一个平民身份参加科举考试，一般说来，王室弟子是不能参加科考的，他们也无须科考，自有祖荫可承。朱耷却是不走世袭的路子，与常人不同，他要凭着一身才学走自己的路的。15岁即中了"秀才"，轰动乡里。少年才子的前途真是未可限量。

大概朱耷真的是注定要走一条不同寻常的路的。世事多变，李自成进京，清兵入关，明王朝的旗子倒下，换成了清朝。1645年，朱耷19岁，已有妻有子，清兵打进南昌城，朱耷与妻儿逃离王府，兵荒马乱的，途中与妻儿失散，朱耷的人生从此裂变。

朱耷的心碎了，23岁，他在奉新山出了家，一生有过法号：法崛、传綮等。将一颗国破家亡的破碎的心托付佛门，可朱耷又怎能六根除尽，遁入空门，他的家国恨一直郁积在心底深处，他癫狂，他疯傻，一切的一切全都在1645年埋下了根源。

幸好，书画伴随着他，他将人生的全部郁结都倾倒在了笔墨里。一个王公贵族朱耷隐没了，一个大画家八大山人流传下来。

朱耷题画的名号很多，比如雪个、个山、个山驴、人屋等，八大山人是他弃僧还俗后所取，从59岁用到80岁去世。朱耷题写八大山人时，把"八大"和"山人"紧紧连在一起，行草的写法，看起来似乎是"哭之"，又似乎也像"笑之"。

哭之笑之，从失国离家，入寺为僧，又转佛为道，"欲洁何曾洁，云空未必空"，一领袈裟，一袭道袍，如何熄灭得了内心的仇恨、无奈和忧郁；

哭之笑之，还是还俗筑一间草堂罢了，在泼墨顿挫中了却此生。

哭之笑之，我疯傻癫狂，糊里糊涂，好似与世界全没了干系，谁知我心里的梦想？我知道复明是没希望的，可我怎甘心与这个世界为伍？我只能哭之笑之啊。

内心如此的复杂和煎熬，可画面却是格外的简洁和明净，但明净里是一份隐忍和隽永。

生活如此的漂泊和苦难，可线条却又那样的清脱和圆润，但超俗里又是一份无奈和压抑。

你看八大山人画《蝉》，极其简单的构图，粗笔枝干一笔了得，笔顺手一折，枝干斜出一叶，叶子扁扁的，留着偏锋的意思，一只蝉就趴在叶子上，露出张望的小脸。画面淡泊，笔墨却好生爽利，浓淡呵成一气。情景，构图，都让我想起虞世南的那首《蝉》：

> 垂緌饮清露，流响出疏桐。
>
> 居高声自远，非是藉秋风。

八大山人隐姓埋名，山寺草庐，高洁的心志又何尝需要什么声名来达世呢？

他从不结交权贵，50多岁时，当时的江西巡抚宋荦非常喜欢八大的画，很想结交他。可八大对这位镇压过反清起义"江西定变"的巡抚可没什么好感，甚至痛恨，因为复明一直是八大心里的梦想。哪怕宋荦几次三番通过中间人来请八大，哪怕宋荤重金买了好多八大的画，八大就是不跟他结交。情愿画了画，高兴，顺手就给了引车卖浆者。而达官贵人们也只好屈身，到那些平民手中去买。传说有的贵人把宣纸上好了绫子送去求画，八大看了，说："这东西好，我正好用来做袜子。"

朱耷《安晚帖·荷花小鸟》

听八大故事，看八大画，那些画其实就是八大的灵魂呵。看《安晚帖》中的"瓶花"，小小的瓶，瓶上有或浓或淡的裂纹，一株小花孤独地在花瓶里。这样的画，让人沉静，可是不由地感到了冷，是冷到骨子里的冷。一个人，曾经荣华富贵，鸿鹄之志，如今妻离子散，孑然一身，温暖他的就是这些笔墨，这些奇怪的花鸟，这些献愁供恨的山石花草，它们又如何不感染了他的冷呢？他的冷，也是他的热，他的生命的所有热情。

　　即使他的荷叶也总是纷披残败的样子，是那种夏末初秋的荷叶，荷花早已谢了，细细的茎有力地高高地托出叶子，叶子似乎东倒西歪的，如一阵大风刚刚呼啸而过的癫狂。那是八大要说的话。虽然，他曾经写一个"哑"字在门上。

　　可是，他又总在荷叶上或荷叶下，画一两只小鸟，那鸟缩头翘尾，却是一副独立孤高的样子，是敢于掠过狂风怒而飞的那种鸟，此时仿佛凌空而立的样子，让人触摸到它的力量。

　　即使画几缕不知多少人画过的柳枝，八大枯笔扫过，笔触不是柔腻，不是春日迟迟，而如春寒料峭的风里，柳梢摇过。刮风的天大概也是阴的，埋着湿重的云，人是恨不能大叫几声，舒几口气的。

　　是呵，八大画得怪异，画得看上去那样的虚静，一只猫，一羽鸟，一条游鱼，一块石头，一株兰草，就是山，也是矮矮的山，平缓的山，几棵略略有点倪瓒味道的树而已。可是，这虚静里面有多少炽热的情感如熔岩在燃烧，有多少曲折的心意纠缠要解开，就像八大曾经烧掉袈裟，虚静，恰成一种反向的表达，那是从 19 岁起八大一生都伴随着的家国恨。

　　真是：

薄薄宣纸载情深，情到深处难抒怀。

白眼冷霜向青天，残荷剩水映徘徊。

模样怪异志品格，欲哭无泪是八大。

于是，八大的画仿佛寓言，无限情长，简约笔墨。八大的画上题诗则是寓言的韵外之致，仿佛是向我们稍稍打开了一扇读八大的窗。

比如，八大常画西瓜。西瓜不像山水或梅兰菊之"岁寒三友"，不是中国绘画的传统题材，但八大喜欢画它，别有深意。有一幅，其右下角画有一孤瓜，左半部题有一诗。诗云：

写此青门贻，绵绵咏长发。

举之须二人，食之以七月。

这诗有讲究。所谓"青门"瓜，说的是汉代的召平原，原为秦朝的东陵侯，秦朝灭亡后，他种瓜于长安东门。此瓜世称"青门瓜"或"东陵瓜"。八大特地点明瓜是"青门贻"，寓意着对前朝的怀念。此瓜如此之大，举之须二人，一来歌颂前朝之美好，二来喻复兴之艰难。"食之以七月"，现在看来时机还不成熟，此瓜尚吃不得。八大似乎在等待，等待复明的时机。或许，八大也知道复明并非指日可待，于是也只能以画西瓜慰藉自己了。

另一幅《瓜月图》的题诗似乎就笼了一层悲哀和惆怅：

昭光饼子一面，月圆西瓜上时。

个个指月饼子，驴年瓜熟为期。

画面上一月一瓜，月本该是圆的，但似乎是笔快速得使画家控制不了，月竟如扁圆了，是不是八大见了这明亮的圆月，勾起了别样情怀？因为激动，笔急促地要表达。是呵，八月十五，中秋团圆之日，月还是明，瓜照旧甜，然月下瓜前的人却是凄楚"个山"人。"个个指月饼子"此句用的是元末汉人以八月十五食月饼为起事信号的典故，八大借以要表达的愿望是再明白不过了，可是，"驴年瓜熟为期"，这"瓜"什么时候成熟呢？恐怕是遥遥无期了。

朱耷的"耷"，乃"驴"字的俗写，似乎暗示了朱耷一生是要做一头勤恳耿直的毛驴的。他的画上用过好多"驴"款，比如驴、驴屋、个山驴。那么，驴年瓜熟——八大始终盼望着那不可能的一天的到来。

从来瓜瓞咏绵绵，果熟香飘道自然。

不似东家黄叶落，漫将心印补西天。

这是八大出家后写的诗。那个时候他刻了"雪衲"和"个"两个印章。

素白的是僧衣，素白的也是八大不与人道的苦楚。

瓜瓞绵绵，瓜瓞绵绵……就将心印补西天吧。

"色即是空，空即是色。……不生不灭，不垢不净，不增不减，是故空中无色，无受想行识……"八大80岁时楷书《般若波罗蜜多心经》。

1705年10月15日，八大山人孤独地死去。80岁。身边无亲无友。

八大终于回归了那一片澄明的天空了。

20世纪80年代，在复旦念中文系，偶然买到一套潘天寿的国画明信片，一片空白中，一只大大的白眼黑鸟，让我过目不忘，是有股子气要从小小明信片里喷出来，对青春气盛的年华来说似乎正是一种共鸣。于是，找潘天寿的资料，于是，知道了他的师承正是朱耷、徐渭、石涛等，于是，自然而然地，八大的画就印在心里了。

青春的热情过去，越来越体悟到人生的无奈和平常，也就越来越感佩八大这样的人：一辈子浓郁着一腔热情，一辈子为之缠绵悱恻，为之耗尽心血，为之疯傻寻觅。如果杜鹃啼血，如果沧海桑田，也就是这样了。

2003年

野藤里的葡萄

　　接触到徐渭其实是比较后来的事。20世纪80年代初期，像徐渭这样的非主流话语文人在中国文学史中并不占什么位置。记得当时的明清文学史讲述也就大多集中于四大名著了。当然，如今徐渭早已荣登庙堂了。不过，我猜想徐渭是无所谓的，一个"举于乡者八而不一售"终将仕途抛的明朝文人又怎在意这些身后荣辱呢？

　　徐渭尝言："吾书第一，诗二，文三，画四。"话虽这么说，似乎徐渭的画名更响。想来，比较他的杂剧、他的诗文，他的书画更是将他这个人的性情泼墨挥洒开来，把他都浸在了那些个水墨烟云里。

　　徐渭善画花卉，大写意的，不见茎脉，但观其意；即使枝叶勾勒，也是翻腾跌宕，好比大风过处，心意荡漾的意思。感觉点墨下笔的这个人心里是不平静的，他甚至等不及这样一笔一笔地添加，实在是要手随心动，要快快地把自己倒在纸上，哪里还要什么敷彩工笔呢。这一股气是那么充沛，水墨的清淡化成了淋漓尽致的痛快，即使隔了400多年，你还是想象得出那个徐渭作画时一定是将吸满了肚子的如椽大笔临空落下，胸中意气满纸生。这个名渭字文长的文人，在画这些花卉枝叶时已经年过半百，26岁丧了原配，38岁总算做了闽总督胡宗宪幕僚，可是好景不长，总督被严嵩同党弹劾。徐渭受了刺激，一时发了狂，失手杀了后妻，正好落下口实下了狱。所谓"先生数奇不已，遂为狂疾；狂疾不已，遂为囹圄"（袁宏道《徐文长传》）。入狱7年，总算被友人营救出了狱，已53岁，韶华早已逝，抱负又落了空，只剩下两袖清风，一间青藤草屋落寞于绍兴的街巷。但从此，徐渭倒是全然抛下仕途的念想，一心事丹青，虽生活潦倒，72岁时默然死于乱稻草堆中，然留下的书画作品却声名显赫，当今更是成为拍卖会上的热门。不少论家说徐渭是中国的凡·高，虽说一个在16世纪的中国，一个于19世纪的欧洲，也不无比附的成分，但两颗为人生为艺术而骚动的灵魂却是超越时空之暌隔的。水墨油彩，殊途同归。

徐渭尝以斧击脑，求死而不得；也曾以三寸铁钉穿耳而过，许他命不该绝，又没死成。这一颗狂躁的灵魂于是将心情全部恣意地泼洒在水墨里，那些疏旷恣肆的花卉仿佛"天地英雄气，千秋尚凛然"（刘禹锡）。

　　《花卉杂画卷》，在28.2厘米×665.1厘米的长卷中，画了许多小幅的葡萄。你当然看不到写实主义的饱满晶莹的紫葡萄，也看不到普通写意画中依然具形的葡萄的样子，看到的只是水墨的不同形状，水墨的浓淡晕染，还有那种疾风骤雨式的速度，葡萄也就是一些意思吧。在构图上，徐渭也显得大胆任性，葡萄串枝常常就是这么从天而降了，想象徐渭在青藤小屋的一张破木桌上，晃动着身体就这么把用得很旧的大笔快速地转着，恨不得把多年的怨苦诉说出来：8岁学八股，12岁学古琴，15岁学剑术，以及书法绘画，年少即负才名，满腔才华，到头来终是"居穷巷，蹑数椽，储瓶粟"的日子伴左右。在其中一幅"葡萄"左侧，徐渭题诗为：

　　半生落魄已成翁，独立书斋啸晚风。

　　笔底明珠无处卖，闲抛闲掷野藤中。

　　葡萄老藤若有知，也要为青藤道人倾洒同情之泪的。如此心境如此境遇下的花卉，自然不会像那种满园春色关不住的花卉那么摘采铺陈，那么浓墨重彩，那么细腻柔情了，让人感到的是一种饱含着才情的悲，但不是悲凉，亦非悲凄，倒是隐然挥洒出一种豪气，那种在自在自为的天地中行走的元

气。终是把仕途功名抛
了，任风霜雨雪，我以
我笔书乾坤。

好比在《竹卷》中
所题："枝枝叶叶自成
排，嫩嫩枯枯向上裁，
信手扫来非着意，是晴
是雨凭人猜。"徐渭的
心也是像水墨的竹子一
样吧，何必向世人说个
明白呢？发狂也，杀妻
也，自残也，其真相又
是否如世人传言的情
形呢？徐渭的心里脑中
出现过哪些念头和幻
象呢？我们其实都不知
道。唯有感觉，用人
性，用心灵。虽然我们
的心不是明朝的心，我
们头脑里的观念变起

徐渭《墨葡萄图》

来快。可是我们懂得徐渭的苦，徐渭的泪，在那样一个以仕途为正统的年代，文人的情感为之所缚，才情没有一个"正途"可去，似乎就辜负了才情两字了。"天生我才必有用"，"莫使金樽空对月"，李白的豪情里依然有着渴求重用的仕途追求，只是诗人的才华最终超越了功名利禄的向往而名垂后世。徐渭的樽也是空的，他以墨为酒，祭悼他的人生。其实野藤里的葡萄并不是无人相识的，"当时所谓达官贵人，骚士墨客，文长皆叱而奴之，耻不与交，故其名不出于越。"（袁宏道《徐文长传》）徐渭不肯向霸占着所谓"话语霸权"的人献媚拍马，或者送上几幅条幅册页，自然不能出头，也就没有商业利润，只好受穷了。于是，听得晚风里的啸声倒是在凄凉中更见独立风骨了。

《水墨花卉图》，水墨、花卉，一样的方式和主题。只不过不是葡萄和竹子了，而是菊花、兰草、牡丹和水仙木槿等，构图更显疏阔，花一朵，诗一首，徐渭的诗书画造诣好生了得。在这些花卉图中，浓墨的叶子翻卷着，好似在扭动中张扬着自己的活力，淡雅的花蕊静默着，仿佛一颗处在世事喧扰中的沉静的心，而仿佛纠缠着跃动着的枝叶，又如同那一种难以解开的心结，在画面中重复盘旋。看《水墨花卉图》，体验到的似乎不是一种愉悦，而是淡淡哀伤，那种明知阳光灿烂之后有乌云的哀伤。画这些花的时候，离徐渭去世还有两年左右的光景，71岁的徐渭此时该是垂垂老矣，且生活困窘。图卷末有跋：

> 万历辛卯重九日，史甥携豆、酒、河蟹，换余手绘。时病起，初见无肠，欲剥之剧，即煮酒以啖之。偶有旧纸于榻，泼墨数种，聊以塞责，殊不足观耳。天池山人徐渭书于葡萄最深处。

病后的老人，笔力还是遒劲和狂放，贫病交加的老人，是否还执着于早年的抱负？那些一浓一淡，一散一结的花草枝蔓，却终究透露出老人内心的郁结，疏旷淋漓的水墨，流溢尽致的线条，体贴了老人的晚年心灵，可是，那份痛还是在那里，在心的最深处。野藤葡萄，恰如明珠散落，闲抛闲掷的洒脱姿势里是无奈和叹息，但啸声里又何尝不是"掷槌不肯让渔阳，猛气犹能骂曹操"（徐渭诗《少年》）的充沛之气呢。

徐渭不会想到，他的狂躁、他的啸声、他的肆意、他的水墨，为活着的他带来的是贫穷和坎坷，但死后的他却声名节节攀升。清代的郑板桥对徐渭非常佩服，曾刻了一枚"青藤门下走狗"的印章，钤在自己的画上。近代的吴昌硕题徐渭的书画册亦说："青藤画中圣，书法逾鲁公（颜真卿）。"齐白石对徐渭更是倾慕备至。他曾说："青藤、雪个、大涤子之画，能纵横涂抹，余心极服之。恨不生三百年前，为诸君磨墨理纸。诸君不纳，余于门外饿而不去，亦快事也。"又题诗曰："青藤、雪个远凡胎，缶老（吴昌硕）衰年别有才；我欲九原为走狗，三家门下转轮来。"再如戴熙曾提到他看到徐渭的一套三十六幅册页时的情形，有"此册开视，心目为快，家人在旁，亦复齐声拍手，啧啧称妙"。更不提徐渭的画在当今拍卖会上的天价了。徐渭贫病死于稻草堆，他的水墨在现代被请进金银殿，天壤而有过之。世俗就是这样，我想徐渭也许会狂啸一声，大笑而去。依着他不合主流的性情，实在难以想象出他坐在装潢高雅的画室内，滕黄品红地画些展览画求购画的。不过，至少可以不受饥挨冻，有一壶酒喝，徐渭想必还是会心情好些的。

生前不受待见，死后纷纷推崇，之于徐渭或许是因了他身上的那种不为世情所囿，不受规矩所限的生命精神，那种敢于表达自己的真性情的生命气息。因为，即使那些仕途顺利的传统文人，但凡他还藏着一些追求真实自我的心情，官场是要让他透不过气来的，或许他在不愿放弃世俗利益的同时，从如徐渭这样表达生命真性情的文人身上获取一种心灵的体贴和安慰。更何况原本亦是追求着生命热情的那些文人墨客了。

野藤里的葡萄，收藏于森然的博物馆，印在了精美的画册上，山清水秀的样子。可是，这些狂放的水墨并不安静，它们诱引我去看水墨背后，那里有徐渭的啸声，徐渭的疯狂，徐渭的魂魄。"眼空千古，独立一时"，袁中郎对徐渭的评语是偏爱了些，但也大致不差。

2001年

"我就活在我的作品里"

那一天，出租车正行驶在内环高架上，突然眼前一蒙，司机反应迅速，马上停了车。天！车子前盖竟然整张掀起，一时遮了车窗，好险，若是刹车不及，前面正有车，情况会如何？就在此时，手机响了，"是龚静吗，我是吴冠中，过几天到上海，我们要见见面，握个手。"是吴冠中先生！刚刚是惊险一幕，瞬间又是激动一刻，平常日子里竟也有如此的惊心动魄。"吴老，您好，您的画展我肯定要来的，很希望能见到您的，一定一定。"放下电话，司机正在车头忙乎。

"开了这么多年车子，这种情况倒也是第一次。"

"你以后出车前要好好检查车子啊。"

重新上路。

也无心后怕了，就想着在画展上能和吴冠中先生见面了。

或许老天是以这样的方式让我铭心。

这一天是 2005 年 9 月 6 日。9 日，吴冠中艺术回顾展在上海美术馆举行。

9日，上午因发烧在医院打点滴，下午去了美术馆。大家都簇拥着吴老，白发红夹克的吴老与在电视里看到的样子相仿，清癯瘦小，神色硬朗，笑起来一脸坦率。在周玉明老师的介绍下，与吴老就这样见了面，自然坦然，面前的仿佛不是名扬四海的大画家，而是一位令人尊敬的长辈，他跟你认真地说话，谈谈艺术，谈谈近况。

因为曾经写过一些绘画散文，发表在《文汇报·笔会》上，吴老通过编辑转达了对我的鼓励，后来《写意——龚静读画》初版出版后寄上请他指正，他还特地写了信来，字里行间满满长辈对后生的鼓励，和他对艺术的执着，毫无大画家的架子。

但那次画展见面后，却还是很少去打扰吴老，是因了艺术结的缘，我想还是应该在文字画作中续接这份缘，才是纯粹的方式。

现在，吴老已经走了，读了不少纪念吴老的文章，重新翻读这些年来他出版的画册和文集，觉得也想写点什么，是对吴冠中先生的一份纪念，也是对这一份文画缘分的纪念。

吴冠中的江南

江南是出生宜兴的吴冠中一生梦回萦绕的故乡，自13

岁考入无锡师范学校，后来在美的召唤下放弃浙江大学附设的工业学校电机科，而入杭州艺专，从而一生与美缠绵，身体回老家老屋的次数是有限的，但江南处处都留下了他的身影，每一次写生江南，都是一次回家，以水墨或者油彩或者其他，一次又一次地，将画家心中的江南魂携回家。

他的江南是小桥流水人家，小河清清绕着白墙黑瓦，白羽红嘴的水鸭点点悠游，老树小枝在河边肆意抽芽，如20世纪80年代的《水上人家》《水乡》；也是河在屋间慢行，屋在河边听水声，一领小桥将小河引向湖泊，桥堍酒幌茶帜，挂上《红灯笼》（2000），村人担菜而过，《忆故乡》（1996）里总是有扇点缀了太阳花的老屋之《窗》（2000）开着，晨昏河面的水气就渐渐笼上来；

他的江南里总有粉墙黛瓦，总是黑白分明，像一阕词，也似小令，有时却又若江南的夏雨，大开大合，磅礴淋漓，水汽淋淋的黑瓦白墙，润泽的水塘，却是出自西式的油彩，淡淡的灰调恰到好处地流淌起东方的河塘春韵，在"美"和"情"的旗帜下，中西方绘画怎能不互相钟情。《故宅》（2001）劈面而来，那是油画表现强项，但弥漫着的却是故乡情韵；他的江南当然也总有荷花垂柳，《荷塘春秋》（2002）色块饱满，盎然丰沛，《残荷新柳》（2003）却是线条轻盈点线齐奏。

江南人人见，他的江南如何见人之未见？

发现有几幅画有着明显的起承转合。

来看这一组：《双燕》（1981）、《秋瑾故居》（1988）和《忆江南》（1996）。

"墙，横卧中央，占领了宣纸之纯白"①，屋檐线、中间门框线、屋基线、台阶线粗细交错，以墨色纵横切割平面，灰色淡染出墙脚的苔痕，屋前的水色和门的斑驳，如此裁剪出一幅块面分明，黑白分明，分明江南的画面。画面偏右一树舒展起叶叶绿，双燕隐隐飞来，宽阔的纯白顿时静起生机。这样的画法在传统水墨画中比较不多见，大块面冲撞视觉，却又黑白宁静。

这样的江南场景是意料之中的，但宽银幕式的横纵切割却是意料之外的表达。

到了1988年的《秋瑾故居》，亦是黑白大块面，却以黑瓦黑门为视觉撞击，门上一方红色，好似滴血，视觉上鲜亮，心理也怦然。也有燕子，群聚画面最上方的几缕线上，啾啾，燕子和斜线灵动了黑白硬气的画面，让人在历史的怀

----

① 《吴冠中：我负丹青》（画册），上海书店出版社，2009年，P219。

吴冠中《双燕》（1981）。图片来自《吴冠中》（画册·上海书店出版社，2005年9月版）

念里生出一些暖意。如此结构的水墨也是冲破传统的，完全以西式风格的色彩块面来结构，却是简约的水墨，当然水墨里有层层的积染，黑色里透出浓淡的分量。

这样的江南在轻盈之外却是厚重饱满。

再看1996年的《忆江南》，已然黑白灰，白色依然占大面积画面，黑线却少了，唯屋檐台基几根错落，五块小黑块抽象出点点窗棂，其余勾勒均以淡灰水墨枯笔扫过，正如作者所言"我抽出了江南的筋骨，构成了故乡的身段"，"又十年，江南残留了两道黑线，一道曲波"①。燕子却还是飞来

---

① 《吴冠中：我负丹青》（画册），上海书店出版社，2009年，P289。

的，依然双燕，仿佛老友相知询唤，也若往事知多少。

这样的江南清清白白，简约得让人猝不及防，实在非现实的江南，乃回忆和想象烘焙的梦江南了。

三幅画，跨度十余年，黑白主调不变，构图现代不变，变的是越来越简约抽象，有意味的形式就是内容。

这样对事物形式感的提炼和发现，贯穿了吴冠中独特的美学追求和艺术观念，早在20世纪70年代末、80年代初，他就在《美术》杂志上一连发表了"绘画的形式美""关于抽象美""内容决定形式？"等在当时写实主义体系占主导的中国美术界引起波涛的文章，文章直截明了地说"我认为形式美是美术教学的主要内容"[1]，"抽象美是形式美的核心"[2]，其实抽象是"将附着在物象本身的美抽出来，就是将构成其美的因素和条件抽出来"[3]，吴冠中在文章中从物象本身的形式美感来谈形式的美感，还以中国传统绘画的气韵生动之美学而论抽象美，"同是表现山水或花鸟，有气韵生动与气韵不生动之别，因其间有具象和抽象的和谐或矛盾问题，美与丑

① 《我负丹青——吴冠中自传》，人民文学出版社，2004年，P250。
② 《我负丹青——吴冠中自传》，人民文学出版社，2004年，P254。
③ 《我负丹青——吴冠中自传》，人民文学出版社，2004年，P254。

的元素在作祟，这些元素是有可能抽象出来研究比较的"①。这种艺术主张其实说起来也并非怎样的惊世骇俗，中国古代绘画的传统也是推崇写意，推崇心象，好比山水画，那些山水不只是摹写，而是作者移情后的山水，但"建国以来，一向是主题先行，绘画成了讲述内容的图解，完全丧失了其作为造型艺术的欣赏本质"②，吴冠中热爱文学，绘事之外，写了许多艺术随笔，文字简净典雅，明快而有意韵，但他并不认为文字可以诠释画作，"经常有人在其作品前向我解释其意图如何如何，我说我是聋子，听不见，但我不瞎，我自己看。凡视觉不能感人的，语言决改变不了画面，绘画本身就是语言，形式的语言"③。当然，文字可以和画面相得益彰，互相补充，互相对应，吴冠中自己也为自己的画写过文章（见《画眼》一书，文汇出版社 2010 年）。这让我想起了莱辛的《拉奥孔》，拉奥孔被蛇绕身，忍受着极大的痛苦，"每一条筋肉都现出痛感"④，在雕像中却依然保持着"静穆的伟大"，他并不哀号，但他可以在维吉尔的史诗中哀号，造型

---

① 《我负丹青——吴冠中自传》，人民文学出版社，2004 年，P254。

② 《我负丹青——吴冠中自传》，人民文学出版社，2004 年，P53。

③ 《我负丹青——吴冠中自传》，人民文学出版社，2004 年，P53。

④ 《拉奥孔》，莱辛著，朱光潜译，人民文学出版社，1979 年 8 月初版，1982 年 8 月第 3 次印刷，P5。

艺术和文学艺术虽然可以有通感，但终究有着不同的表现方式，以呈各自之擅长。

再来看一组吴冠中的水墨：《天色（四川水田）》（20 世纪90 年代）和《水田》（2002）。

《天色》，140cm×138cm，尺幅不小，几乎是正方形构图（吴冠中不少画作亦多方型构图，不知是否受到其师林风眠的影响？），也是西式绘画的样式，一般传统水墨多长轴横卷式构图。黑线或粗或细蜿蜒勾勒水田，留白即成梯田，淡墨倒映出天光水田，间或几棵小树远近交错，红黄绿点皴点枝桠。《天色》的曲线看似随意，却是讲究浓淡枯瘦之墨色的，干而粗的线条仿佛天荒地老经年日久的土地，细而柔的淡墨线，已然就是春耕翻起的新土。个人感觉这里的形式感还是和写实淡淡相看的。

而 21 世纪初相似题材的《水田》却另番模样。70cm×70cm，亦方形构图，只有之字形墨线由近及远，三根纵向线条，树的意思，大小双燕飞过画面中间，远处另有一燕似空中掠过，其余墨点和几痕淡墨而已，比之《天色》更为抽象，可是，江南田畴的一派水气清新唯在墨线和大片的留白中汪洋。

不需要很多的色彩，很多的具象，轻灵而丰满；不需要浓重的渲染，面面俱到的构图，水田就是这么水天一色。

于是，吴冠中的江南，是我们熟识的，却又是新鲜的，于体贴中分明带来了隔，可是隔得并不遥远，那些线条，情不自禁在我们心田点划。

这样的江南，其表现手法自然也是新鲜淋漓的，是吴冠中特色的，而非历史上某个画家的影子。

吴冠中的水墨，已然非传统水墨那样的范式。皴法、点染、敷色，构图的"平远、高远、深远"之腾挪，气势的设置等等，那种看得出师承的风格阐扬等，在吴冠中那里是很少见到的，他的艺术主张是笔墨要为你的创作情感服务，而非只是为笔墨而笔墨地在那里自得。他在 20 世纪 90 年代就说过"脱离了具体画面的孤立的笔墨，其价值等于零"[1]，"构成画面，其道多矣。点、线、块、面都是造型手段，黑、白、五彩，渲染无穷气氛。为求表达视觉美感及独特情思，作者可用任何手段……果真贴切地表达了作者的内心感受，成为杰作，其画面所使用的任何手段，或曰线、面，或曰笔、墨，或曰 ××，便都具有点石成金的作用与价值。"[2]，"笔墨等于零"在行业内外炸起波涛，乃至看吴老在 21 世纪

---

[1] 《我负丹青——吴冠中自传》，人民文学出版社，2004年，P299。
[2] 同上。

的一些电视采访，当被问及于此时，总是要强调，不是反对笔墨，而是反对那种为笔墨而笔墨的笔墨，反对不为表达创作情感的笔墨（大意），在一个传统笔墨历史悠久的地方，要说这样的话，实在是需要太大的勇气的。

一个有为的画家，怎么会没有自己的笔墨呢？！

吴冠中的点、线、面

吴冠中当然是有笔墨的。

在杭州艺专求学期间（因抗战，学校曾先后迁徙至江西贵溪、湖南沅陵、云南昆明、重庆），物质条件艰苦，但吴冠中求学如饥似渴，躲警报花时间，他干脆请图书馆工作人员把他锁在屋内，让他专心画画。"临摹过大量中国山水画，临摹其程式，讲究所谓笔墨，画面效果永远局限于皴、擦、点、染的规范之内。听老师的画，也硬着头皮临四王山水，如果没有石涛、八大、石谿、弘仁等表露真性情的作品，我就不愿学中国山水画了"[1]，青年时代的吴冠中学习着，但同时怀疑着，他渴望的是在绘画中表达感情、性情，好比他的那些青年时代的照片，眼神执着，露出精光，一股子不服

---

① 《我负丹青——吴冠中自传》，人民文学出版社，2004年，P286~287。

输不妥协的劲儿，也因此，他在中西画的学习中融合各家所长。回忆青年时期在巴黎学习，他写道"看了那么多当代画，未被征服，感到自己怀着胎，可能是异样的中、西结合之胎，但这胎十个月是远远不能成熟的，不渴求早产。"①，所以他会选择回到祖国，回到和自己血肉相连的地方，因为他特别看重梵·高书信中的话：你是麦子，你的位置在麦田里，种到故乡的土里去，将于此生根发芽，别在巴黎人行道上枯萎掉。

于是，从 1950 年夏天回国开始，伴随着一路的磨难，他的艺术探索也开始了，直至生命终点。"总得要以我们的生命来铸造出一些什么！无论被驱在祖国的哪一个角落，我将爱惜那卑微的一份，步步真诚地做"，这些话写在吴冠中回国前一年 2 月 15 日给老师吴大羽先生的信中。

真挚、热情、执着、活力、理想，不躲闪，不苟且，不世故，直面生命和艺术中的所有，实在非常的热血文艺青年，却是吴冠中一生的生命底色。

他铸造出了自己的绘画样式。

他的画，尤其水墨画，点、线、面烙上了鲜明的吴式印

---

① 《我负丹青——吴冠中自传》，人民文学出版社，2004年，P18。

记，线条时而流畅婉转时而遒劲苍郁，时而润泽饱满时而枯荦留白；块面随势赋形，决不因循，皆"从于心者也"（石涛语）；而点，则随意活泼于线条块面间，多见草绿、玫红、柠檬黄三色，黑白有了色彩，宁静荡出跳动，远山则满起绿意。

还是看具体的画，更能体会之。

先看《点线迎春》（1996）和《春满》（2000）。

《点线迎春》里的这棵树还是树吗？简直就是一位舞者，陶醉在身体在空间跃动的状态中，是春风唤醒了一冬之后的树心，还是树先知了春的呼唤，都一样，我们看到了枝条如水袖飞舞，如风吹发梢，粗粗细细的枝条全都在舞动，情不自禁，连树干也扭起腰来。线条的层次由淡而深，更突出了画面的一种飞舞动感，树枝的笔墨非常果断，由浓而带出飞白，体现枝条的既坚又韧之感，一笔而成的线条里有由衷的喜悦，尤其那些细枝条，弯曲盘桓在树根树梢，轻盈而弹性，是满眼枯索的寒冬之后的某一天早晨，突然看到芽尖上柳梢的那种眼亮之感。密密的红绿黄点，就在树舞间跳跃，草色茸茸，春花漫漫，或是树舞的旁白配乐。春天来了。清新，而且妖娆。

激发画家创作灵感的树到底是棵什么样的树呢？却原来是"他在住宅附近一个单位的大门口发现的……寄养在花盆

里的小树，小树主干盘旋，枝丫稀疏，扭曲而枯涩，在众人看来毫无生机，但吴冠中发现了这棵不起眼的小树在寂寞中蕴藏的美"①。点线之间闪烁的实在是吴冠中对美的执着，独特的审美发现。笔墨的表达，仿佛是时刻准备着听从美的召唤，是手笔间与画家心灵的默契。

《春满》则几乎一画面的线，仿佛不再注意构图，只是线的交错并行，深浅次第，黑灰绿交错，间或几根略粗的枝条，若小树斜枝，接着就是点的缀饰了。也是不那么经典的画法，好像是随意而行，率性而发，春之意兴的由衷挥洒，早春的柳枝就是这样从冬中苏醒，柔韧而轻盈地点点绿了。

春满，满满的欢喜。

点线里是什么，是欢喜啊。

浓淡枯瘦的，是为了表现春喜。这就好了。

读了吴冠中不少的画，深深地感受到他对点线面的灵活运用。尤其水墨画中的线之运用，是由衷的欢喜，手腕笔墨流经之处，留下的是画面，却也是他的胸臆，他的生命气息的流动。

---

① 引自《给乌鸦平反》，燕子著，载2011年5月10日《文汇报·笔会》。

那幅《夜宴千年》（1997）真正流丽之极。"剪取《韩熙载夜宴图》之一截，赋予那几位吹奏的歌女以激情，形色皆动荡，歌声因之也似跌宕不绝。"①歌女面貌、形体、姿态完全简笔，五官唯剩吹奏之唇，墨线在色块间游走勾勒出裙袂飘然，让我想起宋代梁楷的简笔画，一笔勾勒，人物神态皆然，但那些非常吴冠中特色的红黄绿的色点，好似随乐曲而跳跃于裙衫衣袂间，恰又是古意在今天的跌宕。原图《韩熙载夜宴图》中的歌女是神色端严的，毕竟是助兴伺宴，总是看着主人的眼色的，而在这里，迅疾的线条、明媚的色彩，好似释放了她们的心性，她们的姿态也跌宕起来。可以想象，吴冠中在运笔时的畅情。想起年轻的他在重庆读书时借钱买朱红布，请裁缝做长袍，穿在身上，不管不顾，分外突显的情形。"那红色分外亮丽，特别美"②，还是训导长发话，说红袍或成日机的目标，吴冠中才将其染成了黑袍。耄耋之年的吴冠中在电视采访中说起时，还是眉飞色舞手舞足蹈，仿佛瞬间回到了年轻飞扬的时候。如此畅情，真好比这些画中的线条，跌宕飞扬，婉转又雄丽，无生命的底色，无对美的深情，何以抵达？！

---

① 《吴冠中：我负丹青》（画册），上海书店出版社，2009年，P298。
② 《我负丹青——吴冠中自传》，人民文学出版社，2004年，P7。

还有就要说说《紫藤》（1991）和《墙上秋色》（1997）了。

都是以线支撑整体，不同层次的线烘托表现，《紫藤》留白多些，点彩稍浓烈些；《墙上秋色》则线的抽象意味更浓郁，尤其是黑色中最深重的那些细线，书写着秋天藤蔓的苍老沉劲之味。这些抽象的图式，可能比较容易让熟悉西方现代美术史的读者想起美国画家波洛克的《秋的节奏》，画幅上密集着许多线条/点，仿佛狂乱的舞蹈，也似落叶飘散，是秋的节奏？或许更是画家作画时的身心对秋的一种反应。波

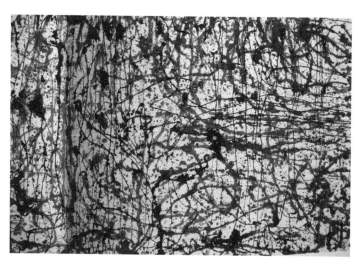

吴冠中《墙上秋色》（局部）（水墨1997）。图片来自《吴冠中：我负丹青》（画册）（上海书店出版社2009年版）

洛克作画基本上很少在架上的，画布放在地上，画家说这样"感到是画的一部分"，喜欢让颜料顺着一根棍子滴到画布上，或者索性自己在画布上走动跳跃，留下来的痕迹就是他的身体运动了。

吴冠中曾经写道："也曾有人说我的某些作品像美国现代画家波洛克，而我以前没有见过他的画，四五十年代之际在巴黎不知波洛克其人其画，我根本不可能受他的影响，是'他就我，非我就他'了，当然，他也并非就我。面对大自然，人有智慧，无论古代现代、西方东方，都会获得相似的启迪。大写意与印象派，东方书法与西方构成，狂草与抽象画……我曾经选潘天寿与勃拉克的各一幅作品作过比较，发现他们画面中对平面分割的偶合。"[①]

艺术的感应，表达，飞扬，何论东方西方呢。

我曾经也用水彩涂鸦过一幅线和点的缠绕。那是 2008 年8 月，濡湿炎热的夏日某晚，土黄加橘黄的底子上缠绕着各色线条，赭石、熟褐、黑，粗细虚实浓淡，全然随着手腕之动而动，攀援的，遒劲的，飞白的，绵延的，逶迤的，最后以刮刀以浓墨拉上摇曳枝条，点以柠檬黄、橘黄、淡绿，手腕

---

① 《我负丹青——吴冠中自传》，人民文学出版社，2004年，P304。

泼洒之上，有的点似满天星星，有的点似飞鸟掠过，有的落叶无心恰停留，色彩线条间，身心通畅，虽有空调降温，还是汗流漫漫，却毫无暑热之感，题名为《蔓舞》，身心倒也好似蔓舞一般了。

其实，其时拿起画笔和颜料不过五个月，似乎该扎实基本功为上，但《蔓舞》的创作冲动实在蓄酿已久，待自己画画涂鸦，那些意象和色彩仿佛就等着这样的时刻的到来。因为还在 20 世纪 90 年代末，就很喜欢拍摄城市里有关藤蔓的照片，以之为题写过文章，也许是多年观藤而藤之入心魂，也或许之前观赏过吴冠中的《紫藤》而产生的撞击视觉，等自己也在线条色彩间游弋时，就不由得激情一把了，是多年"心象"的具体呈现吧。

于此，遥想当年吴老作画时的身心状态，一定是激情和手腕和笔墨自然交织，心到手到，手到韵远，墨线彩点，乃至于广袤心宙。

藤线的缠绕攀援飞舞，好比吴冠中艺术人生的情思，舞动、交叉、缠绵，风吹雨打的，还是在风的尽头摇曳一叶新芽。如《情结》（1992），"每写生命之藤，即便刻画得真实细致，淋漓尽致，事后总感到仍未能曲尽其缠绵。……于是奋力抒写，忘却藤萝，舒解情结，无奈情结永难解。"①此中点线难解之情结，就是吴冠中的艺术心魂啊。

树的精神

那年去上海美术馆看吴冠中捐赠作品展，也是揣了要看看他怎么画树的心思去的。

他的画里有许多树，小树，大树，秀树，苍树，枯树，细劲的树，蓊郁的树，盘绕的树，仰天的树，俯河的树，满满苍黑屋檐一树妖娆，累累硕石间数株峰立。有的树干中锋饱满，树见苍劲；有的则横向披皴，树亦轻灵。喜欢到自然中去写生的人，怎能不喜欢树呢。天地精华之所存，岁月沧桑之饱满，帝王冢前的树，野地山峦的树，民宅家居的树，它们灵性相通。

难以想象没有树的大地是何等模样？

吴冠中的画中若没有树，仿佛就不是吴冠中的画了。

坚定、挺立、包容、苍翠，于风霜雨雪中总是保持着一棵树的本分，想必还有很多词可以形容树的精神，可是我想还是不必多去形容了，看到树，我们才心安，没有比树更让

---

① 《吴冠中：我负丹青》（画册），上海书店出版社，2009年，P255。

人感到安慰了。

吴冠中的画有树的精神。

最喜欢的是他的《又见风筝》（2003），突兀一截树干立中间，岁月经几何，黑、熟褐，融了几丝蓝绿，疤痕斑驳，留白处若见树皮原态，可是，不弯不曲，独立天空，四周风筝飞过，老树又见春风。油彩现树干厚实沧桑，油彩也表风筝之轻盈，如水墨流过，对比强烈，视感丰沛。

还有那棵《故宫白皮松（一）》（1975），灰调为主，灰和老绿皴染出饱经风霜之味，树在，年年抽新叶，它看到过的人和事却早已消散，树仿佛成了树精，又若凤凰涅槃，左侧的琉璃瓦亭子好比在与它默默观照对话，诉说曾经，那土黄微橘的色彩冲撞了画面的灰调，却又恰好是一种平衡。

还有《鲁迅故乡》（1976），小桥流水人家乃画面的背景，在画面前景的几棵大树的错综盘绕间隐约可见，小河小舟的，渐渐地水天一色，那树却是恣意浓郁，好比正是要对应背景的清淡，缠绕攀缘，枝叶纷披，枝桠呼应，丰饶而强悍，好比是吴越之地骨子里的那份硬气。吴冠中画过不少江南水乡，每幅都见其匠心，有的突出屋瓦，有的突出小河水鸭，有的则彰显生活细节，此幅以树观照整幅画面的构思，让人略生陌生感，虽然树乃江南熟悉之物，但以树笼罩了水色，且又是那样的生机勃勃的树，身躯飞舞的树，绿褐黑棕色块之间的参差皴染，好似闻到了水色里的大地之气。

《玉龙山下古丽江》（2003）里的那棵树呢，简直粉嫩妖娆，画家在一片灰黑瓦群中几笔点画出一棵小小的树，可是这小树呢却是高瞻远瞩的意思，粉红叶片随意点点，绵延飘落至古城上空，几分妩媚几分清脱，比之在丽江溜达，更多缥缈美感。这样的树，是精魂一样的，可以入画家和读者的梦里的。

还喜欢他的《白桦》（1991），修丽舒展的树，带了几分轻盈，使我想起在长白山旅游时看到夏末初秋叶子渐次转黄的白桦，秀气，挺立。

墨气淋漓豪迈的大树是《小鸟天堂》（1989），树根苍老，墨色和线条的流动间却是妩媚和饱满的爱。

吴冠中画的树总是那么"有情"，春天的细树，弯曲柔韧，如梦。崂山大石间的树瘦劲；南方山野的树，饱满多汁；北方乡村的树，挺拔爽脆。那是画家的"有情"啊。

是这样一位为了艺术，在火车上手持未干的油画站完长途行程的画家；

是这样一位在雨中写生黄山的画家；是这样一位下放农村劳动期间，以粪筐自制画架，忍着病痛在乡间写生画画的

画家;

是这样一位说"一百个齐白石不如一个鲁迅"（当然不是非议齐白石，而是提倡美术关注社会人心）、"中国美术不如非洲"，对现实社会、环境、人文深沉思考，对美育教育、评奖、中国美术体制敢于直言的艺术家;

是这样一位以自己的体悟和实践，思考中西方美术遗产的艺术家，他谈"油画民族化"，谈"绘画的形式美"，谈"是非得失文人画"，写《我读石涛画语录》，写了大量的艺术评论;

是这样一位对自己不满意的画作"辣手"摧毁，将自己的满意之作犹如女儿出嫁一样频频捐赠给各大美术馆，希望自己的作品被公众看到而非在拍卖场上流传的艺术家;

是这样一位将自己的画作《长江万里图》拍卖之得1275.75万港元悉数捐赠给清华大学设立"吴冠中艺术与科学创新奖励基金"以奖掖新锐后生的艺术家;

是这样一位耄耋之年还以文字水墨的方式艺术探索的艺术家，从不躺倒在自己的功名簿上享受名声的艺术家……

他本身就是一棵苍劲、葳郁、扎根大地、伸展于天空的大树!

2010 年 6 月 25 日，他走了。

病床上，他通过儿子吴可雨先生向未能说再见的朋友和读者说："你们要看我就到我的作品里找我，我就活在我的作品里。"（《南方周末》2010 年 7 月 8 日）看到这句话，自 2005 年 9 月 9 日在他的画展上见面来，一直未能有机缘去北京拜望他的遗憾似乎有些释然。是的，多读读他的画，多读读他的文，就仿佛一次又一次地与吴先生再见，一次又一次地走进他的人生天地。

他走了。

他总是在那里。

我相信，这位一生都那样激情于艺术、文学、人文、自然的人，内心一定还有许多未完成的遗憾，他的眼神从年少起一直那么炯炯着，敏感、敏锐、执着，他到了那里，一定还在那里画啊写啊，燃烧他的艺术和生命。

2011年春夏

皴·留白

皴

没有皴，很难想象一汪焦墨如何化成浓淡枯瘦的跌宕；

没有皴，更难以想象山水能够在宣纸上嶙峋陡峭逶迤连绵；

没有皴，我们将与多少审美的自然擦肩而过？

皴，淡墨侧笔，描绘第一根线条肯定是不起眼的，聚集起来的时候，却已经是山石的灵魂了，山是有重量的，有出生地域，有性格表情的；而石呢，无论是筑水为岸的，还是渚汀沙洲的，已然亦是钗黛性分，殊情各异了。

五代荆浩的皴是瘦长细劲的，它们总是几乎对称地在山阴山阳对峙，大山的嶙峋好像陡然矗立，让人仰望，远远地看见山的高，山路仿佛飘然于山腰的云带，不知哪里是山的尽头。董源的皴是圆润的，山头就像一波一波的石垒成的，若山谷草甸的野花小草，密密地蒸腾起山的湿气，带露的，淋漓的，是江南湖水的平缓和滋润。那些皴顺带着也将一缓草坡悠然地探入湖中，仿佛江南的秋阳，走过来。

一样是五代山水大家，巨然的皴也如董源的皴那般南方山水温情，或许因了纵向构图，他比董源的皴要长，要密集些，如果说董源的皴捎出氤氲，巨然的似乎更在于山石的纹路，有点像"天目""莫干"这样的山林。

北方的山在范宽的皴里真正淋漓尽致。关中大山，山头点满密密的皴，像是要聚起万千精气，山体庞大，细看竟是细点的皴构造的。这些山挺立着，要撑破天的样子，人在这样的山里只能是米粒的点，像范宽在《谿山行旅图》中画的那个小得不见踪影的人和他赶的驴。

不过是毛笔，不过是墨，皴却是几番风雨几度春秋。山岚流动，雾气弥散，竟也在皴里扑面而来。宋代的郭熙，是能用皴画出《早春图》的，那些皴不见山的嶙峋和超迈，没有峥嵘的面目，却是弯曲的，柔和的，石头如浮云温婉，是经了地气的蠢蠢欲动而忍不住荡漾的样子，树叶尚未挂枝，只是"蟹爪"般的树枝向着空气"呼吸与细语"。如同西方印象派画家对风景的光影概括，我想郭熙的"卷云皴"里是他自己的山水呼吸，他一定经常在山里行走，否则春夏秋冬的石头的面孔，伸个懒腰醒过来的早春山林，他如何看得见呢？

与翻卷如云的郭熙不同，许道宁的皴格外的直立，倒像似当今高楼里的电梯，分内工作地笔直、往上，那些山自然就特别陡峭了，不过因为连绵，因为浓淡远近，我觉得《渔父图卷》中的山陡峭得非常的清俊。

山，就在皴和皴之间意味深长起来。

李唐的宋代山水就显得凌厉了，他的皴像刀斧一样在宣纸上刻凿，山石坚硬，又似千万年侵蚀过后的沧桑，一条条斧痕，历历再现，如北方大山的干和韧。当我看过了川西北高原的大山之后，再来阅读李唐的《万壑松风图》，棕褐的山石，倾斜着，裸露在盘山公路一侧，一不留神就要坠落下来的感觉，身体的感觉一下子又回来了。在这样的山石上面，植物总是从缝隙中钻出来的。

马远的皴与擦在一起，带折的皴画出山石的轻灵和俊秀。

黄公望的皴长短兼备，一样的南方连绵山水，比之董源的似乎还要疏朗，山体从容不迫地沿着富春江蜿蜒。

而倪瓒的皴用得不多，简净得像他这个人的心境，只剩下疏阔的天和地了。大概也应了"虚室生白"这句话了。

可是，在王蒙的山水里，皴却是繁密的，走向多样的，山石也丰富得让你目不暇接，我觉得似乎王蒙将各种风格的山都集中在了一起。不过，王蒙也是有道理的。一个地方，两座山，山体的风格却是径庭。秋天去川藏高原，甘孜县境内的山大多是山峦起伏的，盘山公路仿佛永远到不了山顶的感觉，山上的植被也是低低的草，看上去山是荒荒的，可是距离不远的炉霍、道孚的山上却是松树林立，各式彩林泛出斑斓，山体也高峻起来。看过好多的山，却更觉得山是不能把握的，所以非常理解古人将山水中的人画得那么小，似乎是表达一种对山的敬畏吧。以细小若各式皴法，竟能将山水立体于审美的森林，就好像印象派追逐光影变幻，仿佛是人面对自然的一种悲欣交集的表达吧。

皴其实就是皱纹，冬天我们皮肤皴了，那是风走过的步子，脸上顿时现出一点被磨蚀的意思，不过我们不要皴，护肤品帮助抚平皴痕。可是，山就不一样了，山在那里，风走过，雪来过，雨随时造访，晨曦里的露水时时要亲近的，山包容了所有，无声无语，皴将山的性格山的心情山的成长，点点滴滴，呼之欲出。皴，就是山的年轮，山的皱纹。

虽然，那是纸上的沟壑，是画家胸中的丘壑，是审美的山林，只是，每每行走在不见尽头的山里，那些皴真的活动起来，仿佛与眼前的沙砾、岣石和丛树灵肉交融了。

留白

前些年学弹古琴，在吟揉绰注间老师总要提醒我注意音和音之间的虚实，比如《忆故人》一开始的散板，那种回旋往复的深情有时候并不是在琴音的落实中表现，而于反复的吟揉中体会，这种吟揉至末甚至就是听不到声音的，但，你依然能感到那种琴韵上的勾连，是"此时无声胜有声"的意味。如果你为了听得见而字字落实，虽然有了音，但韵却缺失了。古琴音乐中这样的例子很多。旋律给你耳朵的是音和音之间的藕断丝连，在一种几乎"无"的状态中达到了高境界的"有"——韵味。这使我想起中国绘画中的"留白"，那种以虚空传递丰盈，于不著一字中表达着不尽的风流。奔凑而来的还有书法里的飞白，园林中的漏窗月洞门，以及"千山鸟飞绝，万径人踪灭"这样的诗词，等等。深深体悟着中国艺术的一种空灵精神，所谓留白而生的"韵事"贯穿和实践着中国美学的精髓。

这种艺术精神在美学上该是可以追溯到老庄一脉的。老子说"大音希声；大象无形"（《道德经》四十一章），虽然老子要论的是"道隐无名"，但老子确乎道出了艺术和美的精义，艺术的美既经由具体的，又超乎之外，仿佛鹏鸟飞苍天而过，痕迹即无，可你依然能感悟到虚空里飞翔的高远。庄子曰"虚室生白"，又说"唯道集虚"。无论诗词文章，还是绘画园林，中国艺术多着重于这种于空中荡漾、以虚为实的意蕴。所谓"羚羊挂角，无迹可寻"（严羽《沧浪诗话》）正是这种意蕴的形象表达，而"如空中之音，相中之色，水中之月，镜中之象，言有尽而意无穷"（严羽《沧浪诗话》）也为中国艺术注下了说不尽的注脚。

宋代梁楷的人物画《李白行吟图轴》简练单纯，唯淡墨勾勒，除此无其他笔触，行吟着的"诗仙"风貌却跃然纸上，让人想象"飞流直下三千尺，疑是银河落九天"的诗意和境界，一切都充盈在形象之外。南宋禅宗绘画如《祖师骑驴图》，也是人物衣纹粗笔简略勾勒，驴子以没骨式笔触刷染点勾，一派逸气了然。而"元四家"之一的倪云林更在疏树远山的简静萧疏中，让人听见山里的风声和静寂，和画家超逸的内心情怀。同属元四家的吴镇，《墨竹册页》上仅一枝清逸的竹叶，加上题诗和篆印，其余皆为空白，可是分明却是满纸的竹动，和借竹生情的心境，里面有竹风，有山上云，水中鱼，一腔隐逸山林间的文人情怀。它不需要烟云布满，笔墨处处，无画处皆成妙境，"无字处皆其意"。

南宋的马远和夏珪有"马一角"和"夏半边"之称，

他们往往以山水一隅，或春柳初绽的山径，或临水而蠹的石崖，寥寥野枝、淡淡帆影渐行渐远于画面远处，点化了大自然山岚萌动和磅礴之气，所谓"咫尺有万里之势"，在虚白上的一树一石一鸟，幻现出深袤的自然和画家无限的深意。八大山人（朱耷）在白色的宣纸上画一只独眼的乌鸦，那冷冷的眼神，桀骜的神态，不需要更多，作为明末清初文人的那种失去家园的孤愤和对时局的不满已然诉说。

这样的留白韵味在中国画尤其宋元文人画中处处洋溢，无论山水还是花鸟，自然气象和生命的情怀洋溢于浓淡枯艳的墨痕，洋溢于一片虚白的空间。这一份空寂中，是宇宙之气的流动，是心灵和山水情意往来的寄托。中国画不似西洋画那样将画面以色彩填满，光线若晨曦如夕照，终是色彩和技巧的实迹，伦勃朗神奇的"金色"是笔笔落实的技巧的胜利，而齐白石不摹水波，笔下的墨虾却如游于清流，几笔水草好似"软泥上的青荇，油油的在水底招摇"（徐志摩）。所谓欣赏中国艺术，看是其一，想象和感受"所看"背后的，或方可体味其中的韵味。好比琴声无形，"流水乎汤汤，高山之巍巍"依旧使听者切切。在"希声""无形"中，我们感受着宇宙间荡漾的生命之气。

园林的留白韵事莫过于漏窗的表现。中国园林向来追求虚实结合，通过借景、隔景、引景、泄景等方法，在方圆之间铺陈出大千山林。既隔又引的"漏窗"不啻点染了园林的空间美感。漏窗多有梅花、拐子、冰纹、几何等各种古典图案，如此，虚空的窗外有暗香浮动疏竹摇曳，窗内或长廊回旋或湖水碧波或小院别抱，两个空间似断实续，有流动之气经漏窗而充盈。就仿佛中国的真山水和画作中常常有亭翼然，并非作什么实用的空间，而以小亭之虚空吐纳山川之精气，是"亭下不逢人，夕阳澹秋影"（倪云林），是唯道集虚，以空来张扬高远的想象。仿佛京剧里那个简单至极的舞台，唯一案一椅一空地，千军万马可以走过，洞房花烛已经点燃，长亭相送十八里别过……舞台是实体，也是虚拟和想象的存在。好比那案可以是饭桌，可以是公案，有可以作祭坛；而京剧中开门并无门，骑马不见马，以一种言外之旨想象和丰富了艺术魅力。京剧的这种艺术范式，恰如书法之"飞白"，绘画之"留白"，园林之漏窗，等等，正如刘勰所云"思表纤旨，文外曲致，言所不追，笔固知止"（《文心雕龙》）。

　　觉得这种以空为实的艺术追求使中国传统文化涵泳着一种开放的飞扬的精神，而非人们所想象的那种对应农业文明的文化的封闭和凝滞。以虚映实，以少带多，以一种局部传递大千神韵，以空白处激发观赏者的思维活力和想象力，应该说是艺术的一种高境界。在西方艺术家中，有些其实也一直在追求着这种"不著一词尽得风流"的境界。比如蒙德里安，他以简单的十字交叉来表达世界，在垂直和水平中，画家找到并表现着他心目中的宇宙的永恒和本质。也许这和中国艺术的留白意蕴不一样，但我觉得在艺术精义上相仿佛，蒙德里安其实也是在借助至简的线条最少的空间，渴望抵达事物的真谛。艺术境界的追求东西方的出发点并不相同，但归途应该有其一致性，那就是期望到达了解自然宇宙人间的广阔的境界。

老子说"见素抱朴"，所谓绚烂归于平淡，好的艺术真是不需要多费口舌，或者充满花哨的笔墨，重要的是气息的流动，也许你看不见，却时时回荡你的心间，"是有真宰，与之沉浮"（司空图《诗品》），这韵味"穷元妙于意表，合神变乎天机"（唐·张彦远论画语），这韵味也化为中国艺术生生不息的元息，沉淀于我们的血脉，融化为我们的审美底蕴，仰观宇宙天地，俯视人间性灵，"此中有真意，欲辩已忘言！"

2003年

别了兰竹，别了松月

国画看了不算累累，但看久了，还是有了一些体贴，慢慢地竟生出几许伤情，倒也不是哀，实在是怅惘罢。

难怪现代人不大喜欢看——国宝展的轰动别有宣传之功，不能都作数的，古画里的那些略略程式化的情景，那些文人的生态，都是旧日红了。

比如在画里面，文人总是喜欢坐在松下听泉观月的，眼前的山或高峻或秀丽，左面大多一注飞瀑流泻，且山径蜿蜒于苍茫，出没在云雾缥缈处。而文人的身后，是一定要有童子的，大多抱一张古琴，等着文人兴起操缦一曲。古琴乃"琴棋书画"之首，当然是文人修身之道器，是要随身携带的，在山水云气里弹一曲《潇湘水云》，就好像山水是红颜知己一样。

同类型的，应该是樵下听琴，林间听泉，隐喻着伯牙子期"高山流水"的知音典故，当然他们不会真做了樵夫，是喜欢那种行走山林通脱潇洒的姿态吧。

特有的植物，寓意的典故，画家们反复地皴擦敷彩，代代承传，已然化成中国画的基因。以岣石衬托的兰竹，寄托了多少代文人高洁心志。傲霜之梅，而立轴而册页，几朝几代的文人为之浮动心曲。柳烟荷影，或侧身山水，或亭亭独立，春情夏意，失意畅达，多少徘徊在其中。至于芭蕉苍苔，平常之物，已然怡然田园的小令。仿佛屈原"朝饮木兰之坠露兮，夕餐秋菊之落英"之香草美人的意象传统，这些意象仿佛具有了"能指"，是有性格情感的，仿佛传统文人志向、情操的外化。隐逸山林，归园田居向来是传统文人在读书做官之主流评价系统之外的一种心志寄托，属于另一种价值体系，而后者似乎更加合乎文人心意，无论是得意时的游山玩水，还是失意时的湖沼林间，或者特殊情境下的主动选择，兰竹松月，山涧林涛，从来都是士人的栖居理想，或者想象家园。如马远的《春行山径图》传达的士人与野花与蝴蝶共享春意的意境。

那些隐喻性的人物／典故，自然也是文人喜欢描摹的画题。出现得最多的该是魏晋六朝人物，那种洒脱不羁、回归田园的风范是文人心向往之的境界，历朝历代的文人前赴后继地描画，是文人画中的"日常行为"。

比如《世说新语》中"雪夜访戴"的故事，说的是居绍兴的王子猷雪夜眠觉,一时兴起,想起戴安道,乘船去剡溪看望,却造门不入而返,所谓"乘兴而行,兴尽而返,何必见戴",不管后人如何研究王子猷其实与戴安道并不熟稔,王此举有故作潇洒博得美名之嫌,等等,但如此任诞洒脱之佳话,还是为文人所推崇。于是,黄公望画过《剡溪访戴图》,同是元代画家的张渥也画过《雪夜访戴图》,一个朝代的不约而同似乎并不存在内容重复之虞,明朝钱塘人夏葵也有一幅《雪夜访戴图》,画名也起得一样,足以见此故事实在已是一种象征。

而陶渊明的辞官归隐,向来在文人心目中的分量更重。宋末元初钱选的《归去来辞图》,朝代更替中不仕的钱选以浅渚绿岸的柳树和归舟,期望效法"五柳先生"不为物役的闲适。明朝文人画得似乎更多,杜堇有《陶潜吟诗图》,策杖吟诗于老松下的陶公放逸自适,仿佛中国文人的"形象代表"。陈老莲的《归去来辞图》,是听说朋友做了清代的官,特意画的,实在是一番苦心寄陶公。王世昌的《桃源行图》,乃作者七十所作,突出远离尘世之世外桃源景象。清代的石涛《桃源图》苍翠繁盛,峥嵘山岩和一叶扁舟,仿佛如见渔人从小径而入,忽然豁然开朗见"黄发垂髫,并怡然之乐"时的欢喜。多少楼台烟雨中,多少丹青山水间,传世的如此,埋名的想来亦如是，陶渊明不是一个具体的人物了，他是文人们济苍生之外一个可以去的地方，可以吟唱的情怀。哪怕践行困难，毕竟"舍"是不容易的，但终是有了精神归园。

如是，传统绘画是分外表意的，花草、兰竹、松石、水云，在在为画家意象里的景致，即使住在山里的画家，当然画的也是他情感里的山水了。于是，古画的飘逸气息让人沉醉，可是绘画元素的相似，加之中国绘画过于讲究师承，常常就让人觉得似曾相识了，如果画家没有几手自成一家的笔墨、构图，那真的仿佛淹没于宣纸山水的黄昏了。

有时候看今人画的国画，是雪梅凌霜，是秋菊高洁，是竹石耿直，笔墨也浓淡相宜，笔法也遒劲也轻灵，可总是很少能感到一种生动之气，看到的似乎是《芥子园画谱》的"博士后"版。或许是少了几许真胸臆吧，即使兰竹，也沦为平常物事了。这些意象种在今天的土壤中，实在有点勉为其难了。山不是那山，水不是那水，人心自是写满当下心事，即便月亮依然，孤松何处，何况独倚？所以，水墨还在，元素已变，写意的或是又一种生态了。

2003年古琴"申遗"成功，令爱琴人踊跃，习琴者越来越多，当使古老的"九霄环珮"绵延常青。不过，滋养琴棋书画的生态环境已经式微，现代的古琴尽管一样弹着"高山流水"，流淌着"潇湘水云"，承传的实在已是两番情志了。碧山不见，唯有高楼；霜钟难闻，车流滚滚；流水尚在，松声绝响。古琴当然亦非轻微淡远之一种，"胡笳""广陵"的激越如临耳畔，只是内心的倾听、情志的寄托乃琴之主调，好像太极拳可以比赛，可以授业，宗旨当还原于健身修心。或许，当细腻从容的审美郁郁葱葱，当想象虚白的思绪缥缈现代丛林，我们的琴音或更加内在，而非单单音符的连缀。

竹影松月的具象生态或许不再，托寄的内心生态是否安在？哪怕不再依依地梅兰竹菊，总是有一个拈香一笑的地方；哪怕总是泼墨了霓虹闪烁，那颗心是饱满了眷眷的沉着。于是，不必了清代"四王"那样画必言"仿古"，非此无来头的样子；也不必了非兰草不高洁的程式，如果缺少真情，只是虚空；笔墨的深情落脚在深情，意象的情感扣住的还是情感。

兰竹松月，从来没有别过我们。别的只是我们自己的心。

2003年

看琴

曾经在微博上看到有专事操缦斫琴的博友晒出刚斫好的古琴毛坯，扁蕉叶款，说是老杉木所制，尚未上漆，淡淡木色，柔柔蕉卷，初冬阳光里淡淡然。亦似安静地等待着一遍遍髹漆而华丽转身，发出宁静致远的琴音。

在中国乐器中，古琴的声音是特别的，不似二胡如泣如诉，却比之委婉缠绵，是那种回旋往复的缠绵，有点心痛；不如古筝响亮欢快，演奏效果立竿见影，却平和沉稳，有一种往心里去的吟哦；也不像琵琶那么锋芒毕露，大珠小珠落玉盘式的直截了然。古琴是细腻含蓄的，吟揉绰注的指法不动声色地控制着轻重缓急。这样的声音决定了它不宜作合奏乐器，适独奏。能与古琴相和的，唯有箫了，箫的幽怨迷离和琴的古雅通脱糅成林下之风，超脱现实之境，说起来这也正是古琴之于传统文人们的迷情。

大概是在20世纪90年代中期的样子吧，突然就喜欢上了古琴曲。古琴是在读大学时就略知一二的，林黛玉的瑶琴，诸葛亮的城头抚琴，宋徽宗的《听琴图》，操缦或听琴是古代文人墨客修身养性心情寄托之文化传统，所以琴棋书画之"琴"为首也。渐渐地，觉得听不过瘾了，想着也能动动手就好了。于是，20世纪90年代后期就跟了音乐学院退休的琴家学琴，虽然毫无音乐基础，耳音也不甚灵敏，自嘲五音不全，但笨鸟先飞式的学下来，时而也能抚琴一曲做一回票友。但，古琴入门或许倒也不太难，若要精深则需一辈子的修行，技巧和诗外功夫两样缺一不可。后来居所迁远了，渐渐不去老师家回课了，琴少弹了，手也生了起来。不过，安慰自己本不是要做琴人，弹得不好，听听琴曲也是好，仿若虚空里勾剔抹挑声声落实。渐渐地，我发现即便不听不弹，只是看琴，看一张古琴安静地卧于琴桌或挂置墙头，也生欢喜心，古琴的声音一样袅绕地升起，仿佛人与之贴合着，回旋往复。

生漆与鹿角霜粉调和髹成的琴身通体光润，13个或螺钿或玉石的徽位隐隐闪烁，配合褐黑交错的颜色和修丽线条，若澄净似水的处子，似淡定从容的道人。目光摩挲，经久耐看。

家有琴两张，一为仲尼式，一乃蕉叶式。均为20世纪90年代入手。

仲尼式是古琴常见式样，长约120厘米，宽20厘米，厚6厘米。蕉叶式与仲尼式大致相仿，只是琴身边沿婉转如芭蕉叶，故名。手头的这张仲尼式是西安斫琴家李明忠先生所制，从林先生处购得，龙池凤沼内有碎木片拼接痕迹，林先生说此为百衲琴。不过，后来看琴史资料，这样的应该只是局部"百衲"罢了。说起百衲琴的创始，史称发生在唐代，有出自雷威和李勉两种说法。雷威是四川斫琴高手，得名于盛唐之世。李勉是安史之乱跟随太子即位于灵武的宗亲之一，他本来生活在长安，也是一位古琴家，后来经肃宗、代宗朝，官至宰相。善制琴。《历代名画记》说："公手斫雅琴，尤佳者曰响泉、曰韵磬"。《琴史》载："勉有所自制，天下以为宝，乐家传响泉、韵磬皆勉所爱者。或云，其造琴，新旧桐材扣之合律者，裁而胶缀之，号百衲琴，其响泉韵磬，弦一上十年不断，其制器可谓臻妙，非达于琴者，孰能与于此乎。"

话说真正的传世百衲琴屈指可数，我这张今人所制的琴局部百衲，想来也就是个意思了。好的琴，还在于音色如何。当然，采用木材的讲究也是音色之好坏的重要因素。琴面通常以桐木、杉木等松质木料为之；琴底呢，则常以梓木等硬木所制，以利音响反射。弹琴的做琴的均言以老木材斫琴为佳。手头的这款仲尼琴，琴音比较清，有泠泠之感，尾韵细腻，弹《梅花三弄》《平沙落雁》感觉很轻灵细致。

自家案几上的蕉叶式古琴

　　蕉叶式的则是隔了几年所购，也是从林先生处买的，依然是李明忠先生所斫。起因于一次在林先生家上课，看到他用来上课的琴换了，换了张宽展的蕉叶琴，髹漆比仲尼式的要深，光泽仿若牛角。散音浑厚朴质，回音很长很厚；按音则浑朴里带出细腻，心头不由喜爱。不想，林先生说此琴已被人订购啦，如果要买，得等过一阵西安那边送琴过来。好吧，那就等吧。当然是等来了，只是蕉叶略微窄了些，试了试音，也还浑厚宽阔，就是它了。一直喜欢蕉叶式边沿的柔婉，比仲尼式的中规中矩多了些小小的妩媚，但亦然清雅。

果然，"蕉叶"比"仲尼"的音质更适合弹《普庵咒》《阳关三叠》这些风格的曲子，《普庵咒》的浑朴淡然由这张"蕉叶"来表现真是空阔不少。还有《忆故人》中开头部分的揉弦，那种回忆思念的深情让"蕉叶"来传达，手指在琴弦亦如吟揉在心头，寸寸的思念哪。由此，心念起来，弹得多的是"蕉叶"。平日里即便不弹，也是"蕉叶"卧在琴桌上。

买过一本《古琴荟珍》，是香港琴人沈兴顺先生所藏的百张古琴珍品"砚琴斋宋元明清古琴展"之荟萃，形制，色泽，腹纹，雁足的材质，题款等，令人流连。虽无缘亲见，从图片所观，已然欣悦。尝在沪上琴人家看到过宋明清时期的古琴，体轻，音明而厚，余韵长，琴面经过修缮，冰裂纹牛毛段等"断纹"亦隐现可见。多年前有幸在一张清朝琴上弹过"平沙落雁"，那是在林先生家。那次林先生兴致好，取下墙上的清朝琴，弹将起来，也放手让我过过瘾。也奇怪，平日里不够松弛的手指在老琴上不由自主就放松了，尤其大指和无名指的揉吟沉着细腻不少，而且整个人也慢慢放松了，虽未及"声如钟，人如松"的师训，却也感觉一下子接近许多。莫非几代人的"勾剔抹挑"，几代人的琴心琴意已凝成琴魂，以助后人？

现在我们可以在博物馆见到的最早的古琴是唐琴。唐朝以前的古琴面貌如何，目前暂无传世真品可见。唯于一些考古所得和现存古画中略窥一二。如 1978 年出土的湖北随县战国曾侯乙墓十弦琴；1973 年出土的湖南长沙马王堆西汉墓之七弦琴；以及 1993 年出土的湖北荆门市郭店村战国墓之七弦琴，这些出土琴是否为早期古琴琴貌，还尚未定论，现暂称之为类琴乐器或琴属乐器。

犹如唐诗唐三彩唐仕女画的飞扬端丽，古琴的天地一样灿烂无比。唐朝的传世琴样就有伏羲、神农、凤势、连珠、师旷、子期及唐末始现的仲尼式等。造型亦呈唐朗然雍容气象，浑圆，丰腴，晚唐时虽浑厚渐逊，圆则依然。盛唐的"九霄环珮"琴和晚唐的"独幽"琴我们还是可以通过图片一亲芳泽。说是 2012 年 10 月 11 日开展的上海国际乐器展，本来有计划展出"九霄环珮"琴，主办方为此购买了高额保险。报道说开幕前一日李祥霆先生抱着这张最古老的古琴到展会一看，认为不宜展出，因为人流多，声音杂，实在不宜让"九霄环珮"置身于此。其实也无妨，有机会到博物馆去看"九霄环珮"吧。

"唐圆宋扁"，宋琴看上去比较苗条，清瘦些，风格感觉若南宋"玉壶冰"和"海月清辉"的琴名，是清微淡远的味道。

元代的琴多见小巧的仲尼式，传世"清籁"琴背面小篆

楷书篆刻，琴轸雁足皆
玉制，玲珑匀细之感。

　　因元代历史较短，
制琴之风盛在明朝。也
因此，明琴多有传世，
现今亦可觅到。明琴式
样在以往基础上有新的
创制，如"洛象"琴，
"飞瀑连珠"等。

　　到了清朝，弹琴风
气甚，无论帝王公卿，

古琴·唐琴（九霄环佩）

还是布衣隐逸，凡嗜琴者又多有搜集古琴的雅好，有的琴家
甚至躬亲挥斧延工绳墨自己制琴，加之清朝刊行的琴谱之多
超过前代，所以，清琴流传至今的数量较多。清琴式样秉承
明末遗风，不失规矩，时有创新。自资料而知，晚清近代的
思想家、"戊戌六君子"之一的谭嗣同还斫有题为"残雷"的
落霞式古琴传世。

　　传世古琴大多于底板镌有铭文，有琴名，如"鸣泉""雪
涛""悬崖飞瀑""戛玉"等等。有题诗，明正德年间的"天
风环珮"琴，龙池左右侧刻行书："风月弄吟昭性乐，形神和

畅养天真"。有的琴腹里面铭有款识。铭文真草隶篆都有。一张好琴，如一幅中国画，笔墨是一，诗书印断不可缺，如此浑然一体，方为欣赏整体。而有的古琴，还于琴底精雕细刻花鸟人物，如"金银平纹琴"，添古琴富丽于浑朴之外。有的则在焦尾雕刻花卉图案以装饰。

篆刻雕饰，一般多见于古代传世之琴。感觉古人是将古琴当作一件艺术品来对待的，而非一般乐器，仿如绘画书法，更是作为一种心情的寄托，一种情趣的投射。相比较，今人所制古琴就比较单调了，连基本的款识都没有，即使为名家所制，是否因为批量生产的商业化所致？至于铭文，那就要看你的情致了。好像读书人书房的斋名，浓淡素艳随自己所好，当然要在梓木或杉木的琴底雕镌，无上乘的书印和木雕功夫恐难为。

明人有小诗："一琴几上闲，数竹窗外碧。帘户寂无人，春风自吹入。"

纵然窗外高楼林立，市声嘈杂，看几上一张古琴恬然安宁地静卧着，或许也不必一定松涛山涧流的想象，心头安然就好。

2012年修改旧稿

琴曲笔记

忆故人

在注、猱、揉、吟中，七弦琴在手指下似乎呜咽起来，像是一缕似断似续的烟，想要连在一起，但其实已不能，它们无望地上升，企望在上升中再续前缘。故人慢慢地走进琴声，那是我的故人，还是古人的故人？琴弦吟哦着，颤动着，我感觉我的心有一点怅惘，然而终究是空落落的。

没有了山阻水隔，无须了鸿雁传书，看淡了心心相印，羞惭于思念深情，我们不需要在月明星稀的夜晚思念故人，也不必款款情深地怀念故人，也许我们也没什么故人了，故人如空气散向四方，再见面都是新人了；而今人很快地又成了故人，消失在城市的皱褶里。我们的回忆不再是一条河，只有一些碎片，偶尔泛起在日子与日子的空隙。那些碎片上，有我们自己的气息。可是，那是自己吗？连我们自己也成了自己的故人。

每一次弹《忆故人》，心很平静，却总像凝聚成了一个点，在这个点上，我能感到一种尖锐的痛，好像弹的不是古琴曲，而是一些已经不太去拨动的旧日，以及旧日里的伤情。当像心碎的柔波一样的散板开始在指下抚出，当最后一个泛音留下一种远望般的凝视，我觉得回望的渴望，也许不一定是灞桥作别，亦非折柳送行，只是一种弥漫在空气里的气息，有茶香，有酒意，有情愫，还有一种依依的伤感。在以后某一个雨夜无眠的时空里突然就被这种气息包裹。

故人似乎还是有的，只是没有回忆的心情，就像回忆自己也被看作了虚妄。没什么好忆的了，什么都放在了你眼前，回忆的能力渐渐随波逐流。如果不是古曲还在那里告诉我们那些情切切的低吟，如果不是手指还能与琴弦亲近，心会慢慢地习惯于那种空茫的痛吧。

平沙落雁

想一想，已经有多久没有见过大雁了——或者燕子，其实都一样。似乎还是少年时在城市郊区见过它们飞翔的姿势，那个时候，家的附近有田野和池塘，春天我和外婆去田埂挖马兰头和野荠菜，有时候就见到一尾尾的鸟飞过来飞过去，鸟语啾啾，蛙鸣河塘，夕阳时分的田野总是一张安静的脸和跳动的心。

　　倒是没有看到过雁落平沙的情景，在《诗经》唐诗宋词里当然是有的，蒹葭苍苍间一定有平沙可以落雁，江枫渔火中也会有雁归家。所以，传说"平沙落雁"的作者有唐代陈子昂、宋代毛敏仲、也有明代朱权，乐谱则始见于明朝。有什么关系呢？在那些个时代，当然有平沙，也当然有落雁。看着河边芦苇次第枯黄，看着沙洲水渚慢慢变干，看着落日掉在河水中等待日暮，琴声响起，好像是感伤，好像是欣赏，也好像是份清宁。雁翅降落了降落了，忽而又在空中盘旋一下，沙洲的感觉是平静的，它早已准备好了，从春天开始就已经在等待了。翅膀收起来了，雁戛然而止。琴声亦伏，瞬间，再次响起的就是雁舞平沙了。看痴的人不愿惊动它们，缓身离去。琴声中的痴情却是浸润到了今天。可是，看不到平沙落雁的我们又怎能有一分痴与琴弦肌肤相亲？我们在语词记忆的深处洄游，想象着有一羽或一群雁或其他，翩然而至，然而它们的身影总那么模糊，渐淡渐远。琴声停止了，雁似乎就落在了古琴上。很快地隐没。

　　不是为了寻找平沙和落雁，我把这样的想象作为一种抚慰。也许在遥遥不知所处的地方，想象就是实景；但也许当我一旦到达，想象依旧是想象。我想在网络的时代中大雁也许就在三维动画的水云间南飞，凝视着它们生动的翅膀，看着河岸的芦苇和沙洲在屏幕里生长，我想那些许多许多年前赏雁的人也许会变成一头呆鹅。只是终究感觉不到那种深情一腔，即使有，夫复曷寄？

郊区的傍晚还时有归鸟相聚喳喳，它们在桂树和柳树间欢跳，在屋顶和阳台上下腾跃，这时候弹"平沙落雁"是不是也恰好？

流水

这个千古以来家喻户晓的知音故事的开头并不那么情谊深长，士大夫阶层的俞伯牙以为他弹奏的《高山流水》是难为人理解的，不期在山林间竟为樵夫钟子期探得奥妙，"巍巍乎志在高山，洋洋乎志在流水"，于是，原对子期不理不睬的高傲的伯牙与子期以知音相称。

其实，子期要做其知音并不难，《流水》中一串串古琴绰注滚拂指法，气势奔腾激荡，晶莹剔透，动感十足，只要你对潺潺流水有体验和感觉，还有那种湿濡濡的回忆。伯牙实在也不必摆什么阳春白雪的架子。云深不知处，人家翠微间。

不过，《流水》确乎是不容易弹的，大自然的澎湃激情非有多年的琴技积累不能去传达。从未有过任何停留的流水怎容得你干涩凝滞，它要的是一气呵成，充盈饱满，气韵生动。像荆浩的山水，山峦浑厚，烟树带风；亦如黄公望的富春江图卷，山水相依，绵延不断，缠绵至远，却是一波又一波的宁静。如果，你去了一处远离大城市的山野，涓涓小溪也许也有了点流水的意境，只是水上生生地漂着一只易拉罐或塑料袋，水边不远却又是吵吵嚷嚷的喧闹，罢了，你想风雅一回知音似乎也是做作和枉然。那种波动着的心情就按了下去，说出来仿佛是一种自嘲。

古人是有福的吧，当然他们享受不到标准房服务，享受不到现代通信的便捷，享受不到一日千里来回的潇洒，可是，他们有流水和心情的纠缠，有高山和志趣的私语，有一路山涧一路歌的放任。伯牙实在是孤陋呵，离开了庙宇高堂，山间乡野不知有多少个子期懂得高山流水，农耕樵作之余听得闲云幽兰之音。

今人的感觉基因似乎迟钝了，感官的触角倒是敏锐异常，只是需要的刺激不断加码，敏锐变成了木然。

当感官越来越需要强大的能量才能激活时，也许该激活的倒是感觉的基因了。坐10分钟聆听《流水》。知音之类的还是忘了吧。

2001年

扬州慢

扬州竟然还存着野趣，这是我去扬州前没有预想到的。从御码头下湖，水道若扬州的瘦巷，由船而视，柳桃夹岸，顺水蜿蜒，"瘦巷"豁然开朗，水中点缀小汀洲，有人凝然垂钓，望去仿佛迷蒙之境，人工种植的芭蕉杨柳和野生的草卉夹杂，驳岸不见水泥生制，软泥依水，蓬勃一片青绿的野草，是西湖太湖不曾见过的情景。其实，岸上即是车流人行的城市，河上的桥也就是通衢，可是，河道竟然杂花生树野趣横生。这份野趣要过了瘦西湖主景区才续上，那已是接近平山堂了，好似尾声的袅绕，瘦西湖抱歉着风景区不能免俗的嘈杂，终究给了人完整的念想。

扬州的巷子却是俗趣盎然的。除去新城区不说，老城的巷子照例也是瘦，瘦也瘦得各自曼妙，有的是细劲，笔直的一透到底；有的是如水盘纡，拐个小弯一个老井台，转个身几户人家，一路下来，起始与终点隔着一段红绸舞；有的却瘦中有腴，不喜骨感，但要匀称，并行三人是没有问题的。

瘦西湖一景

这样的巷子边上常开着小店，烟杂店、菜铺、点心店，冷不丁还有大户人家的几进院落，比如"汪氏小苑"，如此巷子就添了几分热闹，候客的黄包车、挂相机的游人和卖水果的贩子、提着菜篮子回家的扬州人来来往往。无一例外的是，瘦的巷子不仅走人，还行车。中午时分，骑单车的中学生蜂拥巷子，贴着墙避让，只见他们一路铃声绝巷而去；或回家或路过的摩托车手已然灵活驰行，仿佛老巷一如高速公路。巷子人家已然习惯的，有的男子还在门口修摩托，老妇照样拣菜烧饭。好在扬州的老巷子是修缮过的，青石板齐整，就希望它们身子骨够坚实，否则如何经得起。

老巷的人真的非常"扬州"，就是那种平常生活仔细过的味道，仿佛"大煮干丝"那样，分量足，内容多，东西平常味道鲜美，佐酒下饭两相宜。去问路，一位老太太怕说不清楚，站起来拿身子比划，这么走那么走，再转弯，手脚并用表方向，就恨不得亲自带路了，旁边的人说坐车算了，看老太太一瞥嘴：你不晓得的，人家就是要走走逛逛嘛。说着对着我们很懂人心思的一笑。

去巷子里的朱自清纪念馆，门关上了，那个中年男人正戴摩托帽，见了，立马脱了帽子，重新开门，陪着一起参观，前院侧院，细细看，且交谈且解说，是希望外乡人一起为家乡自豪的情感，而不仅仅是一个旅游点工作人员而已。锁门的时候他说欢迎下次再来。

扬州的趣味或许还在它的小，游瘦西湖，去个园，看史可法和扬州八怪，在富春茶楼吃三丁包，所有这些地方都不需坐车的，拿张地图，在老巷子新马路穿来穿去，步行是足可以承受的。这种小却又透着清朗，且时常给你一些属于扬州的惊喜，比如找到了老字号"谢馥春"，干脆买点零拷的胎盘霜回去搽手，重温少年时去百货店零买雪花膏的喜悦；比如拍一下"饮食协会"和"沐浴协会"两张牌子紧挨而挂

扬州小巷

的机构大门，仿佛闻到热气腾腾的扬州烟火气；再比如，在民族英雄史可法纪念馆后院惊喜地发现了1912年广陵琴派梅花岭雅集的照片，看到前辈琴家刘少椿携古琴与友共游瘦西湖的留影，和1937年出版的最早的《今虞琴刊》，仿佛忝为今生的琴社会员找到了前世，实在感受到这个城市的蕴藉和风华。走来走去的，就又走回了文昌阁，又见那家吃过两次"大煮干丝"的饭店，从扬州农村来的女孩子仿佛招待邻家客人似的微笑着。

　　沿着古运河叫车去汽车站，那位女司机热情地给异乡人讲述自己从南方闯荡归来的经历，说，还是家乡好。很想问，是家乡的桃红柳绿，还是家乡的悠闲平实。可惜已经到站。下车，买来牛皮糖吃，发现这是形容扬州恰当的"象征"，软中带韧，甜而不腻，淡淡桂花香飘出几缕芝麻味，配上扬州的"魁龙珠"茶，既不是什么御制贡品，也非富贵精雅之物，是人人皆可享的，耐咀耐泡，回味自在唇齿。仿佛瘦西湖边的桃柳夹岸，灼灼依依的风情全占了，却不是玫瑰橡树的古典油画，是春光一现的粉彩，就是艳，也是繁花烂漫，不会独立吹雪，于是，骨子里非常的家常。

　　这个城市就是这样。尽管杜牧"二十四桥明月夜"上的"玉人箫声"早已吹成一阙扬州古今的风雅慢。

2003年

山格

　　当双足期望与泥土和腐叶约会，当五官想念山岚烟霭，渴望连天的云头和山峰，我知道要去看山了。不是山在召唤，山在那里，不为人所动，那是身心的情不自禁，是一腔绵长的慕山情。

　　看过北岳南山，看过高原缓坡，还是看不厌山。

　　山，是有山格的。看山，好比对话贤人睿者，感受分殊性情，体验千万年奔涌而成的自然之势，走在山里，就仿佛走在上苍无意无为的表情姿态间，每一个山口，每一峦山头，每一壑沟谷，层林和丛树，都是山格化的表达，山的思想山的感觉山的风致，就在人走进山、山包容了人的天地群山里，如风，呼啸，翻卷，轻飏。

　　南方的山总体是比较性情温和的，低低缓缓的，在平原和平原之间铺陈，常常是渐渐地引领平原往高处走，竟是让人没察觉的，那山是安静地镶嵌在平原的，就像是特地来鼓荡起平原的高远之气的。不过，只要走进了山林，南方的山

· 307 ·

自然也是曲折多姿，峻岭深壑的，好比一个玲珑秀气的人内心深处也不无狂野不羁之气的。比如黄山天都峰的险峻，雁荡山的壁立灵岩，只是狂野终究为灵秀所收复，在山的内部奔突凸致罢，或者幻化为悬崖上的虬松，或显身成深潭之侧飞悬的瀑布，或有意要张扬个性似的窄成"一线天"，让老天也殷勤款款地送光进来。狂野的心在南方的山中，还是繁密成了林木花卉，以及低低地开着小花的野草，在露珠和雨水中，浸润、潮湿、滋滋地生长。

高原和牧人

当然山总是山，好比再温良的人也会发脾气，南方的山里不是没有险象环生的，只是植被丰沛，海拔不高，恰如其分的云彩当山绕，使南方的山看上去似乎总是微笑着，仿佛有些沧桑不失妩媚，有些经历不失纯真，有些历练不失天真的女子安然地过着家常的日子。

北方的山是体格健硕的，非局部饱满，乃轰隆隆地奔涌，站在山腰，无边无际的山体唯与云接壤，远望去，山头如暄暄的高庄馒头，铺陈开来。风卷过，眼睛里的山头恍然动跃，让我想起毕加索笔下体量粗壮硕硕然的《奔跑的裸女》。那次在长白山看山，上天池的路上，广大健壮的山一派朗朗然于眼前展开时，唯有一声亮堂悠长的啸才当得起这份回音。

北方的山犹如荆浩的《匡卢图》，一列一列地陡直着，纹路如斧印分明，像罗中立《父亲》脸上的皱纹，犹如关仝的山水，山在寒风薄云里峻冷地挺立着，身上的树枯着枝桠相依相伴。不过，北方的山也非毫无滋媚之姿，春夏山里的野花能把人看化掉的。曾经在长白山的西坡踏着乱石山径漫行，一甸子一甸子的野花没到腰际，妖娆泼辣，恣意地疯长，哪里输了江南的桃红柳绿！

可是，怎么才能说说西部的山呢，高原整体烘托了它们，只要翻越了蜀中大雪山山脉，西部的山都是山之山、峰之峰。人、集镇、城市，所有的海拔陡然提升了。人在山里走，过不完的山口，看不完的山。那山有草木丰沛的，有零星地铺着野花的，有砾石涸然的，雪山处处，不再让平原人惊奇，山峰如前，却总也尽头难企。在高高的山口俯视，盘山路上车如蚁，可是，等待着的将是又一个山口。西部的山，大多很沉默很尊严，不怎么做表情欢迎你，但你还是要自作多情，看它们一身雪白的与蓝天依偎，看它们高傲岸然地让你恨不得再添个心脏好呼吸匀称，看它们莽莽然乱石无边让人如临月球火星，看它们白雪和林树和平共处，看它们在瞬间转换着雨雪霏霏和草野茵茵，看它们外表平静内里却轰轰烈烈地活动着，不知道哪天豪雨冲刷就所向披靡了……西部的山，末了竟将人看成了山。仿佛没了惊叹，只剩下寻常；没有了爆发的兴奋，唯存淡淡的欢喜和深深的敬畏，天荒地老也莫过如此吧。

山，可以踏实脚步，可以放达情怀，可以澄净心灵，可以高山流水，也不妨茅舍渔樵。无论何种山情山性，人到了山里，友草木，欢山湖，相与山气翠微，息游崇岭叠嶂，都是一样的，如一芥长在山里的草。

当然，山也无法流水千年依旧。开山筑路，劈山造房，挖山采石，不过，千疮百孔的山体却仍然朗然巍然，虽然有时咆哮山洪，怒火泥石流；松风涧水，还是琴瑟友人的。离不开城的人，于是一次次进山——人为之下森林缩小、雪线上移、方圆后退的山。人其实也明白，有山在，总还能"生物之以息相吹也"。

山无语，山无需多言，山的风流不必包装作秀，天然一副"酷"样，在那儿，就是好。

2005年

雀儿山的雪

　　出甘孜城的时候还是秋天的感觉，城外路边的青杨簌簌地飘下黄叶子，渐渐地，青杨零星于藏居和草坡之间，山峦是路边连绵的视界，冬的气息突然就到了，阴着脸的天豁然大笑，雪没头没脑地罩下来，很快我们就在雪山起伏中行驶了。

　　已经在发祥《格萨尔王》史诗的故里德格县境内了，过了马尼干戈——西藏、青海、四川三省交会的一个中转小镇，念起来像一片荒蛮里的温柔，提供燃料和饮食的食宿点，犹如苍莽中的"新龙门客栈"——雪依然不依不饶地洒落，待看到"新路海白鹿唇保护区"的牌子时，大地和山湖已然一幅黑白长卷，牦牛散落如山水画中的皴点，或密或疏，草坡浅渚，天地一色的银白里，过河的牦牛似乎于悠然中添了几分金戈铁马的苍茫之气。

　　是海拔 6168 米的雀儿山东麓，"爬上雀儿山，鞭子打着天"的山势到这里不那么壁立了，海拔也缓和了高耸，四周的山峰全部戴上了雪帽。沿一个缓坡走，挂满雪的云杉、冷杉间沙底红字的玛尼石层叠错落，渐次，玛尼石越来越大，"六字真言"也越写越磅礴，分不清眼前是天空，是雪，还是湖。新路海就背靠着山，面向草场和针叶林，在雪的缠绵中呈现。

新路海当然不是海，它其实是个冰蚀湖，湖水靠冰雪融水和天然降水补给，海拔 4040 米，藏语名"玉龙拉措"，就是"心倾神湖"的意思，相传藏族史诗《格萨尔王传》中英雄格萨尔的爱妃珠牧来到湖边，被此处湖光山色所吸引，徘徊湖边流连忘返，她那颗眷念美丽河山的心犹沉海底。后人为了纪念她，将湖取名为"玉龙拉措"。"新路海"据说乃当年川藏公路的筑路大军所命名。

雪突然就停了。湖水也似乎是凝固的，只有草和灌木在脚步下的细语，以及牦牛低头吃草的嚓嚓声，安静，天地的安静。天空的颜色慢慢清朗起来，云天不再一色，云带飘舞着从天上下来，绕在湖边山腰，山此时在雪白里泛出灰绿，是杉树模糊的丛丛，倒影入玉龙拉措的清澈水色，云不为人所注意地挪动着，低低地，低低地，似乎要与湖耳鬓厮磨，却又飘过去，与山缠绵。天地间是少有颜色的，只有雪色，雪中莹莹绿意的山湖之色，和倒映在湖中玛尼石上的六字真言，是岁月磨洗过的那种红色。大家看到这样的湖，似乎有些猝不及防。先前的大雪已经撩拨起了一路风尘的心，现在是感觉到了碰撞，为此翻山越原艰难呼吸的一整天几百公里的疲顿也似乎稍稍找到了释怀的理由。在刹那的停顿后，快门声不断响起。有人要与山湖合影，有人想跟玛尼石拍在一起，有人越过边缘的湖石，希望离湖近些，有人举着三脚架去寻找别致的视界。老蔡跪在地上取景，方先生忍着腿伤录像，大家好像都忘记了寒冷、辛苦、高原反应，忘记了来路翻过罗锅梁子山时的那份紧张——因为曾发生过抢劫案件——眼前是只有新路海的冰清玉洁了。

住在附近雪峰岩洞里闭关修炼的多加喇嘛陪伴新路海已经20多年了，他现今已50多岁，常年赤脚行走，寒冬不着鞋袜亦毫发不损。据说，若是运气好，还可在新路海边见到他，一个精神矍铄，曾磕长头以躯体丈量川藏公路去拉萨朝圣的人。看眼前水波不兴的湖，纯净从容的山，想从里面走出来的人会是何等的安然。不过，我并无邂逅多加喇嘛的奢望，多一些的逗留，或许就是一份感念了。在湖边慢慢地走，用力呼吸凛冽清冷的空气，感觉那股子气穿过鼻腔而下，而肺，而全身，由冷而热，渐渐地，有一种热力涌起来，好像要寻找表达的途径，最好是与新路海零距离，于是张开双臂，尽可能地张开，虽然不能拥抱眼前的宁静，可是非此没有其他更贴肤的方式。

总要回去，只是过客，踩着雀儿山的雪，我对自己说莫回头，呼吸了这里的空气已经满足。走进牦牛群听它们切切的吃草声，雪山雪地冰湖无声。

返沪后，我发现相机快门出了问题，无论康定、稻城，还是新都桥等地，都丢失许多影像，尤其新路海，损失惨重，仅留数得清的几张，这让我一下子回不过神来，连着几天不想去整理照片。可是，当再次在上海看到新春瑞雪，第一时间的联想还是雀儿山、新路海的雪，虽然城市的雪地不那么宁静，雪片也似乎是小了一圈，但竟然成了引子，想念仿佛是那一抹雀儿山间的云带，在高原和城市之间缥缈。

却发现雀儿山的雪，新路海的水，是印象最深的心影了。

面对自然，其实我们只能无言无影，即使在荒莽之处你留下了人迹，甚至不如那棵老树墩上的雪，虽然将要化去，却是与树与土地融为了一体。于是，能够想念，能够回味那种清冽之气，已是生命之滋养。

2004年2月

京都意象

　　《古都》起首，千重子望着狭窄院子里的大树，心里想："上边的紫花地丁和下边的可曾见过面？它们彼此相识吗？"仿佛梦示，天真怅惘的疑问里，少女千重子找寻自己生命来源的故事开始了。而来到京都——《古都》故事发生的地方，一间间挨着的两层房屋，木格子窗棂门扇，视线里山远远地就送了过来，杂货铺子和超市相邻，汽车销售店和瓷器小坊比肩，杂草在路边小阶生长，却干净得仿佛小窗明镜才梳洗，似乎亦然要问：这个地方可曾来过？

　　自然，看到的不过是些表象，一瞥之下难以深究古都的人事，也无法了解古都人现在的心情。就权且摄几片意象吧，参差的信息究竟也还有些。

嵯峨野的竹薮

　　将至嵯峨野，下起了雨，不大，但湿了云层，迷蒙了山峦，路边的两家日式饭店竹篱石径深深，沉静里竟然皱了秘情。望近在眼前的岚山，果然"岚"气浓郁。

雨点却是很快停了，唯山气缭绕，苍翠互融，与周恩来总理的《雨中岚山》奇妙重叠，"潇潇雨，雾蒙浓，一线阳光穿云出"，谒罢伟人诗碑，阳光虽然没有穿云而出，然而山气渐散，山树如洗，苍者愈苍，翠色见嫩，山径沉着安然地延伸，似乎一定要让你幽深一下。

静得连空气都暗下来的山径那头，一大片竹林蒙蒙然在那里等待。竹林里分多条岔路，似乎是呼吸的通道，林子里密得连光线也要使劲才能钻进来，"筛月林"果真名副其实。曾经在以竹子见胜的莫干山流连两日，也行竹径，也听竹涛，也眺竹海，竹林却似乎还是清新流畅，竹梢摇曳得甚至要软下身段攀住对方，可嵯峨野的竹林却是密密地要将天空遮蔽，仿佛此处不容侵犯，乃竹子们傲然生长，涵泳竹气竹息的天地。漫步林道，原本轻阴薄雨的天气已然将竹林调低了亮度，满目皆是近乎玄色的绿，一路伴随，厚得让你似乎无法穿透，然而身体却是轻盈而过，清静无尘，说的就是这样的情境吧。

轻阴的光线里，路边窨井盖上的竹子纹样却也光泽可见，竹林间的一切仿佛都应和着空间里的湿润静气，"空翠湿人衣"，近看却是无。竹梢顶，光片成丝缕点针绣入竹林，目光也若绣针,穿梭至竹林深处,想那里应该还有千重子父亲在此隐居的尼姑庵吧,设计和服腰带的父亲年纪大了,感觉越来越没有灵感了,期望在清寂的尼姑庵里灵光闪烁。可是,事与愿违,父亲的心似乎越发地沉寂了,没有描画出一幅满意的抽象画纹样。

栖居在此,大概唯有将翠色织成一片无垢的空,才是灵魂的底色吧。

明信片上的竹林一色的翠,前景一枝紫荆探进来争当"红叶"配,一侧撑起一把长柄大红的纸伞,红桌布的桌面两方蓝花布垫,小提梁漆器,这时的竹林光线清灵起舞,仿佛要卷起满地的竹叶,上演一场安静却啸狂的竹祭。让我想起云门舞集的《竹梦》。舞蹈尾声,舞台上,绵软而气贯入注的身体一个个停止了,空气渐渐入定,箫声顿然吹响,缭绕而行。想象中,倘若此时此刻有一管箫,或者嵇康的琴,或者阮籍的啸,竹叶定然飘然而落,而逝,而飞,伸了伸腰,而眠。

前面渐渐亮起来,人影多起来,好比换了人间。野宫神社就在路口一侧,小小神社红纸灯笼、黑木牌坊密布,据说此处的月下老人盛名远播,一对花衣蓝条和服年轻男女携手而来,木屐踏阶而上,正是祇园节的日子,该是来祈祷幸福的吧。着深蓝传统服装的年轻男子伴着黄包车等在神社门口，期待你来一趟岚山徜徉。唯有此时，宁静的嵯峨山游才泛起俗常的颜色。

黄昏，雨后的渡月桥在烟灰的暮霭里笼上一层虚幻的意思，回想竹林的绿黯，林子外的人流屋舍，竟仿佛是特地为了林子而来所写下的人间注释。

清水坂的红伞

清水寺自是一例的热闹，耸立在悬崖上的木结构"舞台"走在上面不觉什么，换个角度望之，实在俨然壮观，巍巍乎，以至于日本因之而生出一句成语来："从清水的舞台上跳下去"，用来形容决然地去做某件事情，好比"不到黄河心不死"的意思。正殿前的音羽泉边，好多游人提着水勺续接清泉，清水寺因此泉之清而得名，喝一口清泉水，正是记住清水寺的恰当理由吧。

我对寺里游人乏见之处产生了兴趣，那些格子窗棂之后是什么呢。从进寺的台阶一路上来的时候，就注意到那位蓝衣白花的和服女子，轻移木屐，白棉线袜随着清水砖的台阶莲步而上，非莲步不可，和服的下摆端就是袅娜你的身姿。见她并不去游人密集之处，却是拐下另一处僻静台阶，是一个小偏殿，虽是碎步慢行，却也很快消失在一株绿树后，唯有石经幢和树留给了目光。

清水坂却是更让人流连忘返的地方。是京都老街，街两旁当然都是商店，卖点心、瓷器、工艺品，还有饭店食肆，可每家店都似乎是生活艺术品，色彩鲜艳而和谐，装饰简净而雅致，好比日式点心"和果子"，做得犹如艺术品，让人不忍下口，虽然漂亮透明的皮子里不过是些豆沙芝麻之类的馅，也不过清甜的滋味吧，但它赏心悦目地在那里，没法不让人感到楚楚可人。或许因了这样一份传统情调，调和了旅游区的热闹，清水坂并没有浓得化不开的腻情，两道麻织的帘子，一扇闭着的木门，几级粗石的台阶，一截红伞当门展的短巷子，适时地透着清新。

京都的雨总是不跟人说一声就扑到你跟前来，刚走进红伞的巷子，还在欣赏伞下铺着的红布桌和草垫子，雨就接踵而至。巷尾就是午餐的饭店，窗外一片灰瓦的传统屋顶，窗内则是玲珑剔透的和食。京都的豆腐就盛在白纸金属网碗里上来了，碗是坐在固体酒精燃火的容器上的，豆腐和白纸从容不迫地在火上徜徉，这个时候可能是纸最潇洒的时刻了，水火共容，那些卧在小葱针菇里的豆腐就如同最清明的见证。

和食是一样样东西，都小小的，干净的，托在同样情调感十足的瓷器里，有的还以提梁小竹篮盛之，分明性感，却朴素纯净，让人微微地体味着它，然后缠在心里，某一个以后的日子里再轻轻地回忆起来。

京都一景

吃饭的时候，侧对面一桌两位和服姑娘正聊得欢，一女绛底洒几叶稀疏的白点，灰蓝腰带，一女本白底子蓝色细条纹，夹杂几点绛色，绛色腰带，白服的女子热烈地看着手机，该是什么有趣的短信吧，见她且笑且读，乐不可支的样子，毫无清水寺见到的蓝底白花和服女子的矜持，就是城市女子和友人吃饭聊天的常情。和服在这里倒也并非仅是一个传统的符号，或者生硬的表演道具，却是恰如其分的节日休闲。

当然，传统也需要仪式来固定，餐后走出饭店，发现门口的红伞收了起来，想来雨中的纸伞是无法担当重任的，还是让它在爽朗的天色淋漓尽致了传统的视觉风格。

在京都，处处是传统，也处处是当下的城市生活。人们用着传统西阵织的名片夹手机袋，吃着制作工艺悠久的豆腐，坐新干线或者开小型轿车上高架，都是自然而然的事情。时光在延续，时光里的人事也在延续，好比嵯峨山的竹林，从来没有停止过拔节。

金阁寺：像一种存在

对沟口来说，金阁寺曾经"绝不是一种观念，而是一种物体。是一种尽管群山阻隔着我的眺望，但只要想看还是可以到那里去看的物体。美就是这样一种手可以触摸、眼可以清晰地映现的物体"。可是，当沟口可以天天看到金阁寺时，却一把火烧掉了它，美的物体的金阁寺却是他和现实之间的一种阻隔，破坏了他观念中的绝对的美。以三岛由纪夫的话来说："人类容易毁灭的形象，反而浮生出永生的幻想，而金阁坚固的美，却反而露出了毁灭的可能性。"

读了三岛由纪夫的小说《金阁寺》，金阁寺在我心中也仿佛不再是物体，而是观念，而且还是绝对的美的观念物。所以，当我手持写有"开运招福，家内安全"之祈福话的纸符，而非通常形制的门票走进鹿苑禅寺——即金阁寺时，感觉过分现实了。金阁寺入口的那扇竹门竟然真是一扇门吗？却是平静如常的日式庭院的入口。

进门，镜湖池上的金阁寺就不容分说地撞进眼睛，满目滴绿的夏日庭院，金箔贴就的金阁明亮如画，仿若虚幻。低的小荆棘，低的小草丛，低的石头，连靠近金阁的松树也修剪得低首徘徊的样子，全心全意地烘托着三层阁制的金阁寺，尖顶的金凤凰在午后的阳光里样子随便你用什么词形容吧，反正骄傲的凤凰怎么都当得起的意思。

当然，金阁寺非超现实的存在，它是1397年足利家族第三代将军义满作为别墅而修建的，本来名鹿苑寺——得名于释迦牟尼初次讲经的地名鹿野苑。义满死后被改为禅寺"菩提所"。其实，金阁寺是鹿苑寺的一部分，因供奉着释迦牟尼的舍利而著名。第一层是宫殿式建筑法水院。第二层是武士住宅样式的潮音洞。第三层是中国样式的究竟顶。第二层、第三层贴以纯金金箔，以示分外金碧辉煌。临湖而建，倒影若水中金焰。屋顶金凤凰更是光芒统领。

据说以金阁为中心的庭院表示极乐净土，极乐大概是不行的，极乐了或许就是极悲，好比美的象征的《金阁寺》竟然成为沟口和现实之间的障碍，似乎一火了断他才能喘口

金阁寺

气。不过，或许是隔湖相见，或许是一园绿中之纯粹金黄，绕湖而行的游人俗景似乎并没有惊动金阁，摒绝入内的金阁寺凝然超然的样子倒是确然的。

很多年以前读黑格尔美学，老黑的名言"美是理念的绝对显现"在其时虽然感觉奥义无限，也朦胧解之，终还是懵懂的，看美学书上一大堆诠释似乎还是惘然。倒觉得《金阁寺》的故事很是感性地诠释了。看起来，美还是需要载体啊。哪怕是观念的呈现。

金阁寺确实在 1950 年 7 月被寺庙的学徒纵火烧毁。1955年金阁寺重新修建。而三岛由纪夫的同名小说 1956 年问世，作家正是借了这个现实事件，来传达战后其关于人生和艺术的悲剧性关系的。现实中的金阁寺 1987 年又重新换了金箔，更加光彩照人，存在着它物质的美。1994 年获世界文化遗产之称。《金阁寺》成为三岛名作，仿佛物质的美、观念的美，各司其事，互相作为一种存在而依存。

对于我来说，看到了金阁寺，关于它的所有想象都不再神秘，金阁寺还原到它作为一座寺庙的本体上来。当然，金阁寺的凤凰依然仿佛是一种非现实的意蕴，可能这已与金阁无关。想象并非仅仅具象，某种如雾的气息依然飘荡。

从来，美都是如此的吧。我们如何能将之系于一物？

所以，我很现实地将那张门票——"金阁舍利殿御守护"带了回来，招福，平安，现实人生的基本愿念。

寺庙的人间。

桂离宫：苔藓，竹篱，枯山水

车子沿着桂川拐了一个弯，就看见了路边的竹叶墙，青绿洗眼，"这些竹子都是活的"，京都的司机很自豪，翠篱一路，确实清幽。继续蜿蜒，竹墙却变成了通常所见的那种。无论生长着的，还是已经枯萎了的，竹篱笆里面就是桂离宫。

桂离宫不售门票，参观前须预约登记，连翻译都不能入内。这番周折让桂离宫有些神秘。

桂离宫的大门却是简朴，两扇竹门而已，是竹篱笆的分号。仿佛不像一处皇家园林，然而即使不看门口的警卫，周遭的朴素宁静里自有一股森然透出。检查护照，在大厅等候，等参观时间段到了，始有专人带领一行游人，沿规定路线观赏。

桂离宫是皇家别墅园林，乃江户时期建筑，1620年破土动工，历时35年才完成。占地面积69000平方米，是典型的日本式庭院园林。满园的常绿植物，夹杂四季花卉，池塘汀洲，以土桥、石桥、板桥相渡，池塘中沙渚盆石，或以石灯石塔等日式园林小品点缀，或辟沙砾小滩延伸入水，围绕池塘的植物通常修剪若盆景，低矮玲珑，层次错落，衬托周围大树的高大苍翠，也愈显园林的精致修丽，看着一切随意自然，其实事事皆精心而为，哪怕小径边一领小小的茅亭，石桥沿口那几溜薄薄的苔藓——注意到苔藓底下串着细细的铁丝，想必是种植时设计好的生长路线。行走在沙石铺就的林中小路，如同与植物湖塘一起低回萦绕。如此林泉，倘若一定要风雅一番，唐诗里唯绝句情境合适，宋词里的婉约派也还配合，律诗之类的，显然太严整了，太叙事了，实在还是俳句最合适，短小、紧凑，青蛙入水声式的清幽刚刚好。

桂离宫除一片书院建筑外，几乎皆为茶室类风格的屋子，当然都是典型日式——木和纸的交缠。笑意轩、月波楼、松琴亭、赏花亭，等等，有的大些，内室外屋；有的小点，唯一室而已，但都有茶室，屋顶茅草，屋内竹木和纸，地铺草席榻榻米，推牖即是景，或杜鹃花开，或幽深林树，或向湖背阴，端的是个静字，无话可言，虽然七月的京都雨后颇有些闷热，可是桂离宫的空气却是绿的，汗水虽然也暗自滴答，或许也该染上了些草木之气吧。

看桂离宫，看的不是多少个景点，而是整体的庭院，不能说何处最胜，而是处处幽然，处处人工精致传递出来的自然，亦日式庭院的精华所在吧。不似中国园林的繁复多样，玲珑剔透，多弯曲掩藏的线条，也不似中国园林建筑多鬃以朱红颜色，日式园林多原色，木色竹色，似乎更喜欢块面造型，以片和点来衔接，以低缓和高大来组合，虽是人工，但尽可能少地留下斧痕，好比湖水周围并不砌石成栏，而保持泥土和水的亲密随性，恰好一份自然之气。

一行游人三十左右全是日本人，唯我们三人除外，白衬衫灰裤子的中年导游是个跛足的男人，手指弯曲，若风湿性关节炎的后遗症，满嘴日语当然听不明白，可是态度颇认真诚恳，若你离线行走，一定会响起他的呵斥声。一块手帕，一把折扇，是他随身的物品。

深深浅浅的绿，深深浅浅的竹木，粗粗细细的沙石，无风的时候则是个静字，隔湖风来，那就是个清字了。

"我先喝了"

说起来日本茶文化还是从中国的唐朝传过去的。但花开两枝，同为茶，却是不一样的茶风。中国人喝茶讲究的是茗茶的色香味以及一口喝下之后的那种回甘，那种绿茶红茶白茶铁观音之间精妙差别；日本人的茶道却重视那一碗茶之前的所有程序，这些程序的细腻优美如何。于是，在有着1200多年历史的古都京都体验茶道，也算是沐一次传统和风。

四君子茶室设在京都一家酒店里，门口小厅是茶叶茶碗的卖品部，里面乃榻榻米格子移门的和风茶室。石头水臼和竹制水勺守在门口。粉红和服的茶道小姐指点我们，进茶室先净手，左手、右手，留半勺洗水勺。每一个动作轻柔，明确，没有多余，利落中见优雅。好比芭蕾舞的基本把位练习。

作为第一位客人进入时，得左手将门轻移一半，复以右手移另一半，然后一步一跪行，至茶室挂画插花前尺余，停下，一拜，然后视画几秒，意欣赏主人的趣味，表示对美好环境的赞叹，复拜，退下至榻榻米席坐。

当我做完这一套动作时，感觉身体的各部分都动员了起来，弯腰、跪行、趺坐，都非平常态，平常人的身体太随心所欲了，现在需要收敛、细致。安静的，看似空简的屋子却弥漫着一种端素严谨。茶炉是电子的，不过插头很隐蔽，且形状亦传统；炉上坐茶壶，一旁的漆器格架上置冷水盖罐、竹子水勺、茶叶罐。榻榻米、拉门、竹子墙饰，浅米色的内部环境和深色茶炉茶壶，映衬，静气冉冉。

等待第一碗茶。

且慢沏茶。先上茶点。甜点为主，仿佛先甜润一下味蕾，渐次适应茶的苦。浓郁的抹茶上口颇有些青涩。茶点需要一次吃完，方显尊重主人。此时，茶道小姐濑尾 Yuka 再次跪入茶室，从腰带间抽出玫瑰红茶巾，擦拭茶具——其实，她一边做一边解释，这些都已经洗干净的，不过为让客人安心需要再做一遍，这就是茶道讲究的仪式感了，见濑尾一折两叠绝无多余动作地将茶巾复入腰带，这时水差不多沸了，轻下水勺，以三分之二勺入茶碗，碗里已有茶粉（日本称之抹茶），以茶筛搅和，动作得快而匀细，气泡越多手艺则越佳。

敬第一碗茶，先置榻榻米沿口，递茶者、受茶人双手合并对拜，敬献和感谢一拜相传，拜后，第一受茶人才以右手接碗，并单手移碗——因为不能将碗口对着主人的，悠悠两三转即可，然后对着边上的客人，微微欠身，说一句：我先喝了，始可饮。得一口饮尽，以示欢喜之情。

我先喝了。我先喝了。我先喝了——轮到最后一位客人，就不需说了。不过得发出一碗饮尽舒服沉醉的喉音，仿佛意犹未尽，余韵袅袅的意思。

濑尾小姐体贴地邀请我尝试一下过把瘾。虽然肌体有些紧张，如此这般还算不太离谱，感觉轻手轻放的姿态里用的可是细劲的力。"习惯了就不感到累的。"濑尾说。"我才学了三年，还要努力，这里面的学问很深。"女孩子谦虚地微笑。是啊，习惯了，就涵泳了静雅清明——茶之蕴。

外屋的茶碗吸引了我，粗陶做法，古朴清雅，当然价格不便宜，正考虑着，不想濑尾却说：还是到清水寺那里买吧，"清水烧"也很好，价格也便宜。说得清盈自然，如刚才的茶道表演。

临走又盈盈一笑：要合影吗？当然，怕打扰才没提。欣然咔嚓。"再见！"她害羞地用中文说，"我在学中文，想去中国呢。"

当然，茶道表演是有偿的，不过如此环境，如此演示，如此静心清然，是当得起揖手一拜的。

离开京都又逢大雨，雨帘里再次匆匆一瞥京都的街道，雨中朦胧的远山，和河畔青青草的桂川。上了高架，古都渐次远去，视线里仿佛又撑起了那把清水坂的红伞，在桂离宫的绿中静现。

2006年8月

后记

  这本书的编选有着种种因缘，2014 年 5 月下旬拙著《写意——龚静读画》（修订版，东方出版中心 2012 年版）获得第六届冰心散文奖（散文集），7 月 4 日《文汇读书周报》刊发了该报编辑记者朱自奋女士对我的采访文章《修炼自己的生命，使之成为一篇好文》，被著名学者、法国文学研究专家柳鸣九先生看到，柳先生刚好在主编"本色文丛"，于是通过自奋找到我，于是，有了这样的机缘参加到"本色文丛"中来。

  柳鸣九先生的著译是我大学时就读的，没有想到从 20 世纪 80 年代到现在 21 世纪的第二个十年，能以文章的方式与柳先生结缘，非常感怀、感恩。感恩因文字发生的这些因缘，这些因缘倒也应和了"本色"的内涵，文章本色，文化本色，文人本色，互相之间的支持和信任。

  编选《行色》的过程在自序"天命小知"中已有说明。希望这些编选过程中的思量能呈现出一个比较好的文章面貌。这些文章的写作时期跨度还是蛮大的，最早的《城市野望》一文写于 1996 年，最新的则为 2013 年，文章之间自然是有参差的，但终究也是生命留下的一些印迹吧。

关于图片的说明：绘画随笔中的古画来源于画册，当代画作则标注了来源的画册，其余图片则为自己拍摄。

谢谢大家分享。

龚静于沪上静水斋

2014年11月17日